Goldmann Science Fiction

PHILIP K. DICK

Nach dem Weltuntergang

DR. BLOODMONEY

Science Fiction-Roman

WILHELM GOLDMANN VERLAG
MÜNCHEN

Made in Germany · I · 1110
 Umschlag: Jürgen F. Rogner. Satz: IBV Lichtsatz KG, Berlin. Druck: Presse-Druck Augsburg.
SF 0256 · bru/pap
ISBN 3-442-23256-2

I

Am frühen Morgen kehrte Stuart McConchie den Gehsteig vor ›TV Modern, Verkauf und Kundendienst‹, hörte die Autos in der Shattuck Avenue und die Sekretärinnen, die auf hohen Absätzen zu ihren Büros stöckelten, alle die Geräusche und Gerüche einer neuen Woche, einer neuen Zeit, in der ein guter Verkäufer etwas leisten konnte. Er dachte an ein warmes Brötchen und eine Tasse Kaffee zum zweiten Frühstück, gegen zehn Uhr. Er dachte an Kunden, die er beraten hatte und die wiederkommen würden, um einzukaufen, vielleicht heute schon. Während er kehrte, sang er ein Lied vom neuen Buddy-Greco-Album und dachte auch daran, wie es sein mochte, wenn man berühmt war, ein weltberühmter Sänger, der in Reno und Las Vegas auftrat.

Er war sechsundzwanzig Jahre alt. An manchen Freitagabenden fuhr er von Berkeley über die große Autobahn nach Sacramento und durch die Sierras nach Reno, wo man spielen und Mädchen finden konnte; er arbeitete bei Jim Fergesson, dem Besitzer von ›TV Modern‹, für Fixum und Provision, und als guter Verkäufer verdiente er recht ordentlich. Außerdem schrieb man das Jahr 1981, und die Geschäfte gingen nicht schlecht.

»Morgen, Stuart.« Der Juwelier von gegenüber kam vorbei und nickte ihm zu. Mr. Crody, unterwegs zu seinem kleinen Laden.

Alle Geschäfte und Büros öffneten jetzt; es war nach neun Uhr, und sogar Dr. Stockstill, Psychiater und Spezialist für psychosomatische Beschwerden, erschien mit dem Schlüssel in der Hand, um seine florierende Praxis in dem verglasten Bürogebäude zu öffnen, das die Versicherung mit einem Teil ihrer Überschüsse gebaut hatte. Dr. Stockstill hatte seinen ausländischen Wagen auf dem Parkplatz abgestellt; er konnte es sich leisten, am Tag fünf Dollar zu zahlen. Und da kam auch die hübsche, langbeinige Sekretärin von Stockstill, gut einen Kopf größer als er. Und tatsächlich, während Stuart hinüberschaute, auf seinen Besen gestützt, schob sich der erste Beknackte des Tages schuldbewußt und verstohlen zum Büro des Psychiaters.

Eine Welt von Beknackten, dachte Stuart. Psychiater verdienen ein Heidengeld. Wenn ich zu einem Psychiater müßte, würde ich den Hintereingang benützen. Kein Mensch würde mich beobachten und verspotten können. Aber vielleicht hat Stockstill sogar einen Hintereingang. Für die wirklich Kranken, oder vielmehr diejenigen, die nicht auffallen wollen; diejenigen, die einfach ein Problem haben, die sich vielleicht Sorgen machen wegen der Polizeiaktion auf Kuba und gar nicht verrückt sind.

Und Sorgen machte sich Stuart auch, weil immer noch durchaus die Möglichkeit bestand, daß er für den Kubanischen Krieg eingezogen werden konnte, der sich jetzt wieder im Gebirge festgefahren hatte, trotz der neuen kleinen Splitterbomben, mit denen man die schmierigen Gelbhäute erwischte, auch wenn sie sich noch so tief eingruben. Er selbst nahm es dem Präsidenten nicht übel – der Präsident konnte nichts dafür, daß die Chinesen beschlossen hatten, ihre Vertragspflichten zu erfüllen. Es war nur so, daß kaum einer aus dem Kampf gegen die schmierigen Gelbhäute ohne Virus-Knocheninfektion heimkam. Ein dreißigjähriger Frontsoldat, der nach der Rückkehr aussah wie eine vertrocknete Mumie, die man hundert Jahre vor dem Fenster hatte hängen lassen ... es fiel Stuart McConchie schwer, sich vorzustellen, wie er danach wieder anfangen sollte, Stereo-Fernseher zu verkaufen.

»Morgen, Stu«, sagte eine Mädchenstimme und schreckte ihn auf. Die kleine, schwarzäugige Kellnerin von Edy. »So früh schon Tagträume?« Sie lächelte, als sie vorbeiging.

»Mensch, gar nicht«, sagte er und kehrte eifrig weiter.

Auf der anderen Straßenseite blieb der scheue Patient von Dr. Stockstill, ein Mann mit pechschwarzen Haaren, dunklen Augen und heller Haut, in einen schwarzen Mantel gehüllt, stehen, um sich eine Zigarette anzuzünden und sich umzusehen. Stuart sah das hohlwangige Gesicht des Mannes, die starren Augen und den Mund, vor allem den Mund. Er preßte die Lippen fest zusammen, und trotzdem hing die Haut schlaff herab, so, als habe die Anspannung Zähne und Kiefer längst weggeschliffen; die Spannung in dem unglücklichen Gesicht blieb, und Stuart blickte zur Seite.

Im Laden läutete das Telefon, und Stuart hastete hinein. Als er wieder hinausschaute, war der Mann in Schwarz verschwunden, und der Tag gewann wieder seine Helligkeit, seine Verheißung zurück. Stuart fröstelte und griff nach dem Besen.

Den Mann kenne ich, dachte er. Ich habe sein Bild irgendwo gesehen, oder er war schon mal im Laden. Entweder ist er ein

Kunde – ein alter, vielleicht sogar ein Freund von Fergessen – oder eine bekannte Persönlichkeit. Nachdenklich kehrte er weiter.

»Tasse Kaffee? Tee? Oder ein Cola?« fragte Dr. Stockstill seinen neuen Patienten. Er blickte auf die kleine Karte, die Miss Purcell auf seinen Schreibtisch gelegt hatte. »Mr. Tree«, sagte er. »Sind Sie verwandt mit der berühmten englischen Literatenfamilie? Iris Tree, Max Beerbohm –«

Ungeduldig unterbrach ihn Mr. Tree: »Das ist eigentlich nicht mein richtiger Name, wissen Sie. Er ist mir beim Gespräch mit Ihrer Sekretärin eingefallen.«

Dr. Stockstill sah seinen Patienten fragend an.

»Ich bin weltberühmt«, sagte Mr. Tree. »Es wundert mich, daß Sie mich nicht erkennen. Sie müssen Einsiedler sein, oder Schlimmeres.« Er fuhr mit unsicherer Hand durch seine langen, schwarzen Haare. »Es gibt Tausende, ja Millionen Menschen auf der Welt, die mich hassen und die mich vernichten wollen. Ich muß mich also vorsehen, und deshalb habe ich Ihnen einen erfundenen Namen genannt.« Er räusperte sich und sog hastig an seiner Zigarette.

Mein Gott, dachte Stockstill. Dieser Mann, ich erkenne ihn. Das ist Bruno Bluthgeld, der Physiker. Und er hat recht; viele Menschen hier und im Osten würden ihn gern in ihre Hände bekommen, wegen seiner Fehlberechnung neunzehnhundertzweiundsiebzig. Wegen des furchtbaren radioaktiven Niederschlags bei der Explosion in großer Höhe, der angeblich keine nachteiligen Auswirkungen hätte haben sollen; das hatten Bluthgelds Zahlen vorher *bewiesen.*

»Darf ich wissen, wer Sie sind, oder betrachten wir Sie einfach als ›Mr. Tree‹?« fragte Stockstill. »Das überlasse ich Ihnen. Mir ist beides recht.«

»Machen wir einfach weiter«, knurrte Mr. Tree.

»Gut.« Dr. Stockstill machte es sich bequem und kritzelte etwas auf seinen Block. »Fangen Sie an.«

»Hat die Unfähigkeit, einen gewöhnlichen Omnibus zu besteigen – mit vielleicht einem Dutzend fremder Personen – etwas zu bedeuten?« Mr. Tree sah ihn bohrend an.

»Möglich«, sagte Stockstill.

»Ich habe das Gefühl, daß mich alle anstarren.«

»Aus einem bestimmten Grund?«

»Wegen der Verunstaltung meines Gesichts«, sagte Mr. Tree.

Dr. Stockstill betrachtete seinen Patienten. Er sah einen Mann in mittleren Jahren, stämmig, mit schwarzen Haaren, die Stoppeln eines schwarzen Barts dunkel an seiner hellen Haut. Er sah Schatten der Erschöpfung und Anspannung unter den Augen des Mannes, und den Ausdruck in den Augen, die Verzweiflung. Von einer ›Verunstaltung‹ war nichts zu sehen.

»Sehen Sie die Flecken?« fragte Mr. Tree heiser. Er deutete auf seine Wangen, seinen Unterkiefer. »Die häßlichen Zeichen, die mich von allen unterscheiden?«

»Nein«, sagte Stockstill.

»Sie sind da«, sagte Mr. Tree. »Natürlich innen an der Haut. Aber die Menschen bemerken sie trotzdem und starren mich an. Ich kann nicht mit dem Bus fahren oder ein Restaurant oder ein Theater besuchen; ich kann nicht in die Oper von San Francisco gehen oder ins Ballett oder in ein Konzert oder auch nur in einen Nachtklub. Wenn es mir gelingt, hineinzukommen, muß ich fast augenblicklich wieder gehen, weil mich alle anstarren. Und wegen der Bemerkungen.«

»Erzählen Sie mir, was sie sagen.«

Mr. Tree schwieg.

»Wie Sie selbst erwähnt haben, sind Sie weltberühmt«, sagte Dr. Stockstill. »Ist es da nicht natürlich, daß die Menschen miteinander flüstern, wenn eine weltberühmte Persönlichkeit hereinkommt und sich unter ihnen niederläßt? Ist das nicht immer schon so gewesen? Und dann die Kontroversen um Ihre Arbeit, eine gewisse Feindseligkeit – man hört vielleicht herabsetzende Bemerkungen. Aber jeder, der in der Öffentlichkeit steht –«

»Das nicht«, unterbrach ihn Mr. Tree. »Damit rechne ich; ich schreibe Artikel und erscheine im Fernsehen und rechne damit. Aber das – hat mit meinem Privatleben zu tun. Mit meinen innersten Gedanken.« Er sah Stockstill an und sagte: »Sie lesen meine Gedanken und berichten mir von meinem Privatleben, in allen Einzelheiten. Sie haben Zugang zu meinem Gehirn.«

Paranoia sensitiva, dachte Stockstill, obwohl man natürlich Untersuchungen anstellen muß ... vor allem den Rorschachtest. Es konnte sich um fortgeschrittene schleichende Schizophrenie handeln, um das Endstadium eines lebenslangen Krankheitsprozesses. Oder um –

»Manche Leute können die Flecken auf meinem Gesicht deutlicher sehen und meine Gedanken klarer lesen als andere«, sagte Mr. Tree. »Die Unterschiede sind da ziemlich groß – manche nehmen kaum etwas wahr, andere scheinen augenblicklich die

Gestalt meiner Andersartigkeit zu erkennen, meiner Stigmata. Als ich vorhin zu Ihrer Praxis ging, kehrte drüben auf der anderen Seite der Straße ein Farbiger den Gehsteig ... er hörte mit der Arbeit auf und konzentrierte sich auf mich, obschon er natürlich zu weit entfernt war, um mich zu verhöhnen. Trotzdem sah er es. Typisch für Personen aus den unteren Klassen, wie mir aufgefallen ist. Mehr als bei gebildeten oder studierten Leuten.«

»Woran kann das liegen?« fragte Stockstill, während er sich Notizen machte.

»Das müßten doch eigentlich Sie wissen, wenn Sie von Ihrem Beruf etwas verstehen. Die Dame, die Sie mir empfohlen hat, sagte, Sie seien sehr tüchtig.«

»Ich glaube, ich brauche zuerst Ihre Vorgeschichte«, meinte Stockstill. »Empfohlen hat mich also Bonny Keller. Wie geht es Bonny? Ich habe sie schon seit April nicht mehr gesehen, glaube ich... hat ihr Mann die Stellung an der ländlichen Mittelschule inzwischen aufgegeben?«

»Ich bin nicht hergekommen, um mich über George und Bonny Keller zu unterhalten«, sagte Mr. Tree. »Ich stehe unter stärkstem Druck, Doktor. Man könnte jeden Augenblick beschließen, mich endgültig zu vernichten; diese Verfolgung geht jetzt schon so lange, daß –« Er unterbrach sich. »Bonny hält mich für krank, und ich habe sehr viel Hochachtung vor ihr.« Seine Stimme klang leise, fast unhörbar. »Deshalb sagte ich, ich würde herkommen, zumindest einmal.«

»Wohnen die Kellers noch in West Marin?«

Mr. Tree nickte.

»Ich habe da oben ein Sommerhaus«, sagte Stockstill. »Ich bin ein begeisterter Segler und fahre bei jeder Gelegenheit, die sich bietet, auf die Tomales-Bucht hinaus. Sind Sie schon einmal gesegelt?«

»Nein.«

»Wann und wo sind Sie geboren?«

»In Budapest, neunzehnhundertvierunddreißig«, antwortete Mr. Tree.

Durch geschickte Fragen ermittelte Dr. Stockstill die Lebensgeschichte seines Patienten, Tatsache um Tatsache. Für das, was er zu tun hatte, war das entscheidend: erst diagnostizieren und dann, wenn möglich, heilen. Analyse, und dann Therapie. Ein auf der ganzen Welt bekannter Mann mit den Wahnvorstellungen, daß Fremde ihn anstarren – wie ließ sich in diesem Fall die Wirklichkeit von der Einbildung scheiden? Wo war der Maßstab, um das eine vom anderen zu trennen?

Es wäre so einfach, hier Pathologisches zu finden, dachte Stockstill. So einfach – und so verlockend. Ein Mensch, der so verhaßt ist... ich teile ihre Meinung, sagte er sich. Schließlich bin auch ich Teil der Gesellschaft, Teil der Zivilisation, die durch die grandiosen, extravaganten Fehlberechnungen dieses Mannes bedroht wird.

Aber es steckte noch mehr dahinter. Stockstill hatte den Mann im Fernsehen beobachtet, bei seinen Interviews, hatte seine fanatisch antikommunistischen Reden gehört und war zu dem vorläufigen Schluß gekommen, daß Bluthgeld von einem tiefen Haß gegen die Menschen erfüllt war, tief und weitreichend genug, um, auf einer unbewußten Ebene, irren zu wollen, um das Leben von Millionen gefährden zu wollen.

Kein Wunder, daß der Chef des FBI, Richard Nixon, sich so nachdrücklich gegen ›militante Amateur-Antikommunisten in hohen wissenschaftlichen Kreisen‹ ausgesprochen hatte. Nixon war auch schon lange vor dem tragischen Irrtum von 1972 beunruhigt gewesen. Die Elemente von Paranoia waren greifbar gewesen; Nixon, ein großer Menschenkenner, hatte sie ebenso wahrgenommen wie viele andere.

Und offenkundig hatten sie recht gehabt.

»Ich bin nach Amerika gekommen«, sagte Mr. Tree gerade, »um den kommunistischen Agenten zu entkommen, die mich ermorden wollten. Sie waren schon damals hinter mir her... wie die Nazis auch. Sie waren alle hinter mir her.«

»Verstehe«, sagte Stockstill und notierte.

»Sie sind es immer noch, aber zuletzt werden sie scheitern«, sagte Mr. Tree heiser und zündete sich eine neue Zigarette an. »Denn ich habe Gott auf meiner Seite; er sieht meine Not und hat oft zu mir gesprochen und mir die Weisheit gegeben, die ich brauche, um meinen Verfolgern zu entgehen. Zur Zeit arbeite ich an einem neuen Projekt, in Livermore; die Ergebnisse werden definitiv sein, was unseren Gegner betrifft.«

Unseren Gegner, dachte Stockstill. Wer ist unser Gegner... sind nicht Sie das, Mr. Tree? Sind nicht Sie es, wie Sie hier sitzen und Ihre paranoiden Wahnvorstellungen herunterleiern? Wie sind Sie eigentlich auf Ihren hohen Posten gelangt? Wer ist verantwortlich dafür, daß Sie diese Macht über das Leben anderer besitzen – und sie selbst nach dem Fiasko von neunzehnhundertzweiundsiebzig behalten durften? Sie – und sie – sind gewiß unsere Feinde.

Alle unsere Ängste sind gerechtfertigt; Sie sind von Sinnen, Ihre Anwesenheit hier beweist es. Wirklich? dachte Stockstill. Nein, durchaus nicht, und vielleicht sollte ich mich disqualifizieren; vielleicht ist es nicht vertretbar, daß ich mich mit Ihnen zu befassen versuche. Ich kann nicht objektiv sein, nicht wissenschaftlich vorgehen, also könnte meine Diagnose fehlerhaft ausfallen.

»Warum sehen Sie mich so an?« fragte Mr. Tree.

»Pardon?« murmelte Stockstill.

»Fühlen Sie sich von meiner Verunstaltung abgestoßen?«

»Nein, nein«, sagte Stockstill. »Das ist es nicht.«

»Dann von meinen Gedanken? Sie haben sie gelesen, und ihre Abscheulichkeit erregt den Wunsch in Ihnen, ich hätte Sie nicht konsultieren sollen?« Mr. Tree stand auf und ging zur Tür. »Guten Tag.«

»Warten Sie.« Stockstill folgte ihm. »Wir wollen doch wenigstens das biographische Material vervollständigen. Wir haben ja kaum angefangen.«

Mr. Tree sah ihn eine Weile an.

»Ich habe Vertrauen zu Bonny Keller«, sagte er. »Ich kenne ihre politischen Anschauungen... sie gehört nicht der internationalen kommunistischen Verschwörung an, die jede Gelegenheit wahrzunehmen versucht, mich zu töten.« Er setzte sich wieder, gefaßter jetzt, aber seine Haltung verriet Wachsamkeit. Er würde sich nicht rückhaltlos öffnen, dachte Stockstill. Er würde argwöhnisch bleiben – und vielleicht zu Recht.

Als Jim Fergesson sein Auto abstellte, sah er Stuart McConchie vor dem Laden auf seinen Besen gestützt, anscheinend in einen Tagtraum versunken. Als er McConchies Blick folgte, bemerkte er, daß der Verkäufer nicht auf die Mädchen oder ein vorbeifahrendes Auto blickte, sondern zu den Patienten hinüber, die zur Praxis des Arztes wollten. Das war nicht normal. Und was ging das McConchie überhaupt an?

»Hallo«, rief Fergesson, als er auf sein Geschäft zuging, »lassen Sie das. Vielleicht werden Sie auch mal krank, und wie wäre Ihnen dann zumute, wenn irgendein Narr Sie angafft, weil Sie ärztliche Hilfe brauchen?«

»He«, sagte Stuart und drehte den Kopf, »ich hab' da gerade einen ganz berühmten Mann hineingehen sehen, nur weiß ich nicht mehr, wer das ist.«

»Nur ein Neurotiker beobachtet andere Neurotiker«, sagte

Fergesson und ging zur Kasse, um sie mit Münzen und Scheinen zu füllen.

Außerdem warte nur, bis du siehst, was ich für einen Fernsehmechaniker eingestellt habe, dachte Fergesson; da hast du dann wirklich Anlaß, die Augen aufzureißen.

»Hören Sie, McConchie«, sagte Fergesson. »Sie kennen doch den Jungen ohne Arme und Beine, der hier mit seinem Stuhl immer vorbeikommt? Den Phocomelus mit den kurzen Flossen, dessen Mutter damals dieses Medikament genommen hat? Der sich immer hier herumtreibt, weil er Fernsehmechaniker werden will?«

»Sie haben ihn eingestellt«, sagte Stuart.

»Ja, gestern, während Sie unterwegs waren.«

»Schlecht fürs Geschäft«, meinte Stuart nach einer langen Pause.

»Warum? Den sieht doch keiner; er sitzt unten in der Werkstatt. Außerdem muß man solchen Leuten Arbeit geben; sie können nichts dafür, daß sie keine Arme oder Beine haben, das liegt an dem Deutschen.«

»Zuerst stellen Sie mich ein, einen Neger«, sagte Stuart nach einer Weile, »und jetzt einen Phoco. Man muß es Ihnen ja lassen, Fergesson; Sie geben sich Mühe.«

»Ich gebe mir nicht nur Mühe, ich tue auch etwas«, erwiderte Fergesson aufgebracht. »Ich träume nicht bloß wie Sie in den Tag hinein. Ich bin ein Mensch, der sich entschließt und handelt.« Er ging zum Tresor und öffnete ihn. »Er heißt Hoppy. Er kommt heute vormittag. Sie sollten mal sehen, wie er mit seinen elektronischen Händen umgeht. Das ist ein Wunder der modernen Wissenschaft.«

»Ich habe es gesehen«, sagte Stuart.

»Und es quält Sie.«

»Es ist – unnatürlich«, sagte Stuart mit einer Handbewegung.

Fergesson funkelte ihn an.

»Hören Sie zu, daß Sie mir bloß zu dem Jungen nichts sagen. Wenn ich Sie oder einen anderen Verkäufer oder sonst einen, der für mich arbeitet, dabei erwische –«

»Okay«, murmelte Stuart.

»Sie langweilen sich«, sagte Fergesson, »und Langeweile ist schlecht, weil das bedeutet, daß Sie sich nicht voll anstrengen. Sie lassen nach, und das auf meine Kosten. Wenn Sie richtig arbeiten würden, hätten Sie keine Zeit, sich auf Ihren Besen zu stützen und über kranke Leute zu lästern, die zum Arzt müssen. Ich verbiete Ihnen, auf dem Gehsteig herumzustehen; wenn ich Sie noch einmal dabei erwische, sind Sie entlassen.«

»Du lieber Gott, wie soll ich denn dann rein- und rausgehen und zum Essen kommen? Wie komme ich überhaupt in den Laden? Durch die Wand?«

»Herein und hinaus können Sie«, entschied Fergesson, »aber nicht herumlungern.«

Stuart McConchie sah ihm erbost nach und murmelte: »Menschenskind!«

Fergesson achtete nicht länger auf seinen Verkäufer; er schaltete die Dekorationen in den Schaufenstern ein.

2

Der Phocomelus Hoppy Harrington kam meist gegen elf Uhr. Er fuhr gewöhnlich in den Laden, hielt an der Theke, und wenn Jim Fergesson da war, bat er um Erlaubnis, hinunterzufahren, um den beiden Fernsehmechanikern zuzusehen. War Fergesson nicht im Laden, dann gab Hoppy auf und fuhr nach einer Weile wieder davon, weil er wußte, daß die Verkäufer ihn nicht hinunterlassen würden; sie nahmen ihn nur auf den Arm. Ihn störte das nicht, jedenfalls nicht, soweit Stuart McConchie das beurteilen konnte.

Aber in Wirklichkeit verstand er Hoppy gar nicht, wie Stuart begriff, Hoppy mit seinem scharfgeschnittenen Gesicht und den funkelnden Augen, mit seiner hastigen, nervösen Sprechweise, die oft in Stottern überging. Er verstand ihn *psychologisch* nicht. Weshalb wollte Hoppy Fernsehgeräte reparieren? Was war daran so großartig? So, wie der Phoco sich hier herumtrieb, hätte man meinen mögen, das sei die allerhöchste Berufung überhaupt. In Wirklichkeit war das mühsame, schmutzige, nicht sehr gut bezahlte Arbeit. Aber Hoppy war leidenschaftlich entschlossen, Fernsehmechaniker zu werden, und jetzt war es ihm gelungen, weil Fergesson entschlossen war, für alle Minderheiten der Welt etwas zu tun. Fergesson gehörte der Liga für Bürgerrechte an, der Organisation für die Durchsetzung der Rechte Farbiger, der Gesellschaft ›Hilfe für die Behinderten‹ – letztere für Stuart nicht mehr als eine internationale Lobby, die den Opfern der modernen Medizin und Wissenschaft, wie zum Beispiel den vielen Betroffenen der Bluthgeld-Katastrophe von 1972, gute Posten verschaffen wollte.

Und was bin ich dann? fragte sich Stuart, als er im Büro saß und in seinem Auftragsbuch blätterte. Wenn hier ein Phoco arbeitet, na, dann bin ich praktisch auch eine Strahlungsmißgeburt, so, als ob eine dunkle Haut eine Art Frühform von Strahlungsverbrennung wäre, dachte er bedrückt.

Früher einmal waren alle Menschen auf der Erde weiß, und dann ließ irgendein Volltrottel vor, sagen wir, hunderttausend Jahren in der oberen Atmosphäre eine Bombe explodieren, und ein paar von uns hat es erwischt, und das war von Dauer, es wirkte sich auf die Gene aus. Und so sehen wir heute aus.

Ein anderer Verkäufer kam herein, Jack Lightheiser, setzte sich an den Schreibtisch gegenüber und zündete sich eine Zigarre an.

»Hab' gehört, daß Jim den Jungen mit seinem Stuhl eingestellt hat«, sagte Lightheiser. »Sie wissen doch, warum er das getan hat, was? Wegen der Reklame. Die Zeitungen schreiben darüber. Jim sieht seinen Namen gern in der Zeitung. Kluger Schachzug, wenn man's genau nimmt. Der erste Einzelhändler in der East Bay, der einen Phoco einstellt.«

Stuart grunzte.

»Jim hat ein idealistisches Bild von sich selber«, fuhr Lightheiser fort. »Er ist nicht bloß Kaufmann, sondern ein moderner Römer, dem das Gemeinwohl am Herzen liegt. Schließlich ist er ein gebildeter Mann – er hat ein Magisterdiplom von der Stanford-Universität.«

»Das bedeutet nichts mehr«, sagte Stuart. Er selbst hatte den Magister 1975 an der Universität von Kalifornien gemacht, und was hatte ihm das eingebracht?

»Damals als er es bekam, schon noch«, sagte Lightheiser. »Das war neunzehnhundertsiebenundvierzig, für Soldaten, vom Staat gefördert.«

Unter ihnen, am Eingang des Geschäfts, tauchte ein Rollstuhl auf, in dem, an einer Steuerkonsole, eine schmale Gestalt saß, Stuart ächzte, und Lightheiser warf ihm einen Blick zu.

»Ein lästiger Kerl«, sagte Stuart.

»Wenn er mal richtig arbeitet, ist er das nicht mehr«, meinte Lightheiser. »Der Junge ist nur Gehirn, ohne Körper, oder mit kaum einem. Mein Gott, er ist erst siebzehn, und was er will, ist arbeiten, von der Schule abgehen und arbeiten. Das ist bewundernswert.«

Die beiden beobachteten Hoppy mit seinem Fahrzeug; Hoppy steuerte es auf die Treppe zu, die zur Werkstatt hinunterführte.

»Wissen die unten schon Bescheid?« fragte Stuart.

»Ja, sicher, Jim hat es ihnen gestern abend gesagt. Sie nehmen es hin. Sie meckern, versteht sich, aber das tun sie ja immer.«

Hoppy hörte die Stimme und hob ruckartig den Kopf. Sie sahen sein schmales, freudloses Gesicht; seine Augen funkelten, und er fragte stammelnd: »He, ist Mr. Fergesson da?«

»Nee«, sagte Stuart.

»Mr. Fergesson hat mich eingestellt«, sagte der Phoco.

»Ja«, sagte Stuart. Weder er noch Lightheiser rührten sich sie blieben am Schreibtisch sitzen und sahen auf den Phoco hinunter.

»Kann ich hinunter?« fragte Hoppy.

Lightheiser zuckte die Achseln.

»Ich gehe eine Tasse Kaffee trinken«, sagte Stuart und stand auf. »In zehn Minuten bin ich wieder da.« Als Stuart zurückkam, war der Phoco immer noch da.

»Der Geist von neunzehnhundertzweiundsiebzig«, sagte Stuart, als er an ihm vorbeiging.

Der Phoco wurde rot und stammelte: »Ich bin neunzehnhundertvierundsechzig geboren, mit der Explosion hatte das nichts zu tun.« Als Stuart hinausging, rief ihm Hoppy nach: »Es war das Medikament, das Thalidomid. Das weiß jeder.«

Stuart sagte nichts, sondern ging weiter zum Café.

Es war für den Phocomelus schwer, sein Fahrzeug die Treppe zum Keller hinunterzubugsieren, aber nach einiger Zeit gelang es ihm, wobei er den Handlauf mit den künstlichen Verlängerungsarmen umklammerte, die der Staat ihm verschafft hatte. Sie taugten nicht sehr viel; sie waren vor Jahren angepaßt worden und nicht nur teilweise verschlissen, sondern auch veraltet, wie er aus der Lektüre der einschlägigen Literatur wußte. Eigentlich war der Staat verpflichtet, seine Geräte durch modernere zu ersetzen, das verlangte das Remington-Gesetz, und er hatte dem kalifornischen Senator Alf M. Partland deshalb auch schon geschrieben, aber noch keine Antwort bekommen. Er war geduldig. Er hatte schon oft an Abgeordnete im Kongreß geschrieben und entweder gar keine oder knappe oder nur vervielfältigte Antworten erhalten.

Fernsehgeräte plärrten; die Techniker waren an der Arbeit.

Hoppy öffnete die Tür und beobachtete die Männer an den langen Tischen mit ihren Instrumenten und Meßgeräten, ihren Skalen, Werkzeugen und Fernsehgeräten. Sie beachteten ihn beide nicht.

»Hören Sie mal«, sagte einer der Mechaniker plötzlich. »Auf Handarbeit schaut man herab. Warum machen Sie nicht was Geistiges, warum gehen Sie nicht auf die Schule und machen ein Examen?« Der Mann starrte ihn fragend an.

Nein, dachte Hoppy. Ich will arbeiten – mit meinen Händen.

»Sie könnten Wissenschaftler werden«, meinte der andere.

»Wie Bluthgeld«, sagte Hoppy.

Der Techniker lachte.

»Mr. Fergesson hat gesagt, daß Sie mir was zum Arbeiten geben«, erklärte Hoppy. »Ein Gerät, das leicht zu reparieren ist, für den Anfang. Okay?« Er wartete, in der Furcht, daß sie nicht reagieren würden, dann deutete einer auf einen Plattenwechsler. »Was ist los damit?« fragte Hoppy und warf einen Blick auf den Reparaturzettel. »Ich weiß, daß ich das reparieren kann.«

»Feder gebrochen«, erklärte einer der Techniker. »Nach der letzten Platte schaltet er nicht ab.«

»Aha«, sagte Hoppy. Er hob den Plattenwechsler mit seinen künstlichen Händen auf und rollte zum anderen Ende des Tisches, wo ein freier Platz war. »Ich arbeite hier.« Die Techniker wandten nichts dagegen ein, also griff er nach einer Zange. Das ist einfach, dachte er. Ich habe zu Hause geübt. Er konzentrierte sich auf den Plattenwechsler, beobachtete aus dem Augenwinkel aber auch die beiden Techniker. Ich habe oft geübt; es klappt fast immer, und es wird immer besser, immer genauer. Leichter zu berechnen. Eine Feder ist etwas Kleines, dachte er, kleiner geht es fast nicht. So leicht, daß man sie fast wegblasen kann. Ich sehe den Bruch an dir, dachte er. Metallmoleküle, die sich nicht, wie vorher, berühren. Er konzentrierte sich auf diese Stelle und hielt die Zange so, daß der Techniker in seiner Nähe es nicht sehen konnte; er tat so, als zerre er an der Feder, als versuche er, sie herauszuziehen.

Als er die Arbeit abschloß, wurde ihm klar, daß jemand hinter ihm stand und ihm zusah; er drehte sich um, und es war Jim Fergesson, sein Arbeitgeber. Er sagte nichts, sondern stand nur da, mit einem merkwürdigen Ausdruck im Gesicht, die Hände in den Hosentaschen.

»Fertig«, sagte Hoppy nervös.

»Zeigen Sie her«, sagte Fergesson. Er griff nach dem Wechsler und hob ihn ans grelle Licht der Leuchtröhren.

Hat er mich gesehen? fragte sich Hoppy. Hat er begriffen, und wenn ja, was denkt er? Macht es ihm etwas aus, berührt es ihn überhaupt? Ist er – entsetzt?

Es blieb still, während Fergesson den Wechsler untersuchte.

»Wo haben Sie die neue Feder her?« fragte er plötzlich.

»Die lag einfach so herum«, sagte Hoppy sofort.

Es war in Ordnung. Fergesson hatte, wenn er überhaupt etwas gesehen hatte, nicht begriffen. Der Phocomelus atmete auf und fühlte Freude in sich, ein überlegenes Vergnügen anstelle seiner Angst; er grinste die beiden Techniker an und schaute sich nach dem nächsten Gerät um, das er reparieren sollte.

»Macht es Sie nervös, wenn die Leute Sie anstarren?« fragte Fergesson.

»Nein«, erwiderte Hoppy. »Das können sie machen, solange sie wollen; ich weiß, daß ich anders bin. Man starrt mich schon seit meiner Geburt an.«

»Ich meine, wenn Sie arbeiten.«

»Nein«, sagte er, und seine Stimme klang laut – vielleicht zu laut – in seinen Ohren. »Bevor ich ein Fahrzeug hatte«, sagte er, »bevor der Staat überhaupt etwas tat, trug mein Vater mich in einer Art Rucksack auf dem Rücken herum. Wie ein Wickelkind.« Er lachte unsicher.

»Verstehe«, sagte Fergesson.

»Das war in Sonoma«, fuhr Hoppy fort. »Wo ich aufgewachsen bin. Wir hatten Schafe. Einmal rammte mich ein Hammel, und ich flog durch die Luft. Wie ein Ball.« Wieder lachte er; die beiden Techniker sahen ihn stumm an.

»Ich wette, daß Sie gerollt sind, als Sie auf dem Boden aufkamen«, sagte einer von ihnen nach einer Pause.

»Ja«, sagte Hoppy lachend. Sie lachten jetzt alle, er selbst und Fergesson und die beiden Techniker; sie stellten sich vor, wie das aussah, Hoppy Harrington, sieben Jahre alt, ohne Arme und Beine, nur ein Rumpf und ein Kopf, über den Boden rollend, vor Angst und Schmerzen schreiend – aber es war komisch; er wußte es. Er hatte es so erzählt, daß es komisch wirkte; er sorgte dafür.

»Mit Ihrem Stuhl sind Sie jetzt viel besser dran«, meinte Fergesson.

»O ja«, sagte er. »Und ich konstruiere einen neuen, mein eigener Entwurf; alles elektronisch – ich habe einen Artikel über Gehirnschaltungen gelesen, in der Schweiz und in Deutschland machen sie das schon. Man ist direkt an die motorischen Gehirnzentren angeschlossen, so daß es keine Verzögerung gibt; man kann sich sogar schneller bewegen als – ein regulärer physiologischer Organismus.« Er hatte sagen wollen, *als ein Mensch.* »In zwei Jahren bin ich fertig damit«, sagte er, »und es wird eine Verbesserung sogar der Schweizer Modelle sein. Und dann kann ich diesen Schrott vom Staat wegwerfen.«

»Ich bewundere Ihren Auftrieb«, sagte Fergesson ernsthaft und förmlich.

Hoppy erwiderte stotternd: »D-danke, Mr. Fergesson.«

Einer der Techniker gab ihm einen UKW-Tuner.

»Starke Abweichungen. Er muß neu abgestimmt werden.«

»Okay«, sagte Hoppy und griff mit seinen Metallextensoren danach. »Ganz leicht. Ich hab' zu Hause viel abgestimmt. Das kann ich.« Diese Arbeit fiel ihm am leichtesten; er brauchte sich kaum auf das Gerät zu konzentrieren. Es sah so aus, als sei diese Arbeit ihm wie auf den Leib geschneidert.

Bonny Keller blickte in der Küche auf den Kalender und sah, daß heute der Tag war, an dem ihr Freund Bruno Bluthgeld ihren Psychiater Dr. Stockstill in seiner Praxis in Berkeley besuchen würde. Er war sogar schon bei Stockstill gewesen, hatte seine erste Therapiestunde hinter sich und war wieder gegangen. Jetzt fuhr er sicher nach Livermore zurück, zu seinem Büro im Strahlungslabor, dem Labor, in dem sie vor Jahren gearbeitet hatte, bevor sie schwanger geworden war; sie hatte Dr. Bluthgeld damals, 1975, kennengelernt. Jetzt war sie einunddreißig Jahre alt und lebte in West Marin; ihr Mann George war stellvertretender Rektor der Mittelschule, und sie war sehr glücklich.

Nun, nicht gerade *sehr* glücklich. Nur mittelmäßig – einigermaßen glücklich. Sie unterzog sich selbst noch einer Analyse – jetzt nur noch einmal in der Woche, statt dreimal – und verstand sich in vieler Hinsicht, ihre unbewußten Antriebe und parataktisch-systematischen Verzerrungen der Wirklichkeit. Die Analyse hatte in den sechs Jahren viel für sie geleistet, aber geheilt war sie nicht. Eine ›Heilung‹ gab es im Grunde gar nicht; die ›Krankheit‹ war das Leben selbst, und ein stetiges Wachstum, oder vielmehr eine wirksame, gleichmäßige Anpassung, mußte stattfinden, sonst trat psychische Stagnation ein.

Sie verdankte Bluthgeld viel, und sie war ihm dankbar. Jetzt war Bluthgeld krank, wie fast jedermann in Livermore wußte. Sein Gewissen quälte ihn, und seit dem Irrtum von 1972 litt er unaufhörlich – dabei war es nicht einmal allein sein Fehler gewesen, nicht seine persönliche Bürde, aber er hatte sie zu der seinigen gemacht und war deshalb krank und mit jedem Jahr kränker geworden.

Viele erfahrene Leute und die besten Instrumente, die größten Computer der damaligen Zeit, hatten an der falschen Berechnung mitgewirkt. Die riesigen Massen radioaktiver Wolken waren nicht davongezogen, sondern vom Schwerefeld der Erde angezogen worden und in die Atmosphäre zurückgekehrt; niemand war erstaunter gewesen als das Personal in Livermore. Jetzt verstand man die Jamison-French-Schicht natürlich ganz; selbst die Nachrichtenmagazine vermochten jetzt zu erklären, was schiefgegangen war, und warum. Aber eben erst neun Jahre danach.

Bonny ging zum Fernsehapparat im Wohnzimmer und schaltete ihn ein. Ob sie schon gestartet ist? dachte sie und schaute auf die Uhr. Nein, erst in einer halben Stunde. Der Bildschirm wurde hell, und da war die Rakete mit ihrem Gerüst, mit den Technikern und ihren Geräten; natürlich stand sie noch am Boden, und Walter Dangerfield und Mrs. Dangerfield waren wahrscheinlich noch nicht einmal an Bord.

Das erste Ehepaar, das auf den Mars auswandert, dachte sie und fragte sich, wie Lydia Dangerfield in diesem Augenblick zumute sein mochte ... der hochgewachsenen, blonden Frau, bei dem Gedanken, daß ihre Chancen, den Mars zu erreichen, nur mit etwa 60:40 berechnet worden waren. Schier unbegrenzte Ausrüstung, riesige Ausgrabungen und Bauten erwarteten sie, aber was nützte das alles, wenn sie unterwegs verbrannten? Jedenfalls würde der Sowjetblock beeindruckt sein, dem es nicht gelungen war, seine Kolonie auf dem Mond auf Dauer einzurichten; die Russen waren erstickt oder verhungert – niemand wußte es genau. Jedenfalls gab es die Kolonie nicht mehr. Sie war aus der Geschichte ausgetreten, und wie sie hineingelangt war, blieb ein Geheimnis.

Der Einfall der NASA, nur ein Paar zu schicken, einen Mann und seine Frau, statt einer Gruppe, entsetzte sie; sie spürte instinktiv, daß man damit ein Scheitern geradezu herbeizwang. Man durfte nicht alles auf eine Karte setzen – aber so hatte man es bei der NASA schon immer gemacht. Als Henry Chancellor mit seiner Weltraumplattform verglüht war, hatte die ganze Welt das im Fernsehen miterlebt – von Trauer überwältigt, aber doch in die Lage versetzt, zuzuschauen. Und die Reaktion der Öffentlichkeit hatte die Raumfahrt im Westen um fünf Jahre zurückgeworfen.

»Wie Sie sehen können, trifft man gerade die letzten Vorbereitungen«, sagte der Sprecher. »Man rechnet jeden Augenblick mit dem Eintreffen von Mr. und Mrs. Dangerfield. Inzwischen wollen wir noch einmal einen Rückblick –«

Blabla, dachte Bonny Keller und schaltete mit einem Frösteln das Gerät ab. Ich kann nicht zuschauen, sagte sie sich. Walt und Lydia Dangerfield sollten eine Terra Nova gründen. Es würde viele schlaue kleine Dangerfields geben, die auf dem Mars herumlaufen und in Walt Dangerfields ein wenig schnoddriger Art diskutieren würden.

»Stellen Sie sich das als lange Autobahn vor«, hatte Dangerfield bei einem Interview im Fernsehen erklärt. »Eine Million Meilen, zehnspurig, ohne Gegenverkehr, ohne Lastzüge, die einen behindern. Und das um vier Uhr morgens, nur dein eigenes Auto, sonst niemand. Und da zerbricht sich einer den Kopf?« Und dann sein sympathisches Lächeln.

Bonny bückte sich und schaltete den Apparat wieder ein.

Und da, auf dem Schirm, war das runde, bebrillte Gesicht von Walt Dangerfield; er trug schon seinen Raumanzug – bis auf den Helm –, und neben ihm stand Lydia, stumm, während er Fragen beantwortete.

»Ich höre, es gibt da in Boise, Idaho, eine KAD, die sich Sorgen um mich macht«, sagte Walt gedehnt mit einer Kaubewegung seines Unterkiefers, als wollte er die Frage vor seiner Antwort zermalmen. Er hob den Kopf, als jemand im Saal eine Frage stellte. »KAD?« sagte Walt. »Na – das war ein Ausdruck, den der gute, alte Herb Caen immer verwendet hat, für Kleine Alte Damen – die gibt es ja überall. Wahrscheinlich sitzt schon eine auf dem Mars, und wir wohnen in ihrer Straße. Jedenfalls ist die, um die es hier geht, offenbar besorgt um Lydia und mich, und sie hat Angst, daß uns etwas passieren könnte. Deshalb hat sie uns einen kleinen Talisman geschickt.« Er zeigte ihn herum. Die Reporter raunten belustigt. »Hübsch, nicht?« sagte Walt. »Ich weiß auch, wofür er gut ist. Er schützt gegen Rheuma.« Die Reporter lachten. »Oder gegen Gicht? Gicht, glaube ich, hat sie geschrieben. Nicht wahr?« Er sah seine Frau an.

Talismane gegen Meteore oder Strahlung gibt es leider nicht, dachte Bonny. Sie war traurig, wie von einer Vorahnung erfaßt.

Vor Fergessons Geschäft hatte sich eine kleine Menschenmenge versammelt, die auf dem großen Stereo-Farbfernseher den Start der Dangerfields verfolgte. Stuart McConchie stand mit verschränkten Armen hinter den Leuten und schaute auch zu.

»Und vergeßt nicht«, sagte Walt Dangerfield gerade, »wenn uns etwas zustößt, wenn wir uns verirren, dann sucht uns nicht. Bleibt zu Hause, und ich bin sicher, daß Lydia und ich irgendwo auftauchen werden.«

»Viel Glück«, murmelten die Reporter, als jetzt Funktionäre und Techniker der NASA auftauchten und die Dangerfields mitnahmen.

»Dauert nicht mehr lange«, sagte Stuart zu Lightheiser, der sich neben ihn gestellt hatte.

»Ist ein Trottel, daß er fliegt«, sagte Lightheiser, an einem Zahnstocher kauend. »Er kommt nie zurück. Das haben sie gleich klargemacht.«

»Warum soll er zurückkommen wollen?« fragte Stuart. »Was ist denn hier so großartig?« Er beneidete Walt Dangerfield; er wünschte sich, daß er, Stuart McConchie, dort vor den Kameras stand, vor den Augen der ganzen Welt.

Hoppy Harrington kam mit seinem Fahrzeug die Treppe herauf und bewegte sich auf sie zu.

»Haben Sie ihn schon hinaufgeschossen?« fragte er Stuart und starrte auf den Bildschirm. »Er wird verglühen. Das wird so sein wie fünfundsechzig; ich weiß das natürlich nicht mehr, aber –«

»Halt den Mund, ja«, zischte Lightheiser; der Phocomelus wurde rot und verstummte. Sie blickten alle auf den Bildschirm und sahen, wie die letzten Techniker vom Gerüst gingen. Der Countdown würde bald beginnen. Am Nachmittag sollte die Rakete starten, die Erde etwa eine Stunde lang umkreisen, und die Menschen würden zusehen. Dann würde die Entscheidung fallen, im Bunker würde jemand auf den Knopf drücken, die Rakete würde ihre Umlaufbahn verlassen und sich von der Erde entfernen.

Stuart McConchie stellte sich vor, wie er in der Kapsel saß, neben sich eine hübsche Frau, aber dann knurrte sein Magen, und er dachte an Suppe, Steak und Apfelkuchen mit Schlagsahne.

3

Stuart McConchie aß fast jeden Tag im Café oben an der Straße. Als er jetzt das Lokal betrat, sah er zu seinem Ärger, daß Hoppy Harringtons Fahrzeug dort abgestellt war; Hoppy verzehrte sein Mittagsmahl ganz natürlich und unbekümmert, so, als sei er es gewohnt, hier zu essen. Verdammt noch mal, dachte Stuart. Er übernimmt das Kommando; die Phocos übernehmen das Kommando. Und ich habe nicht einmal gesehen, wie er den Laden verlassen hat.

Stuart setzte sich jedoch in eine Nische und griff nach der Speisekarte. Mich vertreibt der nicht, sagte er sich, während er nachsah, was es als Tagesgericht gab und wieviel es kostete. Es war Ende des Monats, und Stuart war fast pleite. Erst am Wochenende würde Fergesson auszahlen.

Die schrille Stimme des Phocomelus drang zu Stuart herüber, als er seine Suppe schlürfte. Hoppy erzählte irgendeine Geschichte, aber wem? Connie, der Kellnerin? Stuart drehte den Kopf und sah, daß sowohl die Kellnerin wie Tony, der Koch, bei Hoppys Fahrzeug standen und zuhörten, und beide zeigten keinen Widerwillen.

»Hallo!« rief Hoppy herüber, als er Stuart sah. Stuart nickte und beugte sich wieder über seinen Teller.

Hoppy erzählte gerade von seiner Erfindung, irgendeinem elektronischen Apparat, den er entweder schon gebaut hatte oder bauen wollte. Sicher etwas Verrücktes, dachte Stuart. Vielleicht ein Perpetuum mobile für sich selber. Er lachte. Das muß ich Lightheiser erzählen, dachte er. Hoppys Perpetuum mobile – sein Phocomobil. Er lachte laut auf.

Hoppy hörte ihn lachen und bezog es auf sich und seinen Bericht.

»He, Stuart«, rief er, »setzen Sie sich zu mir. Ich lade Sie zu einem Bier ein.«

Dieser Schwachkopf, dachte Stuart. Weiß er denn nicht, daß Fergesson während der Mittagspause nie ein Bier erlauben würde? Das ist eine feste Regel; wenn wir ein Bier trinken, brauchen wir gar nicht wiederzukommen, und den Lohn schickt er per Scheck.

»Hören Sie«, sagte er zu dem Phoco und drehte sich herum, »wenn Sie erst eine Weile für Fergesson gearbeitet haben, wird es Ihnen nicht mehr einfallen, so etwas Blödes zu sagen.«

Der Phoco wurde rot und fragte: »Was heißt das?«

»Fergesson erlaubt seinen Angestellten nicht, daß sie trinken«, sagte der Koch. »Das verstößt gegen seine Anschauungen, nicht wahr, Stuart?«

»Klar«, sagte Stuart. »Das sollten Sie sich merken.«

»Ich hatte keine Ahnung«, sagte der Phoco, »und außerdem wollte ich selber gar kein Bier trinken. Aber ich sehe nicht ein, wo ein Arbeitgeber das Recht hernimmt, seinen Angestellten vorzuschreiben, was sie in ihrer freien Zeit tun dürfen.«

»Er will nicht, daß seine Verkäufer mit einer Fahne daherkommen«, sagte Stuart. »Ich glaube, das ist sein gutes Recht. Alte Damen, die ins Geschäft kommen, könnten dadurch abgestoßen werden.«

»Das sehe ich bei einem Verkäufer wie Ihnen ein«, meinte Hoppy, »aber ich bin kein Verkäufer, ich bin Techniker, und ich würde auch ein Bier trinken, wenn ich gerne wollte.«

»Jetzt hören Sie mal, Hoppy –«, begann der Koch.

»Sie sind zu jung für ein Bier«, sagte Stuart. Inzwischen hörten alle im Lokal zu.

Der Phoco war im Gesicht dunkelrot geworden.

»Ich bin volljährig«, sagte er gepreßt.

»Geben Sie ihm kein Bier«, sagte Connie zum Koch. »Er ist ein Jugendlicher.«

Hoppy griff in die Tasche, zog seine Brieftasche heraus und legte sie aufgeklappt hin.

»Ich bin einundzwanzig«, sagte er.

Stuart lachte.

»Quatsch.« Der Ausweis mußte gefälscht sein. Wahrscheinlich druckte der Kerl so etwas selber.

Der Koch sah sich den Ausweis genau an.

»Ja, da steht, daß er volljährig ist. Aber Sie erinnern sich, Hoppy, Sie waren schon einmal da, und ich habe Ihnen ein Bier gegeben. Sie –«

»Sie müssen mich bedienen«, sagte der Phoco.

Der Koch brummte etwas und holte eine Flasche Bier, die er ungeöffnet auf die Theke stellte.

»Einen Öffner«, sagte der Phoco.

Der Koch holte einen Öffner und warf ihn auf die Theke. Hoppy drückte den Verschluß auf, atmete tief und trank.

Was soll das? dachte Stuart. Der Koch und Connie und ein paar Gäste beobachteten Hoppy. Kippt er um oder was? Bekommt er einen Wutanfall? Er fühlte sich abgestoßen und gleichzeitig zutiefst verunsichert. Wenn ich nur schon gegessen hätte, dachte er. Ich will das nicht miterleben. Ich will sehen, wie die Rakete startet. Das ist wichtig für Amerika, nicht das, was diese Mißgeburt da macht. Aber er blieb sitzen, weil da etwas vorging, etwas Merkwürdiges mit Hoppy Harrington, dem er sich nicht zu entziehen vermochte.

Der Phocomelus war in seinem Fahrzeug zusammengesunken, als wollte er einschlafen. Sein Kopf lag auf der Steuerstange, seine Augen hatten sich fast völlig geschlossen.

»Mensch«, sagte der Koch. »Jetzt fängt er wieder an.«

»Ich hab's gewußt«, sagte Connie bitter und anklagend.

Die Lippen des Phocos zitterten, und er sagte lallend: »Fragt mich. Jetzt frag mich einer.«

»Was sollen wir fragen?« sagte der Koch gereizt. Er winkte angewidert ab, drehte sich um und kehrte an seinen Grill zurück.

»Fragt mich«, sagte Hoppy mit dumpfer, ferner Stimme, so, als hätte er einen Anfall. Stuart starrte ihn an und begriff, daß es sich wirklich um einen Anfall handelte, um eine Art Epilepsie. Er wünschte sich fort, konnte aber immer noch nicht aufstehen; er mußte zusehen, wie alle anderen.

»Können Sie ihn nicht zum Laden zurückschieben?« fragte Connie Stuart. »Schieben Sie ihn einfach hin!« Sie funkelte ihn an, aber es war nicht seine Schuld; Stuart zuckte hilflos die Achseln.

Der Phoco warf sich lallend in seinem Fahrzeug herum, mit zuckenden Extensoren aus Kunststoff und Metall.

»Fragt mich danach«, sagte er. »Los, bevor es zu spät ist. Ich kann es euch jetzt sagen, ich kann es sehen.«

Der Koch sagte laut an seinem Grillgerät: »Wenn ihn wenigstens einer von euch fragen würde, damit wir es hinter uns haben. Ich weiß, daß ihn einer fragen wird, und wenn ihr es nicht tut, dann ich – ich hab' ein paar Fragen.« Er warf seinen Wender hin und ging wieder auf Hoppy zu. »Hoppy«, sagte er laut, »beim letztenmal haben Sie gesagt, es sei ganz dunkel. Nicht wahr? Überhaupt kein Licht?«

Die Lippen des Phocos zuckten.

»Etwas Licht. Trübes Licht. Gelb, fast wie ausgebrannt.«

Neben Stuart tauchte jetzt der Juwelier von gegenüber auf.

»Ich war beim letztenmal auch dabei«, flüsterte er Stuart zu. »Wollen Sie wissen, was er sieht? Ich kann es Ihnen sagen. Hören Sie zu, Stuart, er sieht *hinüber.*«

»Wo hinüber?« fragte Stuart und stand auf, um besser sehen

und hören zu können; alle waren nähergerückt, um nichts zu versäumen.

»Sie wissen schon«, sagte Mr. Crody. »Übers Grab hinaus. Ins Jenseits. Sie können ruhig lachen, Stuart, aber es ist wahr; wenn er ein Bier getrunken hat, verfällt er in Trance, so wie jetzt, und er hat Visionen oder dergleichen. Fragen Sie Tony oder Connie oder sonst jemand hier; die waren auch dabei.«

Connie beugte sich über die zusammengesunkene, zuckende Gestalt im Fahrzeug.

»Hoppy, wo kommt das Licht her? Ist das Gott?« Sie lachte nervös. »Wie in der Bibel, wissen Sie. Ich meine, ist es wahr?«

Hoppy sagte lallend: »Graue Dunkelheit. Wie Asche. Dann eine weite Fläche. Nichts als lodernde Feuer, das Licht kommt von den lodernden Feuern. Sie brennen ewig. Nichts ist am Leben.«

»Und wo sind Sie?« fragte Connie.

»Ich – schwebe«, sagte Hoppy. »Schwebe nah über dem Boden – nein, jetzt bin ich ganz hoch. Ich wiege nichts, ich habe keinen Körper mehr, darum bin ich so hoch oben, so hoch, wie ich will. Ich kann hier hängen, wenn ich will; ich brauche nicht herunterzukommen. Es gefällt mir hier oben, und ich kann ewig die Erde umkreisen. Da ist sie, unter mir, und ich kann einfach ewig herumfliegen.«

Mr. Crody trat an das Fahrzeug heran und fragte: »Äh, Hoppy, ist sonst keiner da? Sind wir alle zur Einsamkeit verdammt?«

Hoppy lallte: »Ich – sehe jetzt andere. Ich schwebe wieder hinunter, ich lande im Grauen. Ich gehe herum.«

Gehen, dachte Stuart. Womit denn? Beine, aber kein Körper; was für ein Leben nach dem Tod. Er lachte in sich hinein. Was für eine Vorstellung, dachte er. Was für ein Quatsch. Aber auch er trat an das Fahrzeug heran, quetschte sich zwischen den anderen hindurch.

»Sind Sie in ein anderes Leben geboren, wie man im Osten lehrt?« fragte eine ältere Frau im Stoffmantel.

»Ja«, sagte Hoppy überraschend. »Ein neues Leben. Ich habe einen anderen Körper; ich kann alles mögliche tun.«

»Ein Schritt vorwärts«, sagte Stuart.

»Ja«, murmelte Hoppy. »Ein Schritt vorwärts. Ich bin wie alle anderen, ich bin sogar besser als alle anderen. Ich kann alles, was sie können, und noch eine Menge mehr. Ich kann hingehen, wohin ich will, und sie nicht. Sie können sich nicht bewegen.«

»Warum können sie sich nicht bewegen?« fragte der Koch.

»Sie können einfach nicht«, sagte Hoppy. »Sie können nicht in die Luft oder auf Straßen oder Schiffe; sie bleiben einfach, wo sie sind. Es ist ganz anders als jetzt. Ich kann sie alle sehen, wie tot, wie festgenagelt und tot. Wie Leichen.«

»Können sie reden?« fragte Connie.

»Ja«, sagte der Phoco, »sie können miteinander sprechen. Aber – sie müssen –« Er schwieg, und dann lächelte er. »Sie können nur durch mich reden.«

Möchte wissen, was das heißt, dachte Stuart. Klingt wie der Tagtraum eines Größenwahnsinnigen, der die Welt beherrschen möchte. Kompensation, weil er verkrüppelt ist...

Stuart war nicht mehr so interessiert, als ihm das klargeworden war. Er ging zurück zu seiner Nische.

»Ist das eine gute Welt, dort?« fragte der Koch gerade. »Sagen Sie mir, ob sie besser ist als unsere oder schlechter.«

»Schlechter«, sagte Hoppy. Und dann fügte er hinzu: »Schlechter für euch. Sie ist das, was alle verdienen; sie ist Gerechtigkeit.«

»Also besser für Sie«, ergänzte Connie.

»Ja«, sagte der Phoco.

»Hören Sie mal«, sagte Stuart von seinem Platz aus zu der Kellnerin. »Sehen Sie nicht, daß das nur eine psychologische Kompensation ist, weil er verkrüppelt ist? So hält er durch, wenn er sich das einbildet. Ich begreife nicht, wie ihr das ernstnehmen könnt.«

»Ich nehme es nicht ernst«, erwiderte Connie, »aber es ist interessant. Ich habe was von Medien gelesen, wie sie heißen. Sie verfallen in Trance und können mit der nächsten Welt in Verbindung treten, wie er. Haben Sie das noch nie gehört? Ich glaube, das ist wissenschaftlich erwiesen, nicht wahr, Tony?«

»Weiß ich nicht«, sagte Tony mürrisch und ging wieder zu seinem Grill zurück.

Der Phoco schien noch tiefer in seine vom Bier ausgelöste Trance verfallen zu sein; er schien jetzt zu schlafen und nichts mehr zu sehen oder jedenfalls die Leute um sich nicht mehr wahrzunehmen. Die Séance war vorbei.

Tja, man weiß ja nie, sagte Stuart zu sich selbst. Möchte wissen, was Fergesson dazu sagen würde. Ob ich ihm das sagen soll, wenn ich zurückkomme? Wenn er das hört, wirft er Hoppy wahrscheinlich auf der Stelle hinaus; ich könnte es ihm nicht verdenken. Also sage ich lieber nichts, entschied er.

Die Augen des Phocos öffneten sich. Mit schwacher Stimme sagte er: »Stuart.«

»Was wollen Sie?«

»Ich –« Die Stimme des Phocos klang gebrechlich, als sei ihm das Ganze zuviel gewesen. »Hören Sie. Ich –« Er schob sich hoch, dann rollte er langsam auf Stuarts Nische zu. Mit leiser Stimme sagte er: »Könnten Sie mich vielleicht zum Geschäft zurückschieben? Nicht jetzt gleich, aber wenn Sie mit dem Essen fertig sind. Ich wäre Ihnen wirklich sehr dankbar.«

»Warum?« fragte Stuart. »Schaffen Sie es nicht?«

»Ich fühle mich nicht wohl«, sagte der Phoco.

Stuart nickte.

»Okay. Wenn ich fertig bin.«

»Danke«, sagte der Phoco.

Stuart beachtete ihn nicht und aß mit ausdrucksloser Miene weiter. Wenn man nur nicht wüßte, daß ich ihn kenne, dachte er. Wenn er nur wegfahren und irgendwo warten würde. Aber der Phoco hatte sich hingesetzt und rieb mit dem linken Extensor seine Stirn; er schien zu schwach zu sein, um sich selbst bewegen zu können.

Später, als Stuart den Phoco zum Laden zurückschob, sagte Hoppy: »Es ist eine große Verantwortung, hinüberzusehen.«

»Ja«, murmelte Stuart und hielt seine Distanz, tat einfach seine Pflicht, nicht mehr; er schob das Fahrzeug, und das war alles.

»Das erstemal, als es passierte«, begann Hoppy, aber Stuart unterbrach ihn.

»Interessiert mich nicht«, sagte er. »Ich will nur zurück und sehen, ob die Rakete schon gestartet ist. Wahrscheinlich ist sie schon in der Umlaufbahn.«

»Wahrscheinlich.«

An der Kreuzung warteten sie auf Grün.

»Das erstemal, als es passierte«, begann der Phoco wieder, »hat es mir Angst eingejagt.« Als Stuart ihn über die Straße schob, fuhr er fort: »Ich wußte gleich, was ich da sah. Der Rauch und die Feuer ... alles ganz verschmiert. Wie eine Grube oder ein Ort, wo sie Schlacke verarbeiten. Furchtbar.« Er schauderte. »Aber ist das so großartig, wie es jetzt ist? Nicht für mich.«

»Mir gefällt es«, sagte Stuart kurz.

»Natürlich«, sagte der Phoco. »Sie sind auch kein biologischer Ulk.«

Stuart grunzte.

»Wissen Sie, was meine erste Kindheitserinnerung ist?« fragte der Phoco halblaut. »In einer Decke zur Kirche getragen werden. In einer Betbank liegen wie ein –« Seine Stimme versagte. »In der Decke hinein- und hinausgetragen werden, eingewickelt, damit mich keiner sehen konnte. Das war ein Einfall meiner Mutter. Sie konnte es nicht ertragen, wenn mein Vater mich auf dem Rücken schleppte, wo die Leute es sehen konnten.«

Stuart grunzte.

»Das ist eine furchtbare Welt«, fuhr der Phoco fort. »Früher habt ihr Neger leiden müssen; wenn Sie im Süden leben würden, müßten Sie jetzt noch leiden. Das vergeßt ihr alles, weil man es euch vergessen läßt, aber ich – mich läßt man nicht vergessen. Außerdem will ich gar nicht vergessen, was ich bin, meine ich. In der nächsten Welt wird alles anders sein. Sie werden es sehen, weil Sie auch da sein werden.«

»Nein«, sagte Stuart. »Wenn ich sterbe, bin ich tot. Ich habe keine Seele.«

»Sie auch«, sagte der Phoco, und er schien sich daran zu weiden; seine Stimme verriet eine bösartige, grausame Freude. »Ich weiß es.«

»Woher?«

»Weil ich Sie einmal gesehen habe.«

Stuart erschrak unwillkürlich.

»Ach –«

»Einmal«, sagte der Phoco mit Nachdruck. »Das waren Sie; kein Zweifel. Wollen Sie wissen, was Sie getan haben?«

»Nee.«

»Sie haben eine tote Ratte roh gegessen.«

Stuart erwiderte nichts; er schob aber das Fahrzeug immer schneller den Gehsteig hinunter, so schnell er konnte, zurück zum Laden.

Als sie das Geschäft erreichten, standen die Leute immer noch vor dem Schaufenster mit dem Fernsehgerät. Und die Rakete hatte abgehoben; sie war eben gestartet, und man wußte noch nicht, ob die Stufen richtig funktioniert hatten.

Hoppy schob sich selbst die Treppe zur Werkstatt hinunter, und Stuart blieb oben vor dem Gerät. Die Worte des Phocos hatten ihn aber so durcheinandergebracht, daß er sich nicht auf das Fernsehbild konzentrieren konnte; er entfernte sich, und als er Fergesson oben im Büro sah, ging er hinauf.

»Hören Sie«, sagte er. »Dieser gottverdammte Hoppy –«

Fergesson hob den Kopf.

»Lassen Sie nur«, sagte Stuart entmutigt.

»Ich habe ihm bei der Arbeit zugesehen«, sagte Fergesson. »Ich bin hinuntergegangen und habe ihm heimlich zugesehen. Ich gebe zu, daß etwas Unappetitliches dran ist. Aber er ist tüchtig; ich habe mir angesehen, was er gemacht hat, und es war in Ordnung, und das ist alles, was zählt.« Er sah Stuart scharf an.

»Ich hab' gesagt, lassen Sie's.«

»Ist die Rakete gestartet?«

»Eben jetzt.«

»Wir haben wegen dem ganzen Zirkus heute nicht ein Stück verkauft«, sagte Fergesson.

»Zirkus!« Stuart setzte sich an den Schreibtisch und schaute hinunter in den Laden. »Das ist Geschichte!«

»Für euch ist das bloß eine Gelegenheit, herumzustehen und zu faulenzen«, sagte Fergesson und beugte sich wieder über seine Rechnungen.

»Hören Sie, ich will Ihnen sagen, was Hoppy gemacht hat. Oben im Café.«

Fergesson sah ihn an.

»Er hatte einen Anfall«, sagte Stuart. »Er ist übergeschnappt.«

»Machen Sie keine Witze.«

»Er ist umgekippt, weil er – ein Bier getrunken hat. Und er hat übers Grab hinausgesehen. Er hat gesehen, wie ich eine tote Ratte gegessen habe. Und sie war roh. Hat er gesagt.«

Fergesson lachte.

»Das ist nicht komisch.«

»Aber sicher. Er revanchiert sich für die faulen Witze, die Sie über ihn machen, und Sie sind so dumm und fallen drauf rein.«

»Er hat es wirklich gesehen«, beharrte Stuart.

»Hat er mich auch gesehen?«

»Hat er nicht gesagt. Das macht er da oben die ganze Zeit. Sie geben ihm Bier, er verfällt in eine Trance, und sie stellen ihm Fragen. Wie das dort ist. Ich war nur zufällig dort, beim Mittagessen. Ich habe nicht mal gesehen, wie er hingekommen ist.«

Fergesson runzelte die Stirn und dachte nach; dann drückte er auf die Taste des Wechselsprechgeräts.

»Hoppy, kommen Sie rauf ins Büro. Ich möchte mit Ihnen reden.«

»Ich wollte ihn nicht in Schwierigkeiten bringen«, sagte Stuart.

»Doch«, sagte Fergesson. »Aber wissen muß ich das trotzdem. Ich habe ein Recht darauf, zu erfahren, was meine Angestellten machen, wenn sie sich in der Öffentlichkeit so benehmen, daß der Ruf der Firma geschädigt werden kann.«

Sie warteten, und nach einer Weile hörten sie das Fahrzeug mühsam die Treppe heraufrollen.

Als Hoppy in der Tür auftauchte, sagte er: »Was ich während meiner Mittagspause mache, ist meine Sache, Mr. Fergesson. Das ist meine Meinung.«

»Irrtum«, sagte Fergesson. »Es ist auch meine Sache. Haben Sie mich jenseits des Grabes gesehen, wie Stuart hier? Was habe ich gemacht? Ich will es wissen, und Sie geben mir eine anständige Antwort, oder Sie scheiden hier aus, noch am selben Tag, an dem ich Sie eingestellt habe.«

Der Phoco erwiderte mit ruhiger, sachlicher Stimme: »Ich habe Sie nicht gesehen, Mr. Fergesson, weil Ihre Seele zugrunde gegangen ist und nicht wiedergeboren werden wird.«

Fergesson betrachtete den Phocomelus eine Weile.

»Wieso das?« fragte er schließlich.

»Das ist Ihr Schicksal«, sagte Hoppy.

»Ich habe nichts Kriminelles oder Unmoralisches getan.«

»Das ist der kosmische Prozeß, Mr. Fergesson«, sagte der Phoco. »Ich kann nichts dafür.« Er verstummte.

Fergesson sah Stuart an und sagte: »Mensch. Na ja, wer dumm fragt, bekommt eine dumme Antwort.« Er wandte sich wieder an den Phoco: »Haben Sie sonst jemanden gesehen, den ich kenne, meine Frau etwa? Nein, die kennen Sie ja nicht. Was ist mit Lightheiser? Was wird aus ihm?«

»Den habe ich auch nicht gesehen.«

»Wie haben Sie den Wechsler repariert?« fragte Fergesson. »Wie haben Sie das *wirklich* gemacht? Es sah aus, als – hätten Sie ihn geheilt. Es sah so aus, als hätten Sie die Feder wieder ganz gemacht, statt sie zu ersetzen. Wie haben Sie das gemacht? Ist das eine der außersinnlichen Kräfte, oder wie man das nennt?«

»Ich habe ihn repariert«, sagte der Phoco tonlos.

»Er will es nicht sagen«, sagte Fergesson zu Stuart. »Aber ich habe ihn gesehen. Er konzentrierte sich auf eine sonderbare Weise darauf. Vielleicht haben Sie recht, McConchie; vielleicht war es ein Fehler, ihn einzustellen. Aber was zählt, sind die Ergebnisse. Hören Sie, Hoppy, ich möchte nicht, daß Sie in der Öffentlichkeit hier an der Straße mit Trancezuständen herumtun, wenn Sie bei mir beschäftigt sind; vorher ging das in Ordnung, aber jetzt nicht mehr. Machen Sie das zu Hause, wenn Sie allein sind, ist das klar?« Er griff nach seinen Rechnungen. »Das wäre alles. Geht runter, ihr beiden, und arbeitet was, statt herumzulungern.«

Der Phoco drehte sofort sein Fahrzeug herum und rollte zur Treppe. Stuart folgte ihm langsam, die Hände in den Hosentaschen.

Unten am Fernseher hörte er den Sprecher aufgeregt sagen, daß die ersten drei Stufen der Rakete offenbar exakt gezündet hätten.

Das ist gut, dachte Stuart. Ein glänzendes Kapitel in der Geschichte der Menschheit. Er fühlte sich ein wenig wohler und stellte sich so an die Theke, daß er den Bildschirm sehen konnte.

Er glaubte, was Hoppy gesagt hatte; er glaubte es, weil er es mit eigenen Augen gesehen hatte, daß da wirklich ein Trancezustand eingetreten war. Soviel stimmte jedenfalls.

Hoppy hatte *irgend etwas* gesehen. Und es war etwas Schreckliches, daran gab es keinen Zweifel.

Was sieht er sonst noch? dachte Stuart. Wenn ich den Kerl nur dazu zwingen könnte, daß er es sagt. Was hat dieser verbogene, verkrüppelte Geist noch von mir und von uns allen gesehen?

Ich möchte das auch sehen, dachte er. Denn es erschien ihm sehr wichtig, und er blickte auch nicht mehr auf den Bildschirm. Er vergaß Walt und Lydia Dangerfield und den historischen Augenblick; er dachte nur an Hoppy und den Zwischenfall im Café. Er hätte gern aufgehört, darüber nachzudenken, aber er konnte nicht.

4

Das ferne Knallen veranlaßte Mr. Austurias, den Kopf zu drehen, um zu sehen, was da die Straße entlangkam. Er stand auf dem Hang vor dem Eichenwäldchen, beschattete die Augen und sah unten auf der Straße das kleine Phocomobil von Hoppy Harrington; der Phocomelus saß in der Mitte und lenkte das Fahrzeug zwischen den Schlaglöchern hindurch. Aber das Knallen stammte nicht von dem Phocomobil, das mit einer elektrischen Batterie betrieben wurde.

Ein Lastwagen, dachte Mr. Austurias. Einer von Orion Strouds umgebauten alten Holzvergasern; jetzt sah er ihn, und er fuhr sehr schnell, direkt auf Hoppys Phocomobil zu. Der

Phocomelus schien das große Fahrzeug hinter sich nicht zu hören.

Die Straße gehörte Orion Stroud; er hatte sie im Jahr zuvor vom Bezirksamt gekauft, und es war seine Sache, sie instand zu halten und anderen Verkehr als den seiner Lastwagen zuzulassen. Eine Maut durfte er nicht erheben. Trotz der Vereinbarung schien der Holzvergaser-Laster aber entschlossen zu sein, das Phocomobil von der Straße zu fegen; er fuhr direkt darauf zu, ohne abzubremsen.

Mein Gott, dachte Mr. Austurias. Er hob unwillkürlich die Hand, als wolle er den Lastwagen aufhalten. Dieser hatte das Gefährt fast erreicht, und Hoppy merkte immer noch nichts.

»Hoppy!« brüllte Mr. Austurias, und seine Stimme hallte durch die nachmittägliche Stille des Waldes, seine Stimme und das Knallen des Lastwagenmotors.

Der Phocomelus hob den Kopf, sah ihn nicht, fuhr weiter, den Lastwagen so knapp hinter sich, daß – Mr. Austurias schloß die Augen. Als er sie wieder aufmachte, sah er das Phocomobil auf dem Bankett; der Lastwagen brauste weiter, und Hoppy war unverletzt; er hatte im letzten Augenblick Platz gemacht.

Hoppy grinste dem Lastwagen nach und winkte mit einem Kunstarm. Ihn hatte das nicht gestört, er war nicht im mindesten erschrocken, obwohl er erkannt haben mußte, daß der Lastwagen ihn hatte überfahren wollen. Hoppy drehte sich um und winkte Mr. Austurias zu, den er nicht sehen konnte, aber in der Nähe wußte.

Die Hände des Volksschullehrers zitterten; er bückte sich, nahm seinen leeren Korb und stieg den Hang hinauf zu der ersten alten Eiche mit den feuchten Schatten darunter. Mr. Austurias war unterwegs, um Pilze zu sammeln.

Er fand einen großen Pfifferling, grub ihn aus und legte ihn in den Korb. Von unten, von der Straße her, hörte er ein seltsames Geräusch, ein rauhes Schnarren; er blieb stehen und lauschte. Das Geräusch wiederholte sich, und Mr. Austurias kehrte um und lief durch den Wald, bis er wieder auf die Straße hinunterblicken konnte.

Das Phocomobil stand noch immer auf dem Bankett; es war nicht weitergefahren, und in dem Fahrzeug saß das armlose, beinlose Faktotum, nach vorn gebeugt. Was machte er da? Ein Krampf schüttelte Hoppy, riß seinen Kopf hoch, und Mr. Austurias sah zu seiner Verblüffung, daß der Phocomelus weinte.

Angst, dachte Mr. Austurias. Der Phocomelus war über den Lastwagen erschrocken, hatte es aber nicht gezeigt, bis der Laster verschwunden war, bis – wie der Phoco meinte – niemand mehr in der Nähe war und er sich gehen lassen konnte.

Mr. Austurias berührte den Pilz in seinem Korb und dachte: Wir sind dem Tod immer sehr nah. Aber war es früher denn soviel besser gewesen? Krebserzeugende Insektenvertilgungsmittel, Smog, der ganze Städte verpestete, Autobahnen und Flugzeugabstürze... so sicher war man damals auch nicht gewesen; kein leichtes Leben, für keinen. Ab und zu hatte man beiseitespringen müssen.

Wir müssen das Beste aus der Sache machen, das Leben genießen, wenn es geht, sagte er sich. Wenn ich nur noch ein paar Pilze finden würde – dann könnte ich George Keller einladen, dachte er. George, den Schulleiter, meinen Chef. Oder sogar einen vom Schulausschuß, vielleicht sogar Orion Stroud selbst, den großen, dicken Mann.

Und dann könnte er auch Georges Frau einladen, Bonny Keller, die hübscheste Frau von ganz West Marin; vielleicht die hübscheste im Bezirk. Nun, das ist eine Person, die es verstanden hat, zu überleben in dieser Gesellschaft von... Beide Kellers hatten sich seit dem bewußten Tag gut gehalten. Es ging ihnen fast besser als vorher.

Mr. Austurias schaute zur Sonne hinauf und berechnete die Zeit. Vielleicht ging es schon auf vier Uhr zu; es wurde Zeit, daß er hinunterlief, um dem Satelliten zu lauschen, wenn er über ihnen hinwegflog. Das darfst du nicht verpassen, sagte er sich, als er sich in Bewegung setzte. Nicht für eine Million Silberdollar, wie man früher zu sagen pflegte. ›Des Menschen Hörigkeit‹ – vierzig Lesungen schon, und jetzt wurde es erst richtig interessant. Alle beteiligten sich an dieser Lesung; kein Zweifel, der Mann im Satelliten hatte diesmal etwas Großartiges ausgesucht. Ob er das weiß? dachte Mr. Austurias. Sagen kann ich es ihm nicht; nur zuhören, nicht antworten, von West Marin aus. Schade. Es würde ihm vielleicht viel bedeuten.

Walt Dangerfield mußte sehr einsam sein, da oben im Satelliten, dachte Mr. Austurias. Die Erde umkreisend, Tag für Tag. Eine entsetzliche Tragödie, als seine Frau gestorben war; man merkte es – er war nie mehr er selbst. Wenn wir ihn nur herunterholen könnten... aber wenn wir das täten, hätten wir ihn nicht da oben, wo er uns vorlesen kann. Nein. Es wäre nicht gut, weil er dann die Gewißheit hätte, nie mehr hinaufzukönnen; nach all den Jahren muß er ja wahnsinnig werden bei dem Gedanken, das Ding verlassen zu können.

Er packte seinen Korb fester und eilte hinunter nach Post Reyes, wo es das einzige Radio gab, die einzige Verbindung mit Walt Dangerfield im Satelliten, und, durch ihn, zur Außenwelt.

»Der Zwanghafte lebt in einer Welt, in der alles verfällt«, sagte Dr. Stockstill. »Das ist eine große Erkenntnis. Denken Sie darüber nach.«

»Dann müssen wir alle Zwanghafte sein«, meinte Bonny Keller, »denn das existiert doch rings um uns – nicht wahr?« Sie lächelte ihn an, und er mußte das Lächeln einfach erwidern.

»Sie haben gut lachen«, sagte er, »aber die Psychiatrie wird gebraucht, vielleicht mehr als je zuvor.«

»Sie wird überhaupt nicht gebraucht«, widersprach Bonny. »Ich bin nicht so sicher, daß man sie überhaupt je gebraucht hat, aber damals war ich überzeugt davon, wie Sie wissen.«

Ganz vorne in dem großen Raum sagte June Raub, die am Radio herumdrehte: »Ruhe, bitte. Wir empfangen ihn gleich.«

Unsere Autoritätsfigur spricht, dachte Stockstill, und wir tun, was sie sagt. Dabei war sie vorher nichts anderes gewesen als eine Stenotypistin in der hiesigen Bankfiliale.

Bonny runzelte die Stirn und wollte Mrs. Raub etwas erwidern, beugte sich dann aber vor und sagte zu Stockstill: »Gehen wir hinaus. George kommt mit Edie. Los doch.« Sie packte ihn am Arm und führte ihn vorbei an den auf ihren Stühlen sitzenden Leuten zur Tür und hinaus ins Freie.

»Diese June Raub«, sagte Bonny. »Sie ist schon verdammt herrisch.« Sie schaute die Straße hinauf und hinunter. »Ich sehe meinen Mann und die Tochter nicht, nicht einmal unseren braven Lehrer sehe ich. Austurias ist natürlich im Wald und sammelt giftige Pilze, um uns alle umzubringen, und was Hoppy gerade macht, weiß der Himmel. Ah, da kommt mein lieber Mann. Er hat sich von seiner Schule freimachen können. Und da ist Edie.«

Auf der Straße kam die hochgewachsene, schlanke Gestalt des Schulrektors daher; neben ihm, an seiner Hand, das kleine rothaarige Kind, eine Miniaturausgabe von Bonny. George lächelte, als er die beiden sah.

»Hat es schon angefangen?« fragte er.

»Noch nicht«, sagte Bonny.

»Das ist gut, weil Bill ganz außer sich ist, wenn er es verpaßt«, sagte das Kind.

»Wer ist ›Bill‹?« fragte Stockstill.
»Mein Bruder«, erwiderte Edie gelassen.
Ich wußte gar nicht, daß die Kellers zwei Kinder haben, dachte Stockstill verwirrt. Und außerdem sah er kein zweites Kind, sondern nur Edie.
»Wo ist Bill?« fragte er.
»Bei mir«, sagte Edie. »Wie immer. Kennen Sie Bill denn nicht?«
»Eingebildeter Spielkamerad«, erklärte Bonny und seufzte.
»Nein, er ist nicht eingebildet«, widersprach ihre Tochter.
»Okay«, sagte Bonny gereizt. »Er ist echt. Darf ich Ihnen Bill vorstellen«, wandte sie sich an Dr. Stockstill. »Der Bruder meiner Tochter.«
Nach einer Pause erwiderte Edie mit konzentrierter Miene: »Bill freut sich, Sie endlich kennenzulernen, Doktor Stockstill. Er sagt Ihnen guten Tag.«
Stockstill lachte.
»Sag ihm, ich freue mich auch, ihn kennenzulernen.«
»Da kommt Austurias«, sagte George Keller.
Mr. Austurias kam auf sie zugeschritten, das Gesicht von der Anstrengung gerötet.
»Gehen wir hinein«, sagte er keuchend. »Damit wir Dangerfields Lesung nicht verpassen.«
»Sie wissen, wie es ausgeht«, sagte Stockstill. »Mildred kommt zurück und tritt wieder in sein Leben und drangsaliert ihn. Sie kennen das Buch so gut wie ich – wie wir alle.«
»Ich höre heute nicht zu«, sagte Bonny. »Ich kann es nicht ertragen, wenn June Raub immer ›pst‹ macht.«
»Na ja, nächsten Monat können ja Sie Gemeindeleiterin sein«, meinte Stockstill und warf ihr einen Blick zu.
»Ich glaube, June braucht ein bißchen Psychoanalyse«, sagte Bonny. »Sie ist so aggressiv, so maskulin – das ist nicht natürlich. Warum nehmen Sie sie nicht mal beiseite und widmen ihr ein paar Stunden?«
»Schicken Sie mir schon wieder einen Patienten, Bonny?« fragte Stockstill. »Ich erinnere mich noch an den letzten.« Es fiel ihm nicht schwer, sich daran zu erinnern, denn es war der Tag gewesen, an dem die Bombe hier gefallen war. Jahre zurück, dachte er. In einer anderen Inkarnation, wie Hoppy das ausdrükken würde.
»Sie hätten ihm gut getan, wenn Sie ihn hätten behandeln können, aber Sie hatten einfach nicht die Zeit dazu«, sagte Bonny.

»Übrigens ist mir heute etwas Merkwürdiges an unserem kleinen Phocomelus aufgefallen, Doktor«, sagte Mr. Austurias. »Ich wollte Sie deswegen mal um Ihre Meinung fragen, wenn sich die Gelegenheit dazu ergibt. Er gibt mir Rätsel auf, muß ich sagen – und ich bin neugierig. Die Fähigkeit, gegen alle Wahrscheinlichkeit zu überleben – die besitzt Hoppy ganz gewiß. Ermutigend für uns alle, wenn Sie verstehen, was ich meine. Wenn er es schafft –« Der Lehrer brach ab. »Aber wir müssen hineingehen.«

»Jemand hat mir erzählt, Dangerfield habe neulich Ihren alten Bekannten erwähnt«, sagte Stockstill zu Bonny.

»Er hat Bruno erwähnt?« Bonny wurde sofort aufmerksam. »Lebt er noch, ist es das? Ich war überzeugt davon.«

»Nein, das hat Dangerfield nicht gesagt. Er sagte etwas Ätzendes über den ersten großen Unfall. Sie erinnern sich. Neunzehnhundertzweiundsiebzig.«

»Ja«, sagte sie gepreßt. »Ich erinnere mich.«

»Dangerfield sagte, wir lebten jetzt *alle* in Brunos Unfall. Wir seien alle der Geist von zweiundsiebzig. So originell ist das natürlich nicht; man hat das früher schon gehört. Aber er hat eben eine besondere Art, sich auszudrücken.«

Mr. Austurias war an der Tür stehengeblieben und hatte zugehört. Jetzt drehte er sich um und kam zurück.

»Bonny«, sagte er, »haben Sie Bruno Bluthgeld vor dem Notstand gekannt?«

»Ja«, sagte sie. »Ich habe einige Zeit in Livermore gearbeitet.«

»Jetzt ist er natürlich tot«, sagte Mr. Austurias.

»Ich war immer der Meinung, daß er noch irgendwo lebt«, erwiderte Bonny. »Er war oder ist ein großer Mann, und der Unfall damals war nicht seine Schuld. Leute, die nichts davon wissen, halten ihn aber für verantwortlich.«

Mr. Austurias drehte ihr wortlos den Rücken zu und betrat das Haus.

»Das eine muß man Ihnen lassen«, sagte Stockstill, »mit Ihrer Meinung halten Sie nicht hinter dem Berg.«

»Jemand muß den Leuten Bescheid sagen«, erwiderte Bonny. »Er hat in den Zeitungen alles über Bruno gelesen. Die Zeitungen. Das ist wenigstens ein Vorteil jetzt; es gibt keine Zeitungen mehr, außer man zählt das kleine, alberne ›Nachrichten und Ansichten‹ mit, was ich nicht mache. Dangerfield gestehe ich wenigstens zu, daß er kein Lügner ist.«

Sie und Stockstill folgten Mr. Austurias, gefolgt von George und Edie, um sich im fast vollen Gebäude Dangerfields Sendung aus dem Satelliten anzuhören.

Bonny Keller saß nicht weit von dem Lehrer entfernt und dachte: Wieder einer, der Bruno sucht. Wieder einer, der ihm die Schuld gibt und ihn zum Sündenbock macht für alles, was geschehen ist. So, als könnte *ein Mensch* einen Weltkrieg und den Tod von Millionen herbeiführen, selbst wenn er es wollte.

Durch mich findet ihr ihn nicht, sagte sie sich. Ich könnte euch helfen, aber ich denke nicht daran, Mr. Austurias. Gehen Sie wieder zu Ihrem kleinen Stapel einbandloser Bücher, suchen Sie weiter Ihre Pilze. Vergessen Sie Bruno Bluthgeld, oder Mr. Tree, wie er sich jetzt nennt. So, wie er sich genannt hat, seit jenem Tag vor sieben Jahren, als die Bomben zu fallen begannen und er inmitten des Schutts durch die Straßen von Berkeley irrte, unfähig, zu begreifen – so, wie wir alle nicht begreifen konnten –, was da vorging.

5

Den Mantel über dem Arm ging Bruno Bluthgeld die Oxford Street hinauf, durch den Campus der Universität von Kalifornien, vorgebeugt, ohne sich umzusehen; er kannte die Strecke gut und wollte die Studenten, die jungen Leute, nicht sehen. Er interessierte sich nicht für die vorbeifahrenden Autos oder die Gebäude, von denen so viele neu waren. Er sah die Stadt Berkeley nicht, weil er sich nicht dafür interessierte. Er dachte nach, und es schien ihm jetzt ganz klar zu sein; er begriff, was ihn krank machte. Er zweifelte nicht daran, daß er krank war; er fühlte sich zutiefst krank – es war nur eine Frage, die Quelle der Ansteckung zu finden.

Sie erreichte ihn von außerhalb, diese Krankheit, die schreckliche Infektion, die ihn endlich zu Dr. Stockstill getrieben hatte. Verfügte der Psychiater, nach dem heutigen ersten Besuch, über eine brauchbare Theorie? Bruno Bluthgeld bezweifelte es.

Und dann fiel ihm beim Gehen auf, daß alle Querstraßen auf der linken Seite wegsackten, als rutsche die Stadt auf dieser Seite ab, als kippe sie langsam um. Bluthgeld amüsierte sich, weil er die Verzerrung erkannte; das war sein Astigmatismus, der sehr ausgeprägt auftrat, wenn er unter seelischem Druck stand. Ja, es kam ihm vor, als gehe er auf einem schrägen Gehsteig, auf der einen Seite angehoben, so daß alles zum Wegrutschen neigte; er spürte, wie er langsam abrutschte, und es fiel ihm schwer, einen Fuß vor den anderen zu setzen. Er neigte zu einer Abweichung, zu einem Schwanken nach links.

Wie wichtig Sinneseindrücke sind, dachte er. Nicht nur das, was man wahrnimmt, sondern auch das Wie. Er lachte in sich hinein, als er weiterging. Sehr leicht, das Gleichgewicht zu verlieren, wenn man unter schwerer Stabsichtigkeit leidet. Vielleicht habe ich auch eine leichte Innenohrentzündung. Sollte zum Arzt gehen.

Und jetzt, ja – die Störung des Gleichgewichts dehnte sich nun auch auf sein Gehör aus, wie er es vorausgesehen hatte. Faszinierend, wie Auge und Ohr zusammenwirkten, um eine ›Gestalt‹ zu erzeugen; zuerst sein Sehvermögen, dann sein Gleichgewicht, jetzt das Gehör.

Er hörte beim Gehen ein dumpfes, tiefes Echo, das von seinen eigenen Schritten herrührte, von seinen Sohlen und Absätzen auf dem Pflaster; nicht das knappe, knallende Stöckeln einer Frau, sondern ein schattenhaftes, tiefes Geräusch, beinahe ein Grollen, wie aus einer Grube oder Höhle.

Es war kein angenehmes Geräusch; es erzeugte Schmerzen in seinem Kopf, verursachte einen Nachhall, der ausgesprochen schmerzhaft war. Er wurde langsamer, wechselte den Schritt, sah seine Schuhe das Pflaster berühren, achtete auf das Geräusch.

Ich weiß, woran das liegt, dachte er. Einfach an der Spannungshaltung, an der Skelettstarre, vor allem im Genick. Wenn er den Kopf hin- und herdrehte, konnte er das nachprüfen; er hörte die Halswirbel leise knacken, was augenblicklich zu überaus qualvollen Vibrationen in den Gehörgängen führte.

Ich muß heute unter einer enormen Belastung stehen, dachte Bruno Bluthgeld. Denn nun trat eine noch auffälligere Veränderung seiner Sinneswahrnehmungen ein, wie er sie noch nie erlebt hatte. Eine dumpfe, rauchige Färbung legte sich über die ganze Umgebung und ließ die Gebäude und Autos wie reglose, düstere Klumpen erscheinen, ohne Farbe und Bewegung.

Und wo waren die Menschen? Er schien mutterseelenallein durch die Oxford Street zu stapfen, unterwegs zu seinem Cadillac. Waren sie alle – seltsamer Gedanke – in die Häuser gegangen? Wie, um vor dem Regen zu flüchten, dachte er … vor diesem Regen winziger, rußiger Partikel, der die ganze Luft zu erfüllen schien, seine Atmung behinderte, sein Sehvermögen und seine Fortbewegung.

Er blieb stehen. Und während er dort an der Kreuzung stand und in die Seitenstraße blickte, wo sie in eine Art Dunkelheit hinabführte, und dann nach rechts, wo sie anstieg und abriß, wie verdreht und abgebrochen, sah er entsetzt, daß sich überall Spalten gebildet hatten. Die Gebäude auf der linken Seite klafften auseinander. Gezackte Risse liefen durch sie hindurch, als zerreiße der härteste aller Stoffe, der Beton als Fundament der Stadt, ihrer Straßen und Gebäude, als brächen die Fundamente selbst auseinander.

Guter Gott, dachte er. Was ist das? Er starrte in den rußigen Nebel, denn der Himmel war jetzt nicht mehr sichtbar, vom schwarzen Regen völlig ausgelöscht.

Und dann sah er im Halbdunkel, zwischen den Betonklötzen, im Schutt, kleine, zusammengeschrumpfte Gestalten; Menschen, die Fußgänger, die zuvor dagewesen und dann verschwunden gewesen waren – sie waren wieder da, aber alle zwergenhaft, und sie glotzten ihn leer an, sprachen nicht, stocherten nur ziellos herum.

Was ist das? fragte er sich noch einmal, diesmal laut; er hörte seine Stimme dumpf widerhallen. Alles ist zerbrochen; die Stadt ist in Stücke zerbrochen. Was ist passiert? Er verließ den Gehsteig und suchte sich einen Weg durch die verstreuten, zertrennten Teile Berkeleys. Es liegt nicht an mir, begriff er; irgendeine ungeheure, schreckliche Katastrophe ist eingetreten. Der Lärm dröhnte jetzt in seinen Ohren, und der Ruß bewegte sich, vom Lärm getrieben. Eine Autohupe tönte, verklemmt, aber ganz weit weg und schwach.

Stuart McConchie stand vor dem großen Fernsehapparat im Laden und verfolgte den Bericht über den Flug von Walt Dangerfield und seiner Frau, als der Schirm plötzlich Leere zeigte.

»Bildausfall«, murrte Lightheiser. Die Zuschauer empörten sich. Lightheiser kaute an seinem Zahnstocher.

»Es kommt schon wieder«, sagte Stuart und bückte sich, um auf einen anderen Kanal zu schalten; übertragen wurde das ja von allen Stationen.

Aber alle Kanäle waren ohne Bild. Und auch ohne Ton. Er drehte weiter. Nichts.

Vom Keller kam einer der Techniker heraufgerannt und brüllte: »Großalarm!«

»Was?« fragte Lightheiser erstaunt, und sein Gesicht wurde alt und fahl; als er das sah, wußte Stuart McConchie Bescheid. Er brauchte nicht nachzudenken, er wußte Bescheid, und er lief hinaus auf die Straße, auf den leeren Gehsteig und blieb stehen, und die Zuschauer vor dem Schaufenster, die ihn und den Techniker laufen sahen, rannten ebenfalls, in verschiedene Richtungen, manche über die Straße, hinaus in den Verkehr, andere im Kreis, wieder andere geradeaus, so, als sehe jeder etwas anderes, als stoße nicht einmal zweien von ihnen dasselbe zu.

Stuart und Lightheiser rannten über den Gehsteig zu den graugrünen Metallbodentüren des Lagerkellers, der früher, vor langer Zeit, einem Drugstore gehört hatte und der jetzt leer stand. Stuart zerrte an den Metalltüren, Lightheiser auch, und beide brüllten sich zu, warum sie nicht aufgehen konnten; man konnte sie nur von unten öffnen. Am Eingang zum Herrenbekleidungsgeschäft tauchte ein Verkäufer auf und sah sie. »Machen Sie die Bodentüren auf!« schrie Lightheiser, und Stuart schrie es, und Menschen, die herumstanden oder vor den Bodentüren hockten und darauf warteten, daß der Einstieg sich öffnete. Der Angestellte drehte sich um und rannte zurück in den Laden. Einen Augenblick später klirrte es unter Stuarts Füßen.

»Zurück«, sagte ein dicker, älterer Mann. »Runter von den Türen.« Die Menschen starrten hinunter in die kühle Finsternis, eine Höhle unter dem Trottoir, ein dunkles Loch. Sie sprangen alle hinunter, stürzten auf den Boden, preßten sich gegen den feuchten Beton, rollten sich zusammen oder schmiegten sich an den Boden – sie wanden sich und preßten sich in die krümelige Erde mit den toten Kellerasseln und dem Fäulnisgeruch.

»Von oben schließen«, sagte ein Mann. Frauen schienen keine dabeizusein, oder wenn doch, dann schwiegen sie. Stuart preßte den Kopf in eine Betonecke und lauschte, hörte aber nur Männer; er hörte sie, als sie oben nach den Türen griffen und sie zu schließen versuchten. Immer mehr Leute sprangen hinunter, stürzten und überschlugen sich und schrien, wie von oben hereingekippt.

»Wie lange, o Herr?« sagte ein Mann.

»Jetzt«, sagte Stuart. Er wußte, daß es jetzt war; er wußte, daß die Bomben explodierten – er spürte sie. Das schien in ihm stattzufinden. Wumm, wumm, wumm, wumm, machten die Bomben, oder vielleicht war es das, was man hinaufschoß, um sie abzuwehren; vielleicht war es die Abwehr. Laß mich hinunter, dachte Stuart. So tief es geht. Laß mich in den Boden. Er preßte sich dagegen, rollte sich hin und her, um eine Vertiefung zu erzeugen. Menschen lagen jetzt auf ihm, erstickende Mäntel und Ärmel, und er war froh darüber; es machte ihm nichts aus – er wollte keine Leere um sich; er wollte auf allen Seiten eingehüllt sein. Er brauchte nicht zu atmen. Seine Augen waren geschlossen; sie und die anderen Öffnungen seines Körpers, Mund und Ohren und Nase, waren alle geschlossen; er hatte sich eingemauert und wartete.

Wumm, wumm, wumm. Der Boden schwankte.

Wir kommen davon, dachte Stuart. Hier unten, gesichert in der Erde. Geborgen im Inneren, wo es sicher ist; er wird oben vorbeigehen. Der Wind.

Der Wind, an der Oberfläche, zog mit ungeheurer Geschwindigkeit vorbei; er wußte, daß sie sich da oben bewegte, die Luft selbst, wie ein einziger Körper angetrieben.

In der Bugkapsel der ›Dutchman IV‹ hörte Walt Dangerfield, noch unter dem Einfluß der Beschleunigung, die Stimmen aus dem Kontrollbunker in seinem Kopfhörer.

»Dritte Stufe erfolgreich, Walt. Sie sind in der Umlaufbahn. Die letzte Stufe wird fünfzehn Uhr fünfundvierzig gezündet, nicht fünfzehn Uhr vierundvierzig, wie ich höre.«

Umlaufgeschwindigkeit, dachte Dangerfield. Er sah hinüber zu seiner Frau. Sie hatte das Bewußtsein verloren. Er löste den Blick sofort wieder von ihr, weil er wußte, daß ihr nichts passieren konnte, aber er wollte trotzdem nicht sehen, was sie durchmachte. Okay, dachte er, wir sind beide okay. In der Umlaufbahn, auf den letzten Schub wartend. Gar nicht so schlimm.

Die Stimme in seinem Kopfhörer meldete sich wieder.

»Walt, wir werden hier unten angegriffen.«

»Was?« sagte er. »Was haben Sie gesagt?«

»Gott sei uns gnädig«, sagte die Stimme. Sie gehörte einem Mann, der schon tot war; die Stimme hatte kein Empfinden, sie war leer, und dann verstummte sie. Fort.

»Von wem?« fragte Dangerfield in sein Mikrofon. Er dachte an Unruhen und Radikale, er dachte an Ziegelsteine, zornige Menschenmengen. Angegriffen von Verrückten oder was?

Er mühte sich hoch, löste die Gurte, blickte durch das Fenster auf die Welt unter ihm. Wolken, und der Ozean, der Globus selbst. Hier und dort waren Streichhölzer angezündet; er sah das Aufpuffen, das Hochflammen. Angst überkam ihn, als er lautlos durch den Raum flog und auf das Flackern hinunterstarrte; er wußte, was das war.

Der Tod, dachte er. Der Tod zündelt, er verbrennt das Leben der Welt, Sekunde um Sekunde.

Er starrte hinunter.

Unter einer der Großbanken gab es einen Gemeinschaftsbunker, erinnerte sich Dr. Stockstill, aber er wußte nicht mehr, unter welcher. Er packte seine Sekretärin bei der Hand, rannte aus dem Haus und über die Center Street, suchte nach dem schwarz-weißen Schild, das er schon tausendmal gesehen hatte, das so zur Gewohnheit geworden war, daß es mit der Umgebung verschmolz – aber nun brauchte er es.

Es war seine Sekretärin, die an seinem Arm zerrte und ihm den Weg zeigte; sie brüllte ihm unablässig ins Ohr, und er sah die Richtung, und gemeinsam rannten sie über die Straße, in den stehenden Verkehr, zwischen den Fußgängern hindurch, und dann kämpften sie sich hinein in den Luftschutzkeller unter dem Gebäude.

Als er sich immer tiefer und tiefer in die Menschenmenge im Keller hineinzwängte, dachte er an den Patienten, mit dem er vorhin gesprochen hatte; er dache an Mr. Tree, und eine Stimme in ihm sagte klar und deutlich, du hast das getan. Schau dir an, was du getan hast, du hast uns alle umgebracht.

Seine Sekretärin war von ihm getrennt worden, und er war allein mit Menschen, die er nicht kannte, atmete in ihre Gesichter, spürte ihren Atem. Und die ganze Zeit hindurch hörte er ein Heulen, den Lärm von Frauen und vermutlich ihren kleinen Kindern, Leuten, die vom Einkaufen hierhergelaufen waren. Sind die Türen zu? fragte er sich. Hat es angefangen? Es hat; der Augenblick ist da. Er schloß die Augen und begann laut zu beten, versuchte zu hören, was er sagte, aber die Worte verflogen.

»Hören Sie auf mit dem Krach«, sagte eine Frau in sein Ohr, so nah, daß sein Ohr schmerzte. Er öffnete die Augen. Eine ältere Frau funkelte ihn böse an, so, als sei das alles, worauf es jetzt ankomme, als passiere sonst nichts als sein lautes Beten.

»Sicher«, sagte er. »Sie dumme Gans«, sagte er, aber sie hörte ihn nicht. »Hab' ich Sie gestört?« fragte er ungehört. Sie funkelte jetzt jemand anderen an, der sie gestoßen hatte. »Tut mir leid«, sagte er. »Tut mir leid, du blöde, alte Schachtel, du –« Er beschimpfte die Frau, fluchte, statt zu beten, und empfand mehr Erleichterung dabei; es gab ihm mehr.

»Wir schlagen zurück, wir schlagen zurück, wir schlagen zurück«, tönte ein Mann neben Dr. Stockstill. Stockstill starrte ihn verblüfft an und fragte sich, gegen wen er zurückschlagen wollte. Bomben fielen auf sie herab; wollte der Mann hinauf in den Himmel fallen, um sich zu rächen? Das Unpersönliche hat uns angegriffen, dachte Stockstill. Das ist es; es hat uns von innen und von außen angegriffen. Das Ende der Zusammenarbeit, wo wir uns gemeinsam eingesetzt haben. Jetzt nur noch Atome. Einzeln, ohne Fenster. Sie prallen zusammen, aber das ergibt kein Geräusch, nur ein Summen.

Er stopfte die Finger in die Ohren, um nichts mehr hören zu müssen. Nun schien der Lärm – es war absurd – unter ihm zu sein, emporzudringen, statt herabzusinken. Er hätte am liebsten gelacht.

Jim Fergesson war, als der Angriff begann, gerade in die Werkstatt hinuntergegangen. Er stand Hoppy Harrington gegenüber und sah sein Gesicht, als der Großalarm über UKW durchgegeben wurde. Er sah auf dem knochigen, mageren Gesicht ein Grinsen wie von Habgier, so als sei Hoppy bei dieser Nachricht von Freude erfüllt, von höchster Lebensfreude. Für einen Augenblick hatte er alles abgeworfen, was ihn behinderte oder auf der Oberfläche der Erde festhielt, alle Kräfte, die ihn bremsten. Seine Augen flammten auf, seine Lippen zuckten; er schien die Zunge herauszustrecken, als wolle er Fergesson verhöhnen.

»Du dreckige kleine Mißgeburt!« sagte Fergesson.

»Das ist das Ende!« schrie der Phocomelus. Der strahlende Ausdruck war von seinem Gesicht schon verschwunden; er hatte Fergessons Worte gar nicht gehört; er schien ganz in sich selbst versunken zu sein. Er schauderte, und die künstlichen Arme aus seinem Fahrzeug tanzten und zuckten wie Peitschen.

»Hören Sie«, sagte Fergesson. »Wir sind unter der Straße.« Er packte Bob Rubenstein, den Techniker. »Sie Schwachkopf, bleiben Sie, wo Sie sind. Ich gehe hinauf und hole die Leute herunter. Sie machen soviel Platz, wie Sie können, Platz für sie.« Er ließ den Techniker los und rannte zur Treppe.

Als er hinaufhetzte, zwei Stufen auf einmal nehmend, geschah etwas mit seinen Beinen. Seine untere Hälfte fiel ab, und er kippte nach hinten, rollte hinunter, und Tonnen Verputz regneten auf ihn herab. Sein Kopf prallte auf den Betonboden, und er wußte, daß das Gebäude getroffen und zermalmt worden war, und mit ihm die Menschen. Auch er war tödlich getroffen, in zwei Hälften zerschnitten; nur Hoppy und Bob Rubenstein würden überleben, und vielleicht nicht einmal sie.

Er versuchte zu sprechen, aber er konnte nicht.

Hoppy, noch immer am Arbeitstisch, spürte die Druckwelle und sah die Tür ausgefüllt mit Trümmern von der Decke und dem zersplitterten Holz der Treppe, und zwischen den Holzsplittern etwas Weiches, Fleischstücke; wenn das Fergesson war – war er tot. Das Haus bebte und dröhnte, als knalle man Türen zu. Wir sind eingeschlossen, dachte Hoppy. Die Birne an der Decke platzte, und nun sah er nichts mehr. Schwärze. Bob Rubenstein kreischte.

Der Phoco rollte sein Fahrzeug zurück, in die schwarze Höhle des Kellers, nach dem Gefühl seiner Extensoren. Er tastete sich zwischen den großen Kartons mit den Fernsehgeräten hindurch, so tief wie möglich, grub sich langsam und methodisch hinein, so weit er konnte. Nichts stürzte auf ihn herab. Fergesson hatte recht gehabt. Hier unten war er sicher. Oben waren sie alle Fleischfetzen, vermischt mit dem weißen, trockenen Pulver, das einmal das Haus gewesen war, aber hier unten war es anders.

Einfach keine Zeit, dachte er. Sie haben es uns gesagt, und dann ging es gleich los; es geht noch weiter. Er konnte den Wind oben über der Oberfläche hören; er bewegte sich unbehindert, weil alles, was gestanden hatte, nun eingestürzt war. Wir dürfen nicht einmal später hinaufgehen, dachte er, wegen der Strahlung. Das war der Fehler, den die Japaner gemacht haben; sie sind gleich heraufgekommen und haben gelächelt.

Wie lange werde ich hier unten am Leben bleiben? fragte er sich. Einen Monat? Kein Wasser, wenn kein Rohr bricht. Nach einer Weile keine Luft, wenn nicht Moleküle durch den Schutt dringen. Immerhin noch besser, als nach oben gehen zu wollen. Ich gehe nicht nach oben, wiederholte er. Ich weiß es besser; ich bin nicht so dumm wie die anderen.

Jetzt hörte er nichts mehr. Keine Erschütterung, kein Regen fallender Trümmer in der Dunkelheit um ihn. Nichts als Stille. Er hörte auch Bob Rubenstein nicht mehr. Streichhölzer. Er zog sie aus der Tasche und entzündete eines; er sah, daß Kartons mit Fernsehgeräten heruntergestürzt waren und ihn unter sich begraben hatten. Er allein, in einer eigenen Höhle.

O Mann, sagte er jubelnd zu sich. Habe ich Glück; das ist genau für mich gemacht. Ich bleibe und bleibe; ich kann es Tage aushalten und immer noch leben, ich weiß, daß ich am Leben bleiben *sollte.* Fergesson sollte von Anfang an gleich sterben. Das ist Gottes Wille. Gott weiß, was er zu tun hat; er paßt auf, hier hat der Zufall nichts zu suchen. Das Ganze ist eine große Reinigung der Welt. Es muß Platz gemacht werden, neuer Platz für Leute wie mich.

Er ließ das Streichholz verlöschen, und die Dunkelheit kehrte zurück; sie störte ihn nicht. Er wartete in seinem Fahrzeug und dachte, das ist meine Chance, sie ist mir bewußt gegeben worden. Es wird anders sein, wenn ich wieder herauskomme. Schicksal, von Anfang an, schon vor meiner Geburt. Jetzt verstehe ich alles, warum ich von den anderen so verschieden bin; ich sehe den Grund.

Wieviel Zeit ist vergangen? fragte er sich nach einer Weile. Er war ungeduldig geworden. Eine Stunde? Ich halte das Warten nicht aus, begriff er. Ich meine, ich muß warten, aber ich möchte, daß es schneller geht. Er lauschte auf Geräusche von Menschen über sich, auf Rettungstrupps vom Militär, die anfingen, die Menschen auszugraben, aber noch nichts; bis jetzt nicht.

Hoffentlich dauert es nicht zu lange, sagte er sich. Es gibt so viel zu tun; ich habe viel Arbeit vor mir.

Wenn ich hier rauskomme, muß ich anfangen und organisieren, denn das wird nötig sein; Organisation und Zielstrebigkeit; alle werden durcheinanderlaufen. Vielleicht kann ich jetzt schon planen. In der Dunkelheit plante er. Er hatte alle möglichen Eingebungen; er vergeudete seine Zeit nicht, war nicht untätig, nur, weil er festsaß. Sein Herz klopfte vor Aufregung und Ungeduld, er konnte das Warten kaum ertragen – es schien schon eine Million Jahre zu dauern. Und man hatte ihn immer noch nicht gefunden, obwohl man eifrig suchte. Das wußte er; er konnte fühlen, wie sie arbeiteten und näherkamen.

»Schnell!« rief er und peitschte mit seinen Extensoren; die Spitzen scharrten an den Kartons, die dumpf dröhnten. In seiner Ungeduld hämmerte er auf die Kartons ein. Das Trommeln erfüllte die Dunkelheit, so, als seien viele Lebewesen eingesperrt, ein ganzer Schwarm von Menschen, nicht nur Hoppy Harrington allein.

In ihrem Haus am Hang im Bezirk West Marin merkte Bonny Keller, daß die klassische Musik in der Stereoanlage im Wohnzimmer verstummt war. Sie kam aus dem Schlafzimmer, wischte sich die Aquarellfarben von den Händen und fragte sich, ob wieder dieselbe Röhre wie beim letztenmal ausgefallen war.

Dann sah sie durch das Fenster vor dem Himmel im Süden eine dicke Rauchsäule, dicht und braun wie ein lebender Baumstamm. Sie gaffte ihn an, und dann platzte das Fenster; es zerfiel zu Pulver, und sie wurde davongeschleudert und rutschte über den Boden, zusammen mit den pulverisierten Fragmenten. Alles im Haus kippte, stürzte und zerbrach und rutschte dann mit ihr davon, so, als sei das Haus gekippt worden.

Die San-Andreas-Verwerfung, dachte sie. Ein furchtbares Erdbeben, wie das vor achtzig Jahren; alles, was wir erbaut haben... alles zerfallen. Sie prallte an die Rückwand, die aber jetzt horizontal war, und der Boden hatte sich erhoben; sie sah Lampen und Tische und Stühle herabregnen und zerschellen, und es war erstaunlich, wie zerbrechlich alles zu sein schien. Sie konnte nicht verstehen, wie Dinge, die sie schon seit Jahren besaß, so leicht zerbrechen konnten; nur die Wand selbst, jetzt unter ihr, hielt stand.

Mein Haus, dachte sie. Fort. Alles, was mir gehört, was mir etwas bedeutet. Das ist einfach ungerecht.

Ihr Kopf schmerzte, während sie keuchend dalag; sie glättete ihren Rock, sah ihre Hände weiß und zitternd, mit dünnem Staub bedeckt – Blutstreifen auf ihrem Handgelenk, von irgendeiner Wunde, die sie nicht sehen konnte. An meinem Kopf, dachte sie. Sie rieb sich die Stirn, und von ihrem Haar fielen Flokken herunter. Jetzt – sie konnte es nicht begreifen – war der Boden wieder horizontal, die Wand aufrecht wie immer. Alles wieder normal. Aber die Gegenstände; sie waren alle zerschmettert. Das blieb. Das Müllhaus, dachte sie. Es wird Wochen dauern, Monate. Wir können das nie mehr aufbauen. Das ist das Ende unseres Lebens, unseres Glücks.

Sie stand auf und ging herum, stieß die Trümmer eines Stuhls beiseite. Sie bahnte sich einen Weg zur Tür. Die Luft wirbelte von Partikeln, und sie atmete sie ein, erstickte halb daran. Überall Glas, ihre schönen großen Fenster, alle kaputt. Leere Löcher mit ein paar Splittern, die sich ablösten und herunterfielen. Sie fand eine Tür – sie war aufgesprengt worden. Sie stemmte sie auf, verließ das Haus, blieb nach ein paar Metern stehen und betrachtete, was geschehen war.

Ihre Kopfschmerzen hatten zugenommen. Bin ich blind? dachte sie; es fiel ihr schwer, die Augen offenzuhalten. Habe ich ein Licht gesehen? Sie erinnerte sich an ein ganz kurzes Aufleuchten, wie bei einem Kameraverschluß, der sich so plötzlich, so schnell öffnete, daß ihre Sehnerven nicht hatten reagieren können – aber eigentlich *gesehen* hatte sie es nicht. Und trotzdem schmerzten ihre Augen; sie spürte, daß sie verletzt waren. Ihr Körper, alles an ihr, schien beschädigt zu sein. Kein Wunder. Aber der Boden. Sie sah keinen Spalt. Und das Haus stand; nur die Fenster und die Einrichtung waren zerstört. Der Bau, die leere Hülse, war geblieben, aber ohne Inhalt.

Sie ging langsam weiter und dachte, ich muß Hilfe holen. Ich brauche einen Arzt. Und als sie stolperte und halb hinstürzte, schaute sie sich um, hinauf in die Luft und entdeckte wieder die Säule braunen Rauchs im Süden. Brennt San Francisco schon? fragte sie sich.

Es brennt, entschied sie. Es ist eine Katastrophe. Es hat die ganze Stadt erwischt, nicht nur West Marin hier. Nicht nur ein paar Leute auf dem Land hier oben, sondern die Menschen in der Großstadt auch; es muß Tausende von Toten gegeben haben. Man wird den nationalen Notstand ausrufen und das Rote Kreuz und das Militär einsetzen müssen; wir werden uns daran erinnern, solange wir leben. Im Gehen begann sie zu weinen, die Hände vor dem Gesicht, ohne zu sehen, wohin sie ging, ohne sich darum zu kümmern. Sie weinte nicht um sich oder ihr zerstörtes Haus; sie weinte um die Stadt im Süden. Sie weinte um all die Menschen und Dinge dort, und das, was mit ihnen geschehen war.

Ich werde sie nie wiedersehen, das wußte sie. Es gibt kein San Francisco mehr; es ist vorbei. Das Ende war heut gekommen. Weinend ging sie in Richtung Stadt weiter; schon konnte sie Menschenstimmen hören, von der Ebene herauf. Sie hörte es und ging in diese Richtung.

Ein Wagen hielt neben ihr. Die Tür ging auf; ein Mann griff nach ihr. Sie kannte ihn nicht; sie wußte nicht einmal, ob er hier gewohnt hatte. Jedenfalls umarmte sie ihn.

»Gut«, sagte der Mann und preßte sie an sich.

Schluchzend drängte sie sich enger an ihn, preßte sich auf den Sitz und zog ihn über sich.

Später nahm sie wahr, daß sie wieder zu Fuß ging, diesmal eine schmale Straße mit Eichen entlang. Der Himmel war düster und grau, voll schwerer Wolken, die nach Norden zogen. Das mußte die Straße nach Bear Valley Ranch sein, sagte sie sich. Ihre Füße schmerzten, und als sie stehenblieb, sah sie, daß sie barfuß war; irgendwo unterwegs hatte sie die Schuhe verloren.

Sie trug immer noch die Jeans mit den vielen Farbklecksen, die sie angehabt hatte, als das Erdbeben ausgebrochen war. War es wirklich ein Beben gewesen? Der Mann im Wagen, voll Angst, plappernd wie ein Kind, hatte etwas anderes gesagt, aber es war zu wirr gewesen, zu sehr von Panik erfüllt, als daß sie es hätte verstehen können.

Ich will nach Hause, dachte sie. Ich möchte in meinem eigenen Haus sein und meine Schuhe wiederhaben. Ich wette, der Mann hat sie mitgenommen; ich wette, sie liegen in seinem Auto. Und ich werde sie nie wiedersehen.

Sie stapfte mühsam weiter, bei jedem Schritt zusammenzukkend, wünschte sich, daß sie jemanden finden könnte, wunderte sich über den Himmel und wurde mit jedem Augenblick einsamer.

6

Andrew Gill fuhr mit seinem VW-Bus davon und warf einen letzten Blick auf die Frau in den beklecksten Jeans und dem Pullover, die er eben hatte aussteigen lassen. Er kannte ihren Namen nicht, aber für ihn war sie die hübscheste Frau, die er je getroffen hatte, mit ihren roten Haaren und ihren kleinen, zarten Füßen. Und er und sie hatten sich eben in seinem VW-Bus geliebt, dachte er betäubt.

Für ihn war es eine Serie von Hirngespinsten, die Frau und die ungeheuren Explosionen im Süden, die das Land umgestülpt und den bleigrauen Himmel geschaffen hatten. Er wußte, daß Krieg sein mußte, oder daß zumindest ein furchtbares Ereignis stattgefunden hatte, von ganz neuer Art für die Welt und ihn.

Er fragte sich, wie es zu Hause, in Petaluma, aussehen mochte. Eigentlich hätte er umkehren und nachsehen sollen, aber er fuhr weiter. Seine Hände waren taub, wie leblos. Am Himmel vor sich sah er jetzt Lichtblitze, schnell hintereinander, und nach einer Weile packte ein fernes Grollen seinen Bus und schüttelte ihn. Bomben, dachte er. Vielleicht unsere Abwehr. Aber es kommen immer wieder welche durch.

Und dann die Strahlung.

Über ihm zogen die Wolken, von denen er wußte, daß sie tödliche Strahlung bargen, weiter nach Norden, schienen noch nicht tief genug zu sein, um das Leben auf der Oberfläche zu beeinflussen, sein Leben und das der Sträucher und Bäume am Straßenrand. Vielleicht verdorren und sterben wir in ein paar Tagen, dachte er. Vielleicht ist das nur eine Frage der Zeit. Lohnt es überhaupt, sich zu verstecken? Soll ich nach Norden fahren, versuchen, zu fliehen? Aber die Wolken zogen nordwärts. Ich bleibe besser hier, sagte er sich, und versuche hier Unterschlupf zu finden. Irgendwo habe ich doch gelesen, daß das eine geschützte Gegend ist; der Wind bläst vorbei an West Marin und zieht landeinwärts, nach Sacramento.

Noch immer sah er keinen Menschen. Die Frau war die einzige Person gewesen, nach der ersten großen Bombe und der Erkenntnis dessen, was sie bedeutete. Keine Autos. Keine Leute zu Fuß. Aber von unten werden sie bald heraufkommen, dachte er. Zu Tausenden. Und unterwegs sterben. Flüchtlinge. Vielleicht sollte ich mich darauf einstellen, Hilfe zu leisten. Aber alles, was er in seinem VW-Bus hatte, waren Bruyérepfeifen und Tabakdosen aus seinem Laden, und Kartons mit kalifornischem Wein; er hatte keine Medikamente oder Verbandspäckchen und verstand nichts von Erster Hilfe. Außerdem war er fünfzig Jahre alt und litt an einer Herzkrankheit, die paroxysmale Tachykardie hieß. Eigentlich ein Wunder, daß er keinen Anfall bekommen hatte, vorhin beim Liebesakt mit der jungen Frau.

Meine Frau und die beiden Kinder, dachte er. Vielleicht sind sie tot. Ich muß einfach nach Petaluma zurück. Anrufen? Absurd. Die Telefonleitungen sind mit Sicherheit unterbrochen. Und er fuhr weiter, ohne zu wissen, wohin, ohne zu wissen, was er tun sollte. Ohne eine Ahnung zu haben, in welcher Gefahr er sich befand, ob der feindliche Angriff vorbei war oder ob es sich erst um den Anfang handelte. Jeden Augenblick kann ich tot sein, begriff er.

Aber in seinem VW-Bus fühlte er sich sicher. Sechs Jahre hatte er ihn jetzt. Er war nicht verändert worden durch das Geschehen; er war stabil und zuverlässig, während die Welt, überhaupt alles andere, einer entsetzlichen Verwandlung unterworfen worden war.

Mein Gott, dachte er verbittert. Irgendein Vollidiot im Pentagon ist für das alles verantwortlich; wir hätte zwei oder drei Stunden Warnzeit haben müssen, und statt dessen hatten wir – fünf Minuten. Höchstens.

Er empfand keine Wut auf den Gegner mehr, er war nur erfüllt von Scham, von einem Gefühl des Verratenseins. Diese Militärbonzen in Washington sind gewiß alle in Sicherheit, in ihren Betonbunkern, wie damals, als es zu Ende ging, bei Adolf Hitler. Und wir sitzen hier oben und müssen sterben. Er schämte sich, es war furchtbar.

Plötzlich sah er, daß neben ihm auf dem Sitz zwei Schuhe lagen, zwei abgelaufene Slipper. Die Schuhe der jungen Frau. Er seufzte müde. Schönes Souvenir, dachte er düster.

Und dann dachte er erregt: Kein Souvenir – es ist ein Zeichen, daß ich hierbleiben soll, hier in West Marin, um einen neuen Anfang zu machen. Wenn ich hierbleibe, treffe ich sie wieder, das weiß ich. Es braucht nur Geduld. Deshalb hat sie ihre Schuhe dagelassen; sie hat schon gewußt, daß ich mein Leben hier erst beginne, daß ich nach dem Geschehenen nicht fortgehen werde – nicht fortgehen kann. Zum Teufel mit meinem Laden, meiner Frau und meinen Kindern in Petaluma.

Er fuhr weiter und pfiff vor Erleichterung und Freude vor sich hin.

Für Bruno Bluthgeld gab es keinen Zweifel mehr; er sah den lückenlosen Fahrzeugstrom nur in eine Richtung ziehen, nach Norden, auf der Autostraße, die sich in die Landschaft entleerte. Berkeley war ein Sieb geworden, aus dem überall die Menschen tropften, aus Oakland und San Leandro und San José; sie fuhren alle die Wege entlang, die zu Einbahnstraßen geworden waren.

In gewisser Beziehung habe ich das verursacht, dachte er.

Ich muß Genugtuung leisten, sagte er sich. Er preßte die Hände zusammen. Das muß ungeschehen gemacht werden, es muß aufhören.

Er schnupperte. Der Himmel, ein Wirbel von Partikeln, Schuttreste, so leicht, daß sie mitgetragen wurden. Ob die Menschen, die da an mir vorbeifahren, wissen, wer ich bin? Ist ihnen klar, daß ich der Omphalos bin, der Mittelpunkt all dessen, was hier geschieht? Er beobachtete die vorbeifahrenden Menschen und kam schließlich auf die Antwort; sie nahmen ihn durchaus wahr, sie wußten, daß er die Ursache von alldem war, aber sie scheuten davor zurück, ihm etwas anzutun. Sie hatten ihre Lektion gelernt.

Er hob die Hand und rief: »Macht euch keine Sorgen; es wird nichts mehr passieren. Ich verspreche es.«

Kann ich gehen? dachte er. Natürlich. Er ging den Weg zurück, den er gekommen war. Ich kann über diesen Verkehr hinweg und mich aus dieser Gegend entfernen, dachte er. Um es zu beweisen, trat er vom Randstein in den lückenlosen Fahrzeugstrom; auch andere taten das, andere, die zu Fuß waren, viele mit Habseligkeiten auf den Armen, Bücher, Lampen, sogar mit einem Vogel im Käfig oder einer Katze. Er schloß sich ihnen an, winkte ihnen, um zu zeigen, daß sie mit ihm hinübergehen sollten, ihm folgen, weil er ganz nach Wunsch hindurchgehen konnte.

Der Verkehr war fast zum Stillstand gekommen. Es schien daran zu liegen, daß sich aus einer Nebenstraße Autos hereinzwängten, aber er wußte es besser; das war nur der scheinbare Grund – der wahre Grund war sein Wunsch, die Straße zu überqueren. Eine Öffnung zwischen zwei Autos befand sich direkt vor ihm, und Dr. Bluthgeld führte eine Gruppe von Menschen auf die andere Seite hinüber. Wo will ich hin? fragte er sich, ohne den Dank der Menschen um sich zu beachten; sie versuchten ihm alle zu sagen, wieviel sie ihm schuldeten. Hinaus aufs Land, fort von der Stadt? Ich bin für die Stadt gefährlich, begriff er. Ich sollte fünfzig, sechzig Meilen nach Osten gehen, vielleicht bis zu den Sierras, an eine entlegene Stelle. West Marin; da könnte ich wieder hingehen. Bonny ist dort. Ich könnte bei ihr und George bleiben. Ich glaube, das wäre schon weit genug, und wenn nicht, dann ziehe ich weiter – ich muß fort von den Menschen, die es nicht verdient haben, noch mehr bestraft zu werden. Notfalls ziehe ich ewig weiter; ich werde nie an einem Ort bleiben.

Natürlich kann ich nicht mit dem Wagen nach West Marin, dachte er. Keines dieser Autos bewegt sich oder wird sich jemals wieder bewegen. Die Verstopfung ist zu groß. Und die Richardson-Brücke wird es nicht mehr geben. Ich muß zu Fuß gehen; es wird Tage dauern, aber schließlich werde ich doch hinkommen.

Auf jeden Fall ist das eine Buße für das, was ich getan habe. Das wird eine freiwillige Pilgerfahrt werden, ein Weg, die Seele zu heilen.

Er ging weiter, und dabei konzentrierte er sich auf die Schäden ringsum; er betrachtete sie in der Absicht, zu heilen, die Stadt wiederherzustellen, wenn möglich in ihren vorherigen Zustand zurückzuversetzen. Wenn er ein Gebäude erreichte, das eingestürzt war, blieb er stehen und dachte: *Laß dieses Haus wiedererstehen.* Wenn er Verletzte sah, sagte er: *Laß diese Menschen für unschuldig erklären und ihnen vergeben.* Vielleicht haben sie jetzt endgültig ihre Lektion gelernt, dachte er. Vielleicht lassen sie mich jetzt in Frieden.

Aber dann fiel ihm ein, daß sie vielleicht den entgegengesetzten Weg einschlagen mochten; sie würden, wenn sie sich aus den Ruinen ihrer Häuser geschleppt hatten, eine noch größere Entschlossenheit entwickeln, ihn zu vernichten.

Er bekam Angst, als er an ihre Rache dachte. Vielleicht sollte ich mich verstecken, dachte er. Den Namen ›Mr. Tree‹ beibehalten, oder einen anderen erfinden. Im Augenblick scheuen sie vor mir zurück... aber ich fürchte, das wird nicht lange anhalten.

Und trotzdem, obwohl er das wußte, ging er weiter und machte segnende Gebärden. Er bemühte sich noch immer, ihnen zu helfen. In ihm war keine Feindseligkeit; davon war er frei. Es waren nur sie, die Haß empfanden.

An der Bucht tauchte Dr. Bluthgeld aus dem Verkehr auf und sah die weiße, zerschmetterte, glasartige Stadt San Francisco auf der anderen Seite des Wassers liegen. Nichts stand mehr. Über ihm vermischten sich Rauch und gelbes Feuer auf eine unfaßbare Weise. Es war, als sei die Stadt ein Stück Brennholz geworden, verbrannt, ohne eine Spur zu hinterlassen. Und trotzdem kamen dort Leute heraus. Er sah auf dem Wasser schwankende Klumpen; die Menschen hatten alle möglichen Gegenstände ins Wasser geschoben und klammerten sich daran, bemüht, nach Marin herüberzukommen.

Dr. Bluthgeld stand da, unfähig, weiterzugehen, die Pilgerfahrt war vergessen. Zuerst mußte er sie heilen, und dann, wenn möglich, die Stadt selbst heilen. Er konzentrierte sich auf die Stadt, beide Hände gebrauchend, mit neuen Gebärden, die er noch nie verwendet hatte; er versuchte alles, und nach langer Zeit sah er, wie der Rauch dünner wurde. Das gab ihm Hoffnung. Aber die Menschen, die auf der Flucht im Wasser schwammen, wurden an Zahl geringer; er sah immer weniger, bis die Bucht leer von ihnen war und nur nackte Trümmer umherschwammen.

So konzentrierte er sich darauf, nur die Menschen selbst zu retten; er dachte an die Fluchtwege nach Norden, wohin die Menschen gehen sollten, und was sie dort finden mußten. Wasser vor allem, und Nahrung. Er dachte an das Militär, das Nachschub zu bringen hatte, und an das Rote Kreuz; er dachte an kleine Städte auf dem Land, die ihre Vorräte zur Verfügung stellten. Schließlich ereignete sich langsam, was er gebot, und er blieb lange, wo er war, um es hervorzubringen. Die Lage besserte sich. Die Menschen fanden Behandlung für ihre Verbrennungen; dafür sorgte er. Er sorgte auch für die Heilung ihrer großen Angst; das war wichtig.

Aber während er sich der Aufgabe widmete, ihre Lage zu verbessern, fiel ihm zu seiner Überraschung auf, daß seine eigene sich verschlechtert hatte. Er hatte alles im Dienst des allgemeinen

Wohls verloren, denn seine Kleidung war nun zerfetzt, seine Zehen ragten aus den Schuhen. Von seinem Gesicht hing ein struppiger Bart; über seinem Mund war ein Schnurrbart gewachsen, und seine Haare fielen über die Ohren und berührten seinen zerfetzten Kragen, und seine Zähne – sogar seine Zähne waren fort. Er fühlte sich alt und krank und leer, aber trotzdem war es lohnend. Wie lange stand er schon hier und tat seine Pflicht? Die Fahrzeugströme waren längst versiegt. Auf der Autobahn rechts von ihm lagen nur demolierte, verlassene Autowracks. Waren es Wochen gewesen? Vielleicht Monate. Er war hungrig, und seine Beine zitterten vor Kälte. So setzte er sich wieder in Bewegung.

Ich habe ihnen alles gegeben, was ich hatte, sagte er sich, und das erfüllte ihn ein wenig mit Groll, mit Zorn. Was habe ich dafür erhalten? Ich brauche einen Haarschnitt und eine Mahlzeit und ärztliche Behandlung. Jetzt bin ich zu müde, um nach Marin zu gehen, dachte er; ich werde eine Weile hierbleiben müssen, auf dieser Seite der Bucht, bis ich ausgeruht und wieder bei Kräften bin. Sein Groll wuchs.

Aber jedenfalls hatte er seine Aufgabe erfüllt. Nicht weit entfernt sah er eine Erste-Hilfe-Station mit Reihen schmutziger Zelte; er sah Frauen mit Armbinden und wußte, daß sie Krankenschwestern waren. Er sah Männer mit Metallhelmen und Gewehren. Gesetz und Ordnung, dachte er. Durch meine Anstrengungen werden sie hier und dort wieder durchgesetzt. Sie schulden mir viel, aber das geben sie natürlich nicht zu. Ich lasse es auf sich beruhen, entschied er.

Als er das erste Zelt erreichte, hielt ihn einer der bewaffneten Männer auf. Ein zweiter kam mit einer Liste auf ihn zu. »Wo sind Sie her?« fragte der Mann mit der Liste.

»Aus Berkeley«, antwortete er.

»Name.«

»Jack Tree.«

Sie schrieben das auf, rissen eine Karte ab und gaben sie ihm. Sie trug eine Nummer, und die beiden Männer erklärten ihm, daß er die Nummer behalten solle, denn ohne sie könne er keine Rationen bekommen. Dann sagte man ihm, daß er erschossen werden würde, wenn er versuchte – oder versucht habe – in einer anderen Hilfsstation Rationen zu bekommen. Damit gingen die Männer und ließen ihn mit seiner numerierten Karte stehen.

Soll ich ihnen sagen, daß ich das alles bewirkt habe? fragte er sich. Daß ich allein verantwortlich und in alle Ewigkeit für meine furchtbare Sünde verdammt bin, das herbeigeführt zu haben?

Nein, entschied er, denn wenn ich das mache, nehmen sie mir die Karte weg, und ich bekomme nichts zu essen. Und er hatte entsetzlichen Hunger.

Eine der Krankenschwestern kam auf ihn zu und fragte sachlich: »Erbrechen, Schwindel, farbliche Veränderung des Stuhlgangs?«

»Nein«, sagte er.

»Oberflächliche Verbrennungen, die nicht abheilen?«

Er schüttelte den Kopf.

»Gehen Sie da hinüber, und ziehen Sie sich aus«, sagte die Schwester. »Sie werden entlaust und am ganzen Kopf rasiert und bekommen Ihre Spritzen. Typhusserum gibt es nicht mehr.«

Zu seiner Verwirrung sah er einen Mann mit Elektrorasierer, der von einem Benzingenerator betrieben wurde, die Köpfe von Männern und Frauen rasieren; die Leute warteten geduldig in einer Schlange. Eine sanitäre Maßnahme? fragte er sich.

Ich dachte, das hätte ich behoben? dachte er. Oder habe ich die Seuchen vergessen? Offenbar. Er ging in diese Richtung, verwirrt von seinem Versäumnis, alles zu berücksichtigen. Ich muß eine ganze Anzahl lebenswichtiger Dinge übersehen haben, erkannte er, als er sich der Schlange der Menschen anschloß, die ihre Köpfe rasieren lassen wollten.

In den Ruinen des Betonkellers eines Hauses an der Cedar Street in den Bergen um Berkeley erspähte Stuart McConchie etwas Dickes, Graues, das von einem gespaltenen Betonblock zum anderen sprang. Er griff nach seinem Besenstiel, der an einem Ende abgebrochen und spitz war, und kroch vorwärts.

Der Mann bei ihm im Keller, ein magerer, bleicher Mann namens Ken, der an Strahlungsschäden sterben würde, sagte: »Das werden Sie doch nicht essen.«

»Aber sicher«, sagte Stuart und kroch durch den Staub, der sich im offenen, freigelegten Keller angesammelt hatte, bis er an dem gespalteten Betonklotz war. Die Ratte bemerkte ihn und quietschte vor Angst. Sie war aus der Kanalisation heraufgekommen und wollte nun wieder zurück. Aber er befand sich zwischen ihr und dem Abwasserkanal, oder vielmehr, er dachte zwischen ihr und dem Kanal. Es war zweifellos ein großes Weibchen. Die Männchen waren magerer.

Die Ratte wollte entsetzt davonhuschen, und Stuart stieß ihr die scharfe Spitze des Stocks in den Leib. Wieder quietschte sie, langgezogen und gequält. Sie lebte noch; sie quietschte weiter.

So drückte er sie mit dem Stock auf den Boden und zertrat ihr mit dem Fuß den Schädel.

»Wenigstens können Sie sie kochen«, sagte der Sterbende neben ihm.

»Nein«, sagte Stuart, setzte sich und zog das Taschenmesser heraus, das er gefunden hatte – in der Hosentasche eines toten Schuljungen –, um die Ratte abzuhäuten. Während der Sterbende mißbilligend zuschaute, aß Stuart die tote Ratte roh.

»Es wundert mich, daß Sie mich nicht essen«, sagte der Mann später.

»Es ist nicht schlimmer, als rohe Garnelen zu essen«, sagte Stuart. Er fühlte sich viel besser; es war seine erste Nahrung seit Tagen.

»Warum suchen Sie nicht eine der Hilfsstationen, die der Hubschrauber erwähnt hat, als er gestern vorbeiflog?« fragte der Sterbende. »Drüben bei der Hillside-Mittelschule müßte eine sein. Das sind nur ein paar Straßen. So weit kommen Sie.«

»Nein«, sagte Stuart.

»Warum nicht?«

Die Antwort war, auch wenn er sie nicht aussprechen wollte, daß er Angst hatte, sich aus dem Keller auf die Straße zu wagen. Er wußte nicht, warum, außer, daß sich in der fester werdenden Asche Wesen bewegten, die er nicht identifizieren konnte; er hielt sie für Amerikaner, aber es konnten auch Russen oder Chinesen sein. Ihre Stimmen klangen fremdartig und hallend, selbst bei Tag. Und auch bei dem Hubschrauber war er seiner Sache nicht sicher. Es konnte ein feindlicher Trick sein, die Menschen herauszulocken, damit man sie erschießen konnte. Jedenfalls hörte er immer noch Schüsse aus dem flachen Teil der Stadt, oft bis zum Einbruch der Dunkelheit.

»Sie können nicht ewig hierbleiben«, sagte Ken. »Das ist nicht vernünftig.« Er lag eingewickelt in Decken, die zu einem der Betten im Haus gehört hatten; das Bett war beim Einsturz herausgeschleudert worden, und Stuart und der Sterbende hatten es im Garten gefunden.

Stuart hatte in fünf Tagen Tausende Dollar aus den Taschen toter Menschen geholt, die in den Ruinen der Häuser an der Cedar Street lagen – aus den Taschen und aus den Häusern selbst. Andere Plünderer hatten es auf Nahrung und Gegenstände wie Messer und Schußwaffen abgesehen, und es machte ihn unsicher, daß er allein Geld wollte. Er hatte das Gefühl, daß er, wenn er sich hinauswagte, wenn er eine Hilfsstation erreichte, die Wahrheit entdecken würde: das Geld war wertlos. Und wenn er ein Vollidiot war, weil er es sammelte, und wenn er mit einem Kissenbezug voll Geld in einer Station ankam, würde man ihn verhöhnen, und das mit Recht, denn ein Vollidiot verdient, daß er verhöhnt wird.

Und außer ihm schien auch niemand Ratten zu essen. Vielleicht gab es eine bessere Nahrung, von der er nichts wußte; es schien typisch für ihn zu sein, daß er hier unten saß und etwas aß, was alle anderen nicht beachteten. Vielleicht wurden aus der Luft Büchsen mit Notrationen abgeworfen, vielleicht in aller Herrgottsfrüh, wenn er noch schlief.

In den letzten Tagen hatte Stuart viel Zeit gehabt, über sich nachzudenken, und er hatte eingesehen, daß es ihm schon immer schwergefallen war, zu begreifen, was die anderen Leute machten; nur mit größter Anstrengung hatte er sich so verhalten können wie sie, erscheinen können wie sie. Das hing auch nicht damit zusammen, daß er ein Neger war, weil er mit Farbigen dasselbe Problem hatte wie mit Weißen. Die Kluft war nun noch größer geworden. Es war klar, daß er den Sinn von fast allem, was um ihn herum vorging, nicht begriff. So wartete er einfach ab und machte sich Gedanken über den Hubschrauber, über die verschwommenen Gestalten auf der Straße, und vor allem darüber, ob er nun ein Vollidiot war oder nicht.

Und dann fiel ihm plötzlich etwas ein. Er erinnerte sich an das, was Hoppy Harrington bei seiner Vision im Café gesehen hatte. Hoppy hatte ihn, Stuart McConchie, Ratten essen sehen, aber in seiner Aufregung und Angst seither hatte Stuart das vergessen. Das war es also, was der Phoco gesehen hatte; das war die Vision gewesen – durchaus nicht das Jenseits!

Der Teufel soll den Krüppel holen, dachte Stuart, während er mit einem Stück Draht in seinen Zähnen herumstocherte. Er war ein Betrüger; er hat uns hereingelegt.

Erstaunlich, wie leichtgläubig die Menschen sind, sagte er sich. Wir haben ihm geglaubt, vielleicht, weil er so verkrüppelt war ... bei ihm erschien das einfach glaubwürdiger. Wahrscheinlich ist er jetzt tot, begraben in der Werkstatt. Na, wenigstens ein Gutes bei diesem Krieg: Die ganzen Mißgeburten sind ausgelöscht. Aber dafür hat er auch wieder einen ganzen Haufen von neuen erschaffen; die nächste Million Jahre werden bloß Mißgeburten herumlaufen. Das wird Bluthgelds Paradies sein; wahrscheinlich ist er jetzt überglücklich – weil das die echten Versuche mit den Bomben waren.

»Könnten Sie vielleicht über die Straße kriechen?« fragte Ken plötzlich. »Da liegt eine Leiche, und sie hat vielleicht Zigaretten.«

Quatsch Zigaretten, dachte Stuart. Wahrscheinlich hat sie eine Brieftasche voll Geld. Er folgte dem Blick des Sterbenden und sah tatsächlich die Leiche einer Frau im Schutt auf der anderen Seite liegen. Sein Puls begann zu jagen, weil er eine pralle Handtasche sah, die ihre Hand noch umklammerte.

»Lassen Sie das Geld, Stuart«, sagte Ken mit müder Stimme. »Das ist eine Manie bei Ihnen, ein Symbol für Gott weiß was.« Als Stuart hinauskroch, rief Ken ihm nach: »Ein Symbol der Überflußgesellschaft.« Er hustete und würgte. »Und die gibt es nicht mehr«, stieß er hervor.

Du mich auch, dachte Stuart, als er über die Straße zu der Handtasche kroch. Als er sie öffnete, war sie wirklich vollgestopft mit Geldscheinen, Ein-, Fünf- und sogar Zwanzig-Dollarscheine. Außerdem fand er Schokolade, die er auch an sich nahm. Aber als er zum Keller zurückkroch, kam ihm der Gedanke, daß die Schokolade radioaktiv verseucht sein mochte, und er warf sie weg.

»Und die Zigaretten?« fragte Ken, als er zurückkam.

»Keine da.« Stuart öffnete den Kissenbezug, stopfte das Geld hinein und knotete den Bezug wieder zu.

»Wie wäre es mit einer Partie Schach?« Ken stemmte sich mühsam hoch und öffnete den Kasten mit den hölzernen Schachfiguren, den er und Stuart im Schutt gefunden hatten. Es war ihm schon gelungen, Stuart die Anfangsbegriffe des Spiels beizubringen; vor dem Krieg hatte Stuart nie gespielt.

»Nee«, sagte Stuart. Er beobachtete fern am grauen Himmel den Umriß eines Flugzeugs oder einer Rakete, eines Zylinders. Mein Gott, dachte er, sollte das eine Bombe sein? Entsetzt sah er sie tiefer und tiefer sinken; er legte sich nicht einmal hin, versuchte nicht, sich zu verstecken, wie beim erstenmal, in den ersten Minuten, von denen so viel abhängig gewesen war.

»Was ist das?« fragte er.

Der Sterbende sah es sich an.

»Ein Ballon.«

Stuart glaubte ihm nicht und sagte: »Das sind die Chinesen!«

»Es ist wirklich ein Ballon, ein kleiner. Ein Blimp, wie man früher sagte. Ich habe schon seit meiner Kindheit keinen mehr gesehen.«

»Könnten die Chinesen mit Ballons über den Pazifik fliegen?«

fragte Stuart und stellte sich Tausende solcher kleiner, grauer, zigarrenförmiger Ballons vor, jeder mit einem Zug mongolisch aussehender chinesischer Bauernsoldaten, bewaffnet mit tschechischen Schnellfeuergewehren. »Bei denen rechnet man damit, daß sie sich so etwas ausdenken. Sie ziehen die Welt auf ihre Ebene hinunter, ein paar Jahrhunderte rückwärts. Statt uns einzuholen –« Er brach ab, weil er die Beschriftung auf dem Ballon lesen konnte: ›Luftwaffenstützpunkt Hamilton‹.

»Es ist einer von uns«, sagte der Sterbende trocken.

»Möchte wissen, wo sie den her haben«, sagte Stuart.

»Einfallsreich, nicht?« meinte der Sterbende. »Benzin und Kerosin gibt es wohl keines mehr. Alles verbraucht. Wir werden in Zukunft lauter seltsame Transportmittel sehen. Oder vielmehr Sie.«

»Bemitleiden Sie sich nicht dauernd«, sagte Stuart.

»Ich habe weder Mitleid mit mir noch mit jemand anderem«, sagte der Sterbende, während er die Schachfiguren aufstellte. »Schönes Spiel«, sagte er. »Aus Mexiko, sehe ich. Sicher handgearbeitet – aber sehr zerbrechlich.«

»Erklären Sie mir nochmal, wie der Läufer zieht«, sagte Stuart.

Vom Ballon über ihnen flatterten weiße Fetzen herab. Die beiden Männer hörten mit ihrem Spiel auf. Eines der Blätter geriet in die Nähe des Kellers, und Ken griff hinauf. Er las und gab es an Stuart weiter.

»Burlingame!« sagte Stuart. Es war ein Aufruf, man solle sich freiwillig beim Militär melden. »Sie wollen, daß wir von hier bis nach *Burlingame* laufen und uns einziehen lassen? Das sind fünfzig oder sechzig Meilen, die ganze Bucht entlang. Die sind ja verrückt!«

»Das sind sie«, sagte Ken. »Kein Mensch meldet sich.«

»Ich schaffe es nicht mal bis zur LeConte Street, zur Hilfsstation«, sagte Stuart. Er starrte zornig zu dem Ballon hinauf, der ruhig weiterschwebte. Mich bekommen die nicht, sagte er sich.

»Da steht, wenn man Burlingame erreicht, werden einem Wasser und Nahrung gestellt, Zigaretten, Impfung und Behandlung von Strahlungsverbrennungen. Was sagt man dazu? Aber keine Mädchen.«

»Sie können sich noch für Sex interessieren?« Stuart war verblüfft. »Mensch, seit die erste Bombe gefallen ist, habe ich nicht den geringsten Trieb verspürt; es ist so, als wär' er einfach abgefallen, aus Angst.«

»Das kommt daher, daß das Zwischenhirnzentrum bei Gefahr den Sexualtrieb unterdrückt«, sagte Ken. »Aber er wird wiederkommen.«

»Nein«, sagte Stuart, »weil jedes Kind, das auf die Welt käme, eine Mißgeburt wäre; es sollte für, sagen wir, zehn Jahre keinen Verkehr mehr geben dürfen. Das müßte Gesetz werden. Ich kann den Gedanken nicht ertragen, daß die Welt von Mißgeburten bevölkert ist, weil ich persönliche Erfahrungen damit habe. Einer hat in dem Fernsehgeschäft gearbeitet, wo ich war, in der Werkstatt. Einer war genug. Ich meine, diesen Bluthgeld müßte man aufknüpfen für das, was er getan hat.«

»Was Bluthgeld in den siebziger Jahren getan hat, ist bedeutungslos, verglichen mit dem hier.«

»Das gebe ich zu«, sagte Stuart, »aber es war der Anfang.«

Der Ballon oben kam zurück. Vielleicht hatte er keine Flugblätter mehr und kehrte zum Flugplatz Hamilton zurück, auf der anderen Seite der Bucht, oder wo das war.

»Spielen wir weiter«, sagte Ken.

Stuart griff nach einem Läufer, wußte aber sofort, daß das falsch war. Er sah es am Gesicht des Sterbenden.

In einer Ecke des Kellers huschte etwas vorbei. Stuart schaute sich nach seinem Besenstiel um.

»Sie sollen spielen!« sagte Ken zornig.

»Okay, okay«, murrte Stuart. Er zog ganz willkürlich, immer noch mit der Ratte beschäftigt.

7

Eldon Blaine wartete um neun Uhr morgens vor der Apotheke in Point Reyes Station. Unter dem Arm trug er seine abgewetzte Aktentasche, mit einer Schnur zusammengebunden. Inzwischen entfernte der Apotheker im Haus Ketten und mühte sich mit den Metalltüren ab. Eldon lauschte ungeduldig.

»Augenblick«, rief der Apotheker. Als er die Türen endlich aufgebracht hatte, entschuldigte er sich. »Das war früher das Heck eines Lastwagens. Man braucht beide Hände und Füße, um es aufzukriegen. Kommen Sie rein, Mister.« Er hielt die Tür auf, und Eldon sah ins dunkle Innere der Apotheke, mit der dunklen Glühbirne an einem alten Kabel.

»Ich brauche ein Breitbandantibiotikum«, sagte Eldon schnell,

»wie man es bei Infektionen der Atemwege verwendet.« Er sagte es beiläufig; er erzählte dem Apotheker nicht, wie viele Städte in Nordkalifornien er in den letzten Tagen besucht hatte, zu Fuß und als Anhalter, noch erwähnte er, wie krank seine Tochter war. Das würde den Preis nur steigern. Außerdem sah er nicht viel Ware im Haus. Wahrscheinlich hatte der Mann das Medikament gar nicht.

Der Apotheker sah ihn an und sagte: »Ich sehe nichts an Ihnen. Was haben Sie anzubieten, unterstellt, ich habe, was Sie suchen?« Er fuhr sich nervös über die schütteren, grauen Haare; er war ein älterer, kleiner Mann, und es war offensichtlich, daß er Eldon verdächtigte, ein Napper zu sein.

»Wo ich herkomme, kennt man mich als den Brillenmann«, sagte Eldon. Er öffnete seine Tasche und zeigte die Reihen unbeschädigter und fast unbeschädigter Gläser, Gestelle, und Gläser in Gestellen, gesammelt im ganzen Gebiet hier, vor allem bei den großen Lagern in Oakland. »Ich kann fast jeden Sehfehler ausgleichen«, sagte er. »Ich habe hier eine große Auswahl. Was sind Sie, kurz- oder weitsichtig oder astigmatisch? In zehn Minuten kann ich Sie versorgen, ich brauche nur die Gläser ein paarmal auszuwechseln.«

»Weitsichtig«, sagte der Apotheker langsam, »aber ich glaube, das, was Sie wollen, habe ich nicht.« Er blickte verlangend auf die Gläserreihen.

»Warum haben Sie das dann nicht gleich gesagt, damit ich weiterziehen kann?« sagte Eldon zornig. »Ich will heute noch nach Petaluma, da gibt es viele Drugstores – ich brauche nur einen Heuwagen zu finden, der hinfährt.«

»Könnten Sie mir nicht eine Brille gegen etwas anderes geben?« sagte der Apotheker, als Eldon sich entfernen wollte. »Ich habe wertvolle Herzmedizin, Chinidin-Gluconat; Sie können es höchstwahrscheinlich gegen das eintauschen, was Sie brauchen. In ganz Marin hat keiner Chinidin-Gluconat außer mir.«

»Gibt es hier irgendwo einen Arzt?« fragte Eldon und blieb am Rand der überwachsenen Straße stehen.

»Ja«, sagte der Apotheker und nickte stolz: »Doktor Stockstill. Er ist vor ein paar Jahren hier zugezogen. Aber er hat keine Medikamente. Die habe nur ich.«

Die Tasche unter dem Arm, ging Eldon Blaine die Landstraße entlang und lauschte hoffnungsvoll dem Tuckern des Holzvergaser-Lastwagenmotors, das plötzlich laut geworden war. Aber das Geräusch verklang wieder. Der Lastwagen fuhr leider in die andere Richtung.

Die Gegend hier, unmittelbar nördlich von San Francisco, hatte einmal ein paar reichen Milchviehranchern gehört; hier hatten Kühe geweidet, aber die waren fort, zusammen mit dem Fleischvieh, den Stieren und Schafen. Ringsumher sah er jetzt engbepflanzte Reihen Mais, eine früh reifende Hybridenart, und zwischen den Reihen große, haarige Kürbispflanzen, auf denen seltsame gelbe Kürbisse wie Bowlingkugeln wuchsen. Es handelte sich um eine ungewöhnliche Kürbisart aus dem Osten, die man mit Schale und Kernen und allem essen konnte; in den Tälern Kaliforniens hatte man sie früher verschmäht... aber das hatte sich geändert.

Ein paar Kinder liefen vorbei und starrten ihn an. Er grinste und fragte sich, was sie wohl lernten und wer sie unterrichtete. Eine senile alte Frau, aus dem Ruhestand geholt? Ein hier Ansässiger, der studiert hatte? Oder vielleicht eine der Mütter selbst.

Eine Stimme hinter ihm rief ihn an; es war eine Frau, und als er sich umdrehte, hörte er das rhythmische Quietschen eines Fahrrads.

»Sind Sie der Brillenmann?« rief sie noch einmal, streng und doch attraktiv, mit schwarzen Haaren, mit Jeans und einem Männerhemd bekleidet. »Bitte, bleiben Sie stehen. Ich habe eben mit Fred Quinn, unserem Drogisten, gesprochen, und er sagte, Sie wären in der Nähe.« Sie holte ihn ein und hielt keuchend. »Seit Monaten war kein Brillenmann mehr da; warum kommen Sie nicht öfter?«

»Ich bin nicht hier, um zu verkaufen«, sagte Eldon Blaine, »ich bin auf der Suche nach Antibiotika.« Er war gereizt. »Ich muß nach Petaluma«, sagte er, und dann wurde ihm klar, daß er ihr Fahrrad neidisch betrachtete; er wußte, daß man ihm das ansah.

»Wir können sie Ihnen besorgen«, sagte die Frau. Sie war älter, als er zuerst gedacht hatte; sie hatte Falten im Gesicht, und er schätzte sie auf fast Vierzig. »Ich bin im Planungsausschuß für alle hier in West Marin; ich weiß, daß wir besorgen können, was Sie brauchen, wenn Sie mitkommen und warten. Zwei Stunden. Wir brauchen mehrere Brillen... ich lasse Sie nicht weg.«

»Sie sind doch nicht Mrs. Raub, oder?« fragte Blaine.

»Doch«, sagte sie. »Sie haben mich erkannt – wie das?«

»Ich bin aus der Gegend um Bolinas; wir wissen, was Sie hier machen. Wir hätten auch jemanden wie Sie in unserem Komitee nötig.« Er hatte ein wenig Angst vor ihr; Mrs. Raub setzte sich immer durch, hatte er gehört. Sie und Larry Raub hatten West Marin nach dem Abkühlen organisiert; vorher, in der alten Zeit, war sie nichts Besonderes gewesen, aber der Notstand jetzt hatte ihr ihre Chance gegeben, wie so vielen Leuten, zu zeigen, was wirklich in ihr steckte.

Als sie miteinander zurückgingen, fragte Mrs. Raub: »Für wen sind die Antibiotika? Nicht für Sie, Sie sehen ganz gesund aus.«

»Meine kleine Tochter liegt im Sterben«, erwiderte er.

Sie vergeudete keine Worte des Mitgefühls; es gab auf der Welt keines mehr, jetzt nicht mehr – sie nickte nur.

»Infektiöse Hepatitis?« fragte sie. »Wie steht es mit Ihrer Wasserversorgung? Haben Sie einen Chlorinator? Wenn nicht –«

»Nein, es sieht nach einer Angina aus«, sagte er.

»Wir haben gestern nacht vom Satelliten gehört, daß deutsche Arzneimittelfirmen wieder produzieren, und wenn wir Glück haben, sehen wir wieder deutsche Medikamente auf dem Markt, wenigstens an der Ostküste.«

»Sie können den Satelliten empfangen?« fragte er aufgeregt. »Unser Radio ist kaputtgegangen, und unser Faktotum ist irgendwo in der Nähe von South Francisco, auf der Suche nach Kühlschrankersatzteilen, und er wird noch einen Monat unterwegs sein. Sagen Sie – was liest er jetzt? Als wir ihn das letztemal hörten, es ist sehr lange her, las er Pascals ›Briefe aus der Provinz‹.«

»Dangerfield liest jetzt ›Des Menschen Hörigkeit‹«, sagte Mrs. Raub.

»Ist das nicht die Geschichte von dem Mann, der eine Frau, die er kennenlernt, nicht mehr loswird?« fragte Eldon. »Ich glaube, ich erinnere mich noch daran von seiner letzten Lesung vor ein paar Jahren. Er ist wirklich ein großer Diskjockey. Der beste, den ich je gehört habe, sogar *vor* dem Notstand. Wenn nur unser Faktotum schon wieder da wäre.«

»Jetzt begreift Ihre Gemeinde vielleicht, wie wichtig Reserven sind, was ich immer schon sage«, meinte Mrs. Raub.

»Könnten – wir einen Vertreter schicken, der bei Ihnen zuhört und uns dann berichtet?«

»Gewiß«, sagte Mrs. Raub. »Aber –«

»Es wäre nicht dasselbe«, gab er zu. »Es ist nicht –« Er gestikulierte. Was war das an Dangerfield, der da oben über ihnen im Satelliten saß und jeden Tag vorbeiflog? Kontakt mit der Welt... Dangerfield schaute hinunter und sah alles, den Wiederaufbau, alle die Veränderungen, gute und schlechte; er hörte alle Sendungen ab, zeichnete auf und spielte ab, so daß sie durch ihn vereint waren.

Einmal, als ihr Radio noch nicht defekt gewesen war, hatte er Dangerfield sagen hören: »Wollt ihr den wahren Grund wissen, warum ich nicht im Krieg gewesen bin? Warum sie mich gerade kurz vorher hinaufgeschossen haben? Sie hüteten sich, mir eine Waffe zu geben... ich hätte einen Offizier erschossen.« Und er hatte gelacht und einen Witz daraus gemacht; aber es stimmte, was er sagte, alles, was er ihnen sagte, war wahr, selbst wenn er einen Scherz machte. Dangerfield war politisch nicht zuverlässig gewesen, und trotzdem saß er jetzt über ihnen und flog jahraus, jahrein über ihre Köpfe hinweg. Und er war ein Mann, dem sie glaubten.

Seitlich an einem Hügelkamm stehend, überblickte das Haus der Raubs den Bezirk West Marin mit seinen Gemüseäckern und Bewässerungsgräben, hier und dort einer angepflockten Ziege und natürlich den Pferden; Eldon Blaine stand am Wohnzimmerfenster und sah unter sich, bei einem Bauernhaus, ein großes Pferdegespann, das zweifellos einen Pflug schleppte... und auch ein Auto ohne Motor über die Straße nach Somona, wenn man Vorräte brauchte.

Unten radelte Mrs. Raub, unterwegs, um sein Medikament zu finden; zu seiner Verblüffung hatte sie ihn allein im Haus gelassen, so daß er sich hätte nehmen können, was er wollte, und nun schaute er sich um nach allem, was es gab. Stühle, Bücher, in der Küche Nahrungsmittel und sogar eine Flasche Wein, in allen Schränken Kleidung – er wanderte durch das Haus und genoß alles; es war beinahe wie vor dem Krieg, nur daß man natürlich alle die nutzlosen elektrischen Apparate längst weggeworfen hatte.

Durch die Rückfenster sah er die grüne Holzwand eines großen Wasserspeichers. Die Raubs hatten also ihre eigene Wasserversorgung. Als er hinausging, sah er einen klaren, unvergifteten Fluß.

Am Fluß lauerte eine Art Apparatur, wie ein Karren auf Rädern. Er starrte ihn an; Arme an dem Gerät füllten eifrig Eimer mit Wasser. In der Mitte saß ein Mann ohne Arme und Beine. Der Mann nickte, so, als dirigiere er Musik, und die Maschinerie rings um ihn reagierte. Es war ein Phocomelus, erkannte Eldon, auf seinem Phocomobil, einer Kombination aus Rollstuhl und mechanischen Armen, die seine fehlenden Gliedmaßen ersetzten. Was machte er da, stahl er den Raubs das Wasser?

»He«, sagte Eldon.

Der Phocomelus drehte sofort den Kopf; seine Augen funkelten Eldon erschrocken an, und dann prallte etwas an Eldons Körper – er wurde zurückgeschleudert, und als er schwankte und sein Gleichgewicht wiederzugewinnen versuchte, entdeckte er, daß seine Arme am Körper festgehalten wurden. Ein Drahtnetz war vom Phocomobil herausgeschnellt und hatte ihn eingehüllt.

»Wer sind Sie?« fragte der Phocomelus stammelnd. »Sie leben nicht hier; ich kenne Sie nicht.«

»Ich bin aus Bolinas«, sagte Eldon. Das Metallnetz preßte ihn zusammen, bis er nach Atem rang. »Ich bin der Brillenmann. Mrs. Raub hat mir gesagt, daß ich hier warten soll.«

Das Netz schien sich etwas zu dehnen.

»Ich kann kein Risiko eingehen«, sagte der Phocomelus. »Ich lasse Sie nicht frei, bis June Raub zurückkommt.« Die Eimer tauchten wieder ins Wasser und füllten sich methodisch, bis der am Phocomobil festgeschnallte Tank übervoll war.

»Dürfen Sie das?« fragte Eldon. »Wasser aus dem Fluß der Raubs nehmen?«

»Ich habe ein Recht darauf«, sagte der Phocomelus. »Ich gebe mehr, als ich nehme, bei allen hier.«

»Lassen Sie mich los«, sagte Eldon. »Ich versuche nur Medizin für meine Tochter zu beschaffen; sie liegt im Sterben.«

»›Sie liegt im Sterben‹«, äffte ihn der Phocomelus nach. Er rollte näher auf Eldon zu. Das Mobil glänzte; alle seine Teile sahen neu aus. Es war eine der bestgebauten mechanischen Konstruktionen, die Eldon Blaine je gesehen hatte.

»Lassen Sie mich los, dann gebe ich Ihnen eine Brille umsonst«, sagte Eldon. »Sie können sie sich aussuchen.«

»Meine Augen sind perfekt«, sagte der Phocomelus. »Alles an mir ist perfekt. Es fehlen Teile, aber ich brauche sie nicht; ich komme besser ohne sie aus. Ich kann, zum Beispiel, den Berg schneller hinunterkommen als Sie.«

»Wer hat Ihr Mobil gebaut?« fragte Eldon.

»Ich selbst.«

»Wie können Sie Ihr eigenes Mobil bauen? Das ist doch ein Widerspruch.«

»Ich hatte früher Körperanschlüsse. Jetzt habe ich Gehirnanschlüsse. Das habe ich auch selbst gemacht. Ich bin hier das Faktotum. Die alten Kunstarme, die vorher der Staat gebaut hat –

sie waren nicht einmal so gut wie die aus Fleisch, die Sie haben.«

»Dangerfield sagt, die Faktoten seien die wertvollsten Leute auf der Welt«, sagte Eldon. »Er hat einmal die Welt-Faktotums-Woche ausgerufen und verschiedene Faktoten genannt, die besonders bekannt seien. Wie heißen Sie? Vielleicht hat er Sie auch erwähnt.«

»Hoppy Harrington«, antwortete der Phocomelus. »Aber ich weiß, daß er mich nicht erwähnt hat, weil ich mich noch im Hintergrund halte; es ist noch nicht Zeit für mich, mir in der Welt einen Namen zu machen, wie ich es noch tun werde. Ich lasse die Leute hier in der Umgebung ein bißchen von dem sehen, was ich kann, aber sie sollen nicht darüber reden.«

»Natürlich reden sie nicht darüber«, sagte Eldon. »Sie wollen Sie nicht verlieren. Unser Faktotum ist zur Zeit nicht da, und das spüren wir sehr. Glauben Sie, Sie könnten vorübergehend den Bezirk Bolinas mit übernehmen? Wir sind relativ unberührt, wegen der Berge.«

»Ich war schon in Bolinas«, sagte Hoppy Harrington. »Ich bin überall gewesen, schon bis Sacramento. Niemand hat gesehen, was ich gesehen habe; ich kann mit meinem Mobil am Tag *fünfzig Meilen* zurücklegen.« Sein mageres Gesicht zuckte, und er stammelte: »Ich würde nicht mehr nach Bolinas gehen, weil es da im Meer Ungeheuer gibt.«

»Wer sagt das?« fuhr Eldon auf. »Das ist doch Aberglaube – verraten Sie mir, wer das über unsere Gemeinde gesagt hat.«

»Ich glaube, es war Dangerfield.«

»Nein, nie. Auf den kann man sich verlassen, so etwas würde der nie verbreiten. Vielleicht hat er Witze gemacht, und Sie haben ihn ernst genommen.«

»Die Wasserstoffbomben haben die Meeresungeheuer aufgeweckt«, sagte Hoppy. »Von ihrem Schlaf in den Tiefen.« Er nickte ernsthaft.

»Sehen Sie sich bei uns um«, sagte Eldon. »Wir sind fortschrittlich und geordnet, besser als irgendeine Großstadt. Es gibt sogar wieder Straßenlaternen, vier Stück, jeden Abend eine Stunde. Es wundert mich, daß ein Faktotum so etwas glaubt.«

»Man weiß einfach nie«, sagte der Phocomelus gekränkt. »Vielleicht habe ich es doch nicht von Dangerfield gehört.«

Sie hörten Hufe klappern, und ein großer, massiger Mann mit rotem Gesicht kam herangeritten und starrte sie mit verkniffenen Augen an.

»Brillenmann! Sind Sie das?« rief er.

»Ja«, sagte Eldon. »Haben Sie die Antibiotika, Mister?«

»June Raub bringt sie«, sagte der Mann. »Zeigen Sie mir, was Sie haben. Ich bin kurzsichtig und im linken Auge stark stabsichtig. Können Sie mir helfen?« Er stieg ab.

»Ich kann nichts machen, weil Hoppy Harrington mich gefesselt hat«, sagte Eldon.

»Herrgott noch mal, Hoppy«, sagte der Mann erregt. »Lassen Sie den Brillenmann los, damit er mir eine Brille anpassen kann. Ich warte schon seit Monaten darauf.«

»Okay, Leroy«, sagte Hoppy mürrisch. Das Metallnetz löste sich von Eldon und glitt über den Boden zurück zu dem wartenden Phocomelus in seinem funkelnden, komplizierten Mobil.

An diesem Abend kehrte Eldon Blaine nach Bolinas zurück, gab seinem Kind das Antibiotikum und zog seine Frau beiseite.

»Hör mal, in West Marin haben sie ein erstklassiges Faktotum, von dem sie kaum reden, und das sind nur zwanzig Meilen von hier. Ich finde, wir sollten eine Delegation hinschicken, die ihn entführt und hierherbringt. Er ist ein Phoco, und du solltest sehen, was für ein Mobil er sich gebaut hat; das kann keiner von den Faktoten, die wir hier gehabt haben.« Er griff nach seiner Wolljacke. »Ich verlange vom Komitee, daß darüber abgestimmt wird.«

»Aber unsere Verordnung gegen die Krüppel«, sagte Patricia. »Und Mrs. Wallace hat den Vorsitz in diesem Monat; du weißt, wie sie darüber denkt, sie würde nie noch einen Phoco hier leben lassen. Ich meine, wir haben doch schon vier, und sie beschwert sich dauernd darüber.«

»Das bezieht sich nur auf Leute, die uns zur Last fallen könnten«, sagte Eldon. »Hoppy Harrington ist keine Last, sondern ein Aktivposten. Ich setze das schon durch. Sie haben uns in West Marin eingeladen, Dangerfield zu hören, aber wir nehmen ihnen Hoppy weg. Wir setzen sein Phocomobil außer Betrieb und schleppen ihn her, und sie erfahren nie, was passiert ist. Unsere Polizei schützt uns.«

»Ich habe Angst vor Phocos«, sagte Patricia. »Sie haben sonderbare Kräfte, keine natürlichen, das weiß jeder. Wahrscheinlich hat er sein Mobil durch Zauberei gebaut.«

Eldon Blaine lachte höhnisch.

»Um so besser. Das brauchen wir, einen eigenen Zauberer.«

»Ich sehe nach, wie es Gwen geht«, sagte Patricia und ging zu dem abgeteilten Winkel des Raumes, wo ihr Kind lag. »Ich will damit nichts zu tun haben. Ich finde, es ist schrecklich, was du vorhast.«

Eldon Blaine verließ das Zimmer und trat in die Nacht hinaus, um zum Haus der Wallaces zu gehen.

Als die Bürger von West Marin sich im Haus versammelten und Platz nahmen, drehte June Raub an dem 12-Volt-Autoradio und stellte fest, daß Hoppy Harrington wieder einmal nicht erschienen war, um den Satelliten zu hören. Was hatte er gesagt? ›Ich höre kranken Leuten nicht gern zu.‹ Ein seltsamer Satz, dachte sie.

Aus dem Lautsprecher drang Rauschen und Knistern, dann hörte man das erste schwache Piepsignal des Satelliten. Nach wenigen Minuten würden sie ihn deutlich empfangen können... außer die Batterie fiel wieder einmal aus.

Die Leute in den Sitzreihen lauschten aufmerksam, als die Worte Dangerfields durch das Rauschen zu hören waren: »... Läusetyphus in Washington ausgebrochen sein soll, bis hinauf zur kanadischen Grenze. Also Distanz halten, Freunde. Wenn der Bericht zutrifft, ist das ein sehr schlechtes Zeichen. Und dann eine Meldung aus Portland in Oregon, etwas Erfreulicheres. Zwei Schiffe aus dem Orient sind eingelaufen. Eine angenehme Nachricht, nicht wahr? Zwei große Frachter, vollgepackt mit Gütern aus kleinen Fabriken in Japan und China, wie ich höre.«

Ein Raunen ging durch die Reihen.

»Und hier ein Tip für den Haushalt von einem Diätberater in Hawaii«, sagte Dangerfield, aber seine Stimme ging wieder im Rauschen unter. June Raub drehte lauter, aber das nützte nichts. Die Menschen sahen einander enttäuscht an.

Wenn Hoppy hier wäre, könnte er das viel besser einstellen als ich, dachte sie. Sie blickte nervös ihren Mann an.

»Die Wetterbedingungen«, sagte er. »Wir müssen eben Geduld haben.«

Aber mehrere Leute funkelten sie feindselig an, so, als sei es ihre Schuld, daß der Satellit nicht mehr zu hören war. Sie zuckte hilflos die Achseln.

Die Tür ging auf, und drei Männer traten verlegen ein. Zwei waren Fremde für sie, der dritte war der Brillenmann. Unsicher suchten sie sich Plätze, angestarrt von allen Anwesenden.

»Wer sind Sie?« fragte Mr. Spaulding, der für den Futterschuppen zuständig war. »Hat jemand erlaubt, daß Sie hereinkommen?«

»Ich habe die Delegation aus Bolinas eingeladen, herzukommen und zuzuhören; ihr Radio funktioniert nicht.«

»Psst«, sagten mehrere Leute gleichzeitig, weil man die Stimme im Lautsprecher wieder hören konnte.

»...jedenfalls habe ich die Schmerzen meist dann, wenn ich geschlafen habe und bevor ich esse«, sagte Dangerfield soeben. »Beim Essen scheinen sie zu verschwinden, und deshalb vermute ich, daß es mein Magen ist, nicht das Herz. Wenn also Ärzte zuhören und Zugang zu einem Sender haben, können sie sich vielleicht melden und mir ihre Meinung mitteilen. Ich kann ihnen weitere Informationen geben, wenn das hilft.«

Erstaunt hörte June Raub, wie der Mann im Satellit seine Beschwerden in allen Einzelheiten schilderte. War es das, was Hoppy gemeint hatte? fragte sie sich. Dangerfield war ein Hypochonder geworden, und niemand hatte den Wandel bemerkt, außer Hoppy, der besonders geschärfte Sinne besaß. Sie fröstelte. Der arme Mann da oben, dazu verdammt, die Erde unablässig zu umkreisen, bis, wie bei den Russen, Nahrung oder Luft zu Ende gingen und er sterben mußte.

Und was werden wir dann tun? Ohne Dangerfield... wie sollen wir da weitermachen?

8

Bonny klopfte an die Tür der kleinen Holzhütte und rief: »Jack? Sind Sie da?« Sie drückte auf die Klinke. Die Tür war nicht abgesperrt. Zu Mr. Barnes sagte sie: »Wahrscheinlich ist er mit seiner Herde irgendwo unterwegs. Es ist Wurfzeit, und er hat Schwierigkeiten; es werden so viele Mißbildungen geboren, und viele kommen ohne Hilfe nicht zur Welt.«

»Wie viele Schafe hat er?« fragte Barnes.

»Dreihundert. Sie sind draußen in den Hochtälern, wild, so daß man sie nicht exakt zählen kann. Sie haben doch keine Angst vor Böcken, oder?«

»Nein.«

»Dann gehen wir zu Fuß.«

»Und er ist der Mann, den der frühere Lehrer zu töten versucht hat«, murmelte Barnes, als sie über eine abgenagte Wiese zu einem dicht überwachsenen Hügelkamm gingen.

»Ja«, sagte sie, die Hände in den Hosentaschen. »Aber ich weiß nicht, weshalb«, fügte sie schnell hinzu. »Jack ist – nur ein Schafrancher. Ich weiß, es ist ungesetzlich, Schafe auf Boden zu züchten, der kultiviert werden kann, aber wie Sie sehen, läßt sich hier nur wenig Boden pflügen; das meiste sind Schluchten. Vielleicht war Mr. Austurias neidisch.«

Ich glaube ihr nicht, dachte Mr. Barnes. Er interessierte sich aber nicht übermäßig dafür. Er gedachte den Fehler seines Vorgängers, der nach Auskunft des Ausschusses hingerichtet worden war, nicht zu wiederholen, egal, wer oder was Mr. Tree sein mochte.

»Tut mir leid, daß Mr. Gill nicht mitkommen konnte«, sagte Mr. Barnes. Er hatte den berühmten Tabakfachmann, der Zigaretten aus Kräutern und getrockneten Gemüsen herstellte und von dem er schon vor seinem Eintreffen in West Marin gehört hatte, noch nicht kennenlernen können. »Haben Sie nicht erwähnt, daß Sie eine Musikergruppe haben? Sie spielen irgendwelche Instrumente?« Das hatte sein Interesse geweckt, weil er früher einmal Cello gespielt hatte.

»Wir spielen Plattenspieler«, sagte Bonny. »Andrew Gill und Jack Tree. Und ich Klavier. Wir spielen frühe Komponisten wie Henry Purcell und Johann Pachelbel. Doktor Stockstill schließt sich uns manchmal an, aber –« Sie runzelte die Stirn. »Er hat so viel zu tun, muß so viele Städte besuchen. Abends ist er einfach zu erschöpft.«

»Ich habe früher einmal Cello gespielt«, meinte er.

»Wie schade«, sagte Bonny.

»Es gibt hier überhaupt keine Streichinstrumente?«

»Nein.«

Vor ihnen tauchte ein Schaf auf, ein Suffolk mit schwarzem Gesicht; es betrachtete sie, sprang dann hoch, fuhr herum und floh. Ein Mutterschaf, sah er, groß und schön, mit zuviel Fleisch und herrlicher Wolle. Das Wasser lief ihm im Munde zusammen. Er hatte seit Jahren kein Lammfleisch mehr gegessen.

»Schlachtet er auch, oder macht er das nur wegen der Wolle?« fragte er.

»Wegen der Wolle«, sagte Bonny. »Er hat einen Horror vor dem Schlachten; er macht es nicht, egal, was ihm geboten wird. Die Leute schleichen natürlich an und stehlen ihm Tiere aus der Herde ... wenn Sie Lamm wollen, ist das die einzige Möglichkeit, und deshalb sage ich Ihnen gleich, daß seine Herde gut geschützt ist.« Sie deutete auf einen Hund, der auf dem Hügel stand und sie beobachtete. Er erkannte ihn sofort als eine extreme Mutation, eine nützliche; sein Gesicht war intelligent, auf neue Weise.

»Ich will seine Schafe nicht«, sagte Barnes. »Er tut doch nichts, oder? Kennt er Sie?«

»Deshalb bin ich mitgegangen«, sagte Bonny. »Jack hat nur den einen Hund. Aber der genügt.«

Der Hund trabte auf sie zu.

Der Abstammung nach mußte er ein Schäferhund sein, vermutete Barnes; er erkannte die Ohren und die Schnauze. Aber nun – er wartete starr, als der Hund sich näherte. In seiner Tasche hatte er natürlich ein Messer; es hatte ihn oft genug beschützt, aber hier hätte es wohl nicht gereicht.

»Hallo«, sagte Bonny zu dem Hund.

Er blieb vor ihnen stehen, öffnete das Maul und stöhnte. Es war ein schrecklicher Laut, und Barnes schauderte; es klang wie bei einem spastisch Gelähmten, einem Schwerbehinderten, dessen Stimmapparat geschädigt war. Aus dem Stöhnen glaubte Barnes ein oder zwei Worte herauszuhören, aber er war sich nicht sicher. Bonny schien ihn jedoch zu verstehen.

»Braver Terry«, sagte sie zu dem Hund. »Dank dir, braver Terry.« Der Hund wedelte mit dem Schwanz. Zu Barnes sagte sie: »Wir finden ihn eine Viertelmeile weiter auf dem Pfad.« Sie marschierte weiter.

»Was hat der Hund gesagt?« fragte er, als sie außer Hörweite des Tieres waren.

Bonny lachte. Das ärgerte ihn, und er machte ein finsteres Gesicht.

»Oh«, sagte sie. »mein Gott, er entwickelt sich eine Million Jahre weiter – eines der größten Wunder der Evolution – und Sie können nicht verstehen, was er gesagt hat.« Sie wischte sich die Augen. »Tut mir leid, aber es ist einfach zu komisch. Ich bin froh, daß Sie mich nicht danach gefragt haben, als er es noch hören konnte.«

»Ich bin nicht beeindruckt«, sagte er abwehrend. »Ich bin einfach nicht sehr beeindruckt. Sie sitzen hier in diesem engen Provinznest, und für Sie ist das natürlich enorm, aber ich bin die ganze Küste entlanggekommen und habe Dinge gesehen, bei denen Sie –« Er brach ab. »Das ist gar nichts, der Hund. Im Vergleich gar nichts, auch wenn es an sich eine große Leistung sein mag.«

Bonny griff lachend nach seinem Arm.

»Ja, Sie sind vom großen Außerhalb. Sie haben alles gesehen, was es gibt; natürlich haben Sie recht. Was haben Sie gesehen, Barnes? Sie wissen, mein Mann ist Ihr Chef, und Orion Stroud ist sein Chef. Weshalb sind Sie hergekommen? Ist das so abgelegen? So rustikal? Ich finde, das ist ein schöner Ort zum Leben; wir haben eine stabile Gemeinschaft. Aber wenig Wunder, wie Sie schon sagten. Wir haben nicht die Mirakel und Mißgeburten wie Sie in den großen Städten, wo die Strahlung viel stärker war. Aber immerhin haben wir Hoppy.«

»O je«, sagte Barnes, »Phocos gibt es jede Menge. Man sieht sie jetzt überall.«

»Aber Sie haben hier einen Posten als Lehrer angenommen«, meinte Bonny und sah ihn an.

»Ich sagte schon, ich bin in politische Schwierigkeiten mit kleinen Lokalgrößen geraten, die sich für Könige in ihren kleinen Reichen hielten.«

»Mr. Austurias interessierte sich auch für Politik«, sagte Bonny nachdenklich. »Und für Psychologie, wie Sie.« Während sie weitergingen, sah sie ihn immer wieder an. »Aber er sah nicht so gut aus wie Sie. Er hatte einen kleinen runden Apfelkopf. Und seine Beine wackelten, wenn er rannte; er hätte nie rennen sollen.« Sie wurde wieder ernst. »Er konnte aber prima Pilze zubereiten. Laden Sie mich auch einmal zum Pilzessen ein? Es ist so lange her – wir haben selbst versucht, sie zu sammeln, aber daraus wurde nichts. Wir sind sofort krank geworden.«

»Sie sind eingeladen«, sagte er.

»Finden Sie mich attraktiv?« fragte sie.

Verblüfft murmelte er: »Sicher, ganz gewiß.« Er hielt krampfhaft ihren Arm fest, so, als führe sie ihn. »Warum fragen Sie?« sagte er vorsichtig. Ob das gefährlich ist? Schlagartig begriff er, daß sie eine Affäre gehabt haben mußte, mit Gill vielleicht, oder mit Mr. Tree oder diesem Stroud; das schien aber vorbei zu sein, und sie suchte nach einer neuen Beziehung.

Aber vielleicht bildete er sich das auch nur ein, denn es erschien ihm nicht sehr wahrscheinlich, daß diese attraktive Frau, die eine führende Rolle in dieser Gemeinde spielte, die ihn kaum kannte, ihn einfach so auswählen würde... aber das hatte sie ja gar nicht getan, sie prüfte erst.

»Hören Sie«, sagte er. »Wo ist denn dieser Tree?« Er ging jetzt vor ihr und schaute sich überall um. Dann sah er in einer dunklen Höhlung einen Pilz und ging darauf zu. »Schauen Sie«, sagte er.

»Hahnenkamm. Sehr schmackhaft. Man sieht ihn auch nicht sehr oft.«

Bonny Keller bückte sich. Er sah ihre blassen, nackten Knie, als sie sich ins Gras setzte.

»Pflücken Sie ihn?« fragte sie. »Und tragen ihn wie eine Trophäe fort?«

»Ich trage ihn fort«, sagte er, »aber nicht wie eine Trophäe. Er gehört in die Pfanne, zusammen mit ein wenig Rinderfett.«

Sie sah ihn an und strich ihre Haare zurück. Sie starrten einander an, und plötzlich wirkte Bonny so erschrocken, wie er sich fühlte. Sie taten beide nichts; jeder wartete darauf, daß der andere etwas unternahm. Er hatte plötzlich die dunkle Ahnung, daß sie ihm entweder eine Ohrfeige geben oder davonlaufen würde, wenn er nach ihr griff... und daß das unerfreuliche Folgen haben mochte. Sie mochte... mein Gott, den letzten Lehrer hatten sie umgebracht. Sollte es daran gelegen haben? Sollte sie ein Verhältnis mit ihm gehabt haben, um es dann vielleicht ihrem Mann oder jemand anderem zu erzählen? Ist es so gefährlich hier? Wenn das zutrifft, soll mein Stolz zum Teufel gehn; ich will nichts wie weg.

»Da kommt Jack Tree«, sagte Bonny.

Über den Hügelkamm lief der Hund, die Mutation mit der angeblichen Fähigkeit, zu sprechen, und gleich dahinter kam ein Mann mit hagerem Gesicht, gebückt, mit hängenden Schultern. Er trug einen abgewetzten Mantel, wie aus der Stadt, und eine blaugraue Hose. Er sah ganz und gar nicht wie ein Bauer aus, sondern weit eher wie ein älterer Versicherungsangestellter, der sich vor einem Monat im Wald verirrt hat. Der Mann hatte ein schwarzverschmiertes Kinn, das in einem unangenehmen Gegensatz zu seiner unnatürlich weißen Haut stand. Mr. Barnes empfand sofort Abneigung gegen ihn. Aber lag das an Mr. Trees äußerer Erscheinung? Er hatte weiß Gott genug verunstaltete, verbrannte, verkrüppelte und verwüstete Menschen gesehen... nein, seine Antipathie gegen Mr. Tree beruhte auf dem seltsamen Gang des Mannes, diesem Schwanken und Stolpern. Es war der Gang eines Schwerkranken. Krank auf eine Weise, wie Barnes es nie zuvor erlebt hatte.

»Hallo«, sagte Bonny und stand auf.

Der Hund stürmte heran und benahm sich höchst unnatürlich.

»Ich bin Barnes, der neue Lehrer«, sagte Barnes, stand auf und streckte die Hand aus.

»Ich bin Tree«, sagte der Kranke und streckte ebenfalls die

Hand aus. Als Barnes sie ergriff, erschien sie ihm unerklärlich feucht; es war schwer, wenn nicht unmöglich, sie festzuhalten – er ließ sie sofort wieder los.

»Jack«, sagte Bonny, »Mr. Barnes hier ist Fachmann für das Entfernen von Lammschwänzen, wenn sie gewachsen sind und die Tetanusgefahr besonders groß ist.«

»Aha«, sagte Tree und nickte. »Barnes«, sagte er zu seinem Hund laut und deutlich, so, als wolle er ihm den Namen beibringen.

Der Hund stöhnte: »...brnnns...« Er bellte und sah seinen Herrn hoffnungsvoll an.

»Richtig«, sagte Mr. Tree lächelnd. Er hatte fast keine Zähne mehr, nur nacktes Zahnfleisch. Noch schlimmer als bei mir, dachte Barnes. Der Mann muß weit unten gewesen sein, in der Nähe von San Francisco, als die große Bombe fiel; das ist eine Möglicheit, oder es kann einfach an der Ernährung liegen, wie bei mir. Jedenfalls schaute er nicht hin, sondern ging davon, die Hände in den Taschen.

»Sie haben viel Land hier«, sagte er über die Schulter. »über welche juristische Person haben Sie den Titel erworben? Über den Bezirk Marin?«

»Einen Titel gibt es nicht«, sagte Mr. Tree. »Ich habe nur den Nutzbrauch. Der Bürgerrat von West Marin und der Planungsausschuß gestehen ihn mir zu, dank Bonnys guter Dienste.«

»Der Hund fasziniert mich«, sagte Barnes und drehte sich um. »Er kann ja richtig sprechen, er hat meinen Namen deutlich ausgesprochen.«

»Sag Guten Tag zu Mr. Barnes«, befahl Mr. Tree dem Hund.

Der Hund wuffte und stöhnte dann: »Gnnnnt-a-ag-Mrbarnnns.« Er wuffte wieder und sah Barnes an.

Barnes seufzte.

»Wirklich großartig«, sagte er zu dem Hund. Das Tier winselte und sprang freudig herum.

Mr. Barnes empfand nun doch ein wenig Sympathie für den Hund. Ja, es war eine bemerkenswerte Leistung. Und trotzdem stieß das Tier ihn gleichzeitig ab, wie Tree selbst auch; beide hatten etwas Isoliertes, Entstelltes, so als seien sie durch ihren Aufenthalt hier im Wald von der normalen Wirklichkeit abgeschnitten. Sie waren nicht verwildert, nicht in die Nähe der Barbarei abgesunken. Sie waren einfach unnatürlich. Er mochte sie einfach nicht.

Aber er mochte Bonny, und er fragte sich, wie sie an ein so

sonderbares Wesen wie Mr. Tree geraten sein mochte. Seine Neugier war geweckt.

»Ihre Kleine ist heute nicht dabei«, sagte Mr. Tree zu Bonny.

»Nein. Edie ist nicht gesund.«

»Etwas Ernstes?« fragte Mr. Tree mit seiner heiseren Stimme.

»Magenschmerzen, das ist alles. Sie bekommt sie ab und zu, hat sie eigentlich schon immer gehabt. Ihr Bauch ist aufgetrieben und hart. Vielleicht eine Blinddarmentzündung, aber eine Operation ist jetzt ja etwas so Gefährliches –« Bonny brach ab und wandte sich Barnes zu. »Meine Kleine liebt den Hund da sehr. Sie sind gute Freunde und unterhalten sich stundenlang, wenn wir hier draußen sind.«

»Sie und ihr Bruder«, sagte Mr. Tree.

»Jetzt hören Sie mal«, sagte Bonny. »Davon habe ich aber wirklich genug. Ich habe Edie gesagt, sie soll damit aufhören. Deshalb will ich ja, daß sie herkommt und mit Terry spielt; sie sollte richtige Spielkameraden haben und nicht so in sich zurückgezogen leben und Wahnvorstellungen haben. Finden Sie nicht, Mr. Barnes – Sie sind doch Lehrer – ein Kind sollte sich an der Wirklichkeit orientieren, nicht nach Phantasien, oder?«

»Heutzutage kann ich verstehen, daß ein Kind sich in ein Phantasiereich zurückzieht... man kann es ihm nicht verdenken. Vielleicht sollten wir das alle tun.« Er lächelte, aber weder Bonny noch Mr. Tree erwiderten das Lächeln.

Bruno Bluthgeld hatte den Blick von dem neuen, jungen Lehrer nicht mehr abgewendet – wenn das wirklich die Wahrheit war, wenn dieser kleine junge Mann mit der Khakihose und dem groben Hemd wirklich Lehrer war, wie Bonny behauptete.

Ist er auch hinter mir her? dachte Bluthgeld. Wie der letzte? Vielleicht. Und Bonny hat ihn mitgebracht... heißt das, daß sie nun doch auf ihrer Seite steht? Gegen mich?

Er konnte das nicht glauben. Nicht nach all den Jahren. Und es war Bonny gewesen, die Mr. Austurias' eigentliche Absicht für sein Erscheinen in West Marin erkannt hatte. Bonny hatte ihn vor Mr. Austurias gerettet, und dafür war er ihr dankbar. Ohne sie wäre er nicht mehr am Leben. Bluthgeld atmete ein wenig auf. Vielleicht war dieser Mr. Barnes doch das, was er zu sein vorgab.

Aber früher oder später wird mich hier jemand aufspüren und umbringen, sagte er sich. Das ist nur eine Frage der Zeit; sie verabscheuen mich alle und werden nie aufgeben. Die Welt sucht immer noch den Mann, der die Verantwortung trägt für alles, was geschehen ist, und ich kann es den Menschen nicht verdenken. Sie haben recht damit. Schließlich trage ich auf meinen Schultern die Verantwortung für den Tod von Millionen, den Untergang von Dreiviertel der Welt, und weder sie noch ich können das je vergessen. Nur Gott hat die Macht, zu verzeihen und ein so ungeheuerliches Verbrechen gegen die Menschheit zu vergessen.

Ich hätte Mr. Austurias nicht getötet, dachte er; ich hätte mich von ihm umbringen lassen. Aber Bonny und die anderen – die Entscheidung lag bei ihnen. Nicht bei mir, wiel ich keine Entscheidungen mehr fällen kann. Gott erlaubt mir das nicht mehr; es wäre nicht angemessen. Meine Aufgabe ist es, hier zu warten, meine Schafe zu hüten, auf ihn zu warten, der kommen wird, den Rächer der Welt.

Wann wird er kommen? fragte sich Bluthgeld. Bald? Ich warte schon Jahre. Ich bin müde... hoffentlich dauert es nicht mehr lange.

»Was haben Sie gemacht, bevor Sie Schafrancher geworden sind, Mr. Tree?« fragte Mr. Barnes.

»Ich war Atomwissenschaftler«, sagte Bluthgeld.

»Jack war Lehrer«, sagte Bonny schnell. »Er hat Physik unterrichtet. In der Oberschule. Natürlich nicht hier.«

»Lehrer«, sagte Mr. Barnes. »Dann haben wir etwas gemeinsam.« Er lächelte Dr. Bluthgeld an, und Bluthgeld erwiderte das Lächeln automatisch. Bonny beobachtete die beiden nervös.

»Wir müssen uns öfter sehen«, sagte Bluthgeld und nickte ernst. »Wir müssen uns unterhalten.«

9

Als Stuart McConchie von seiner Fahrt zur Halbinsel südlich von San Francisco zurückkam, stellte er fest, daß jemand – sicherlich eine Gruppe von früheren Soldaten unter dem Kai – sein Pferd getötet und aufgegessen hatte. Alles, was übriggeblieben war, war das Skelett, Beine und Schädel, ein Haufen, der für ihn und jeden anderen wertlos war. Er stand davor und dachte nach. Ein teurer Ausflug, und zu spät war er auch gekommen. Der Farmer hatte die elektronischen Bauteile der russischen Rakete schon verkauft gehabt.

Mr. Hardy, für den er arbeitete, würde sicher ein neues Pferd besorgen, aber er hatte den Gaul gemocht. Und es war falsch, ein Pferd zu töten, um es zu verzehren, weil sie für andere Zwecke so dringend gebraucht wurden; sie waren das wichtigste Transportmittel jetzt, wo fast das ganze Holz von den Holzvergasermotoren und für Heizungszwecke im Winter verbraucht worden war, und Pferde brauchte man auch für den Wiederaufbau – sie waren, da es keinen Strom gab, die bedeutendste Energiequelle.

Zu Fuß ging er langsam auf die San Pablo Avenue zu. Die Sonne ging auf die farbenprächtige, gigantische Weise unter, an die sie sich in den Jahren seit dem Notstand gewöhnt hatten. Er bemerkte es kaum. Vielleicht sollte ich jetzt etwas anderes machen, dachte er. Kleine Tierfallen – man kann leben davon, aber einen Aufstieg gibt es da nicht.

Um sich aufzuheitern, zog er eine seiner letzten Spezial-Luxus-Gold-Label-Andrew-Gill-Zigaretten heraus und zündete sie an.

Ein ganzer Tag vergeudet für die erfolglose Jagd auf der anderen Seite der Bucht, sagte er sich. In zwei Stunden würde es dunkel sein, und er würde sich schlafen legen, in dem mit Katzenfellen ausgekleideten Kellerraum, den Mr. Hardy ihm für einen Silberdollar im Monat vermietete.

Was Hoppy wohl macht? fragte er sich. Möchte wissen, wo er ist, mit seiner Hellseherei. Der erste Phoco. Ich wette, daß er mit dem Leben davongekommen ist. Wahrscheinlich ist er zu den Chinesen übergelaufen, als sie im Norden landeten.

Er dachte an Jim Fergesson, der nun schon lange tot war, und dann erreichte er die San Pablo Avenue mit ihren kleinen Läden hier und dort, kleinen Hütten, in denen es vom Kleiderbügel bis zum Heu alles zu kaufen gab. An einer stand ›Hardys homöostatische Schädlingsfallen‹, und in diese Richtung ging er.

Als er eintrat, hob Mr. Hardy den Kopf. Er saß an seinem Arbeitstisch, vor sich haufenweise elektronische Bauteile, die er aus ganz Nordkalifornien zusammengesucht hatte. Viele stammten aus den Ruinen in Livermore, wo Hardy mit Erlaubnis der Behörden hatte graben dürfen.

Dean Hardy war früher Ingenieur bei einer Rundfunkstation in Oakland gewesen, ein schmaler, stiller, älterer Mann, der selbst jetzt eine Krawatte und ein grünes Hemd trug – und eine Krawatte war in dieser Zeit etwas Einzigartiges. Er hatte graue, gelockte Haare und erinnerte Stuart an einen Nikolaus ohne Bart. Für Stuart war er eine Art Vaterfigur geworden. Und Jim

Fergesson glich er auch. Das, mehr als alles andere, hatte ihn vor drei Jahren zu ihm hingezogen.

»Sie haben mein Pferd gegessen«, sagte er zu Mr. Hardy und setzte sich auf einen Stuhl.

Ella Hardy, die Frau seines Arbeitgebers, tauchte sofort auf.

»Sie haben es allein gelassen?«

»Ja«, gab er zu. Sie funkelte ihn böse an. »Ich dachte, am öffentlichen Fährenkai in Oakland kann ihm nichts passieren. Da ist ein Aufseher, der –«

»Das passiert die ganze Zeit«, sagte Hardy müde. »Diese Dreckskerle. Das müssen die früheren Soldaten gewesen sein, die unter der Pier leben. Da sollte mal einer eine Zyankalibombe reinwerfen; die leben dort zu Hunderten. Und der Wagen? Den mußten Sie wohl dort lassen?«

»Tut mir leid«, sagte Stuart.

»Der Gaul war fünfundachtzig Silberdollar wert«, sagte Mrs. Hardy wütend. »Der Gewinn einer Woche.«

»Ich zahle das Geld zurück«, sagte Stuart steif.

»Lassen Sie nur«, meinte Hardy. »Wir haben noch mehr Pferde in unserem Laden in Orinda. Und die Teile der Rakete?«

»Kein Glück«, sagte Stuart. »Alles schon weg, als ich hinkam. Bis auf das.« Er zeigte ihm eine Handvoll Transistoren. »Der Farmer hat sie nicht bemerkt. Ich hab' sie so mitgenommen. Ich weiß aber nicht, ob sie noch was taugen.« Er legte sie auf den Tisch. »Nicht viel für einen ganzen Tag.«

Ella Hardy kehrte wortlos in die Küche zurück; der Vorhang schloß sich hinter ihr.

»Wollen Sie mit uns essen?« fragte Hardy, schaltete die Lampen aus und nahm die Brille ab.

»Ich weiß nicht«, sagte Stuart. »Ich fühl' mich so komisch. Ich war ziemlich durcheinander, als ich sah, daß sie den Gaul aufgefressen hatten.« Er ging im Laden hin und her. Unsere Beziehungen zu den Tieren haben sich verändert, dachte er. Sie sind viel enger; die große Kluft zwischen ihnen und uns gibt es nicht mehr. »Drüben auf der anderen Seite der Bucht hab' ich was gesehen, das mir noch nie untergekommen ist«, sagte er. »Ein fliegendes Tier wie eine Fledermaus, aber keine Fledermaus. Eher wie ein Wiesel, ganz mager und lang, mit einem großen Schädel.«

»Ein Eichhörnchen. Das kenne ich«, sagte Hardy. Er lehnte sich zurück und lockerte die Krawatte. »Sie haben sich aus den Eichhörnchen im Golden Gate Park entwickelt.« Er gähnte. »Ich hatte mal etwas mit ihnen vor... sie könnten, zumindest theoretisch, als Nachrichtenträger nützlich sein. Sie können bis zu einer Meile weit fliegen. Aber sie sind zu wild. Ich habe es aufgegeben, als ich eines gefangen hatte.« Er hob die rechte Hand. »Da, die Narbe ist davon.«

»Der Mann, mit dem ich gesprochen habe, sagte, sie schmeckten gut. Wie früher die Hühner. In der Innenstadt von San Francisco werden sie an Ständen verkauft. Man sieht alte Weiber, die sie gekocht verkaufen, einen Vierteldollar das Stück, ganz heiß und frisch.«

»Probieren Sie das lieber nicht«, sagte Hardy. »Viele sind giftig. Das liegt an ihrer Nahrung.«

»Hardy«, sagte Stuart plötzlich. »Ich möchte raus aus der Stadt und hinaus aufs Land.«

Sein Arbeitgeber sah ihn an.

»Hier ist es zu brutal.«

»Es ist überall brutal.«

»Nicht mehr so, wenn man weit weggeht, fünfzig bis hundert Meilen.«

»Aber dann ist es schwer, sich das Leben zu verdienen.«

»Verkaufen Sie Fallen auch auf dem Land?«

»Nein.«

»Warum nicht?«

»Die Schädlinge leben in der Stadt, wo es Ruinen gibt. Das wissen Sie. Stuart, Sie sind ein Träumer. Das Land ist steril; Ihnen würden die Ideen fehlen, die sich hier ausbreiten. Es geschieht doch nichts; man bestellt nur den Boden und hört dem Satelliten zu. Außerdem stoßen Sie auf dem Land bestimmt wieder auf die alten Vorurteile gegen Farbige; man fällt da in die alten Sitten zurück.« Er setzte die Brille wieder auf, knipste das Licht an und beugte sich über die Falle. »Das ist eine der größten Legenden, die es je gegeben hat, von den Vorzügen des Landlebens. Ich weiß, daß Sie in einer Woche wieder da wären.«

»Ich möchte ein Sortiment Fallen nach, sagen wir, Napa mitnehmen«, meinte Stuart beharrlich. »Vielleicht das St.-Helena-Tal hinauf. Vielleicht kann ich sie gegen Wein tauschen. Da oben wachsen Reben, hörte ich, wie früher.«

»Aber er schmeckt anders«, sagte Hardy. »Der Boden hat sich verändert. Der Wein ist –« Er gestikulierte. »Sie müßten ihn kosten, ich kann es Ihnen nicht beschreiben, aber es ist wirklich scheußlich.«

Sie schwiegen beide.

»Aber sie trinken ihn«, sagte Stuart nach einiger Zeit. »Ich habe ihn hier in der Stadt gesehen. Sie bringen ihn mit den alten Holzvergaser-Lastern.«

»Natürlich, weil die Leute jetzt alles trinken, was sie bekommen können. Sie tun es, ich tue es.« Mr. Hardy hob den Kopf und sah Stuart an. »Wissen Sie, wer Schnaps hat? Echten, meine ich. Man kann nicht entscheiden, ob es Vorkriegsware ist, die er ausgegraben hat, oder neuer, selbstgemachter.«

»Niemand in der ganzen Gegend.«

»Andrew Gill, der Tabakexperte.«

»Das glaube ich nicht«, sagte Stuart gepreßt.

»Na ja, er produziert nicht viel davon. Ich habe nur eine Flasche Kognak gesehen. Ich habe einen einzigen Schluck daraus getrunken.« Hardy lächelte schief. »Er hätte Ihnen geschmeckt.«

»Wieviel verlangt er dafür?«

»Mehr, als Sie haben.«

»Und – es schmeckt echt, das Zeug? Wie vor dem Krieg?«

Hardy lachte.

»Richtig.«

Möchte wissen, was Andrew Gill für ein Mann ist, dachte Stuart. Groß, vielleicht, mit Bart und Weste ... mit einem Stock, der einen Silberknauf hat; ein Riese von Mann mit gewellten, schneeweißen Haaren, importiertes Monokel – ich kann ihn mir vorstellen. Wahrscheinlich fährt er einen Jaguar, auf Holzvergaser umgebaut, versteht sich, aber trotzdem.

»Ich kann Ihnen sagen, was er noch verkauft«, sagte Hardy.

»Englische Bruyérepfeifen?«

»Ja, die auch.« Hardy senkte die Stimme. »Photos von Weibern. Künstlerische Posen – Sie wissen schon.«

»Ach, Mensch«, sagte Stuart fassungslos. »Das glaube ich nicht.«

»Im Ernst. Echte Vorkriegs-Photokalender, bis hin aus den fünfziger Jahren. Sie sind natürlich ein Vermögen wert. Ich habe gehört, daß für einen Playboykalender von neunzehnhundertzweiundsechzig tausend Silberdollar gezahlt worden sind, irgendwo im Osten, in Nevada, glaube ich.«

»Da, wo ich gearbeitet habe, als die Bombe fiel, in unserem Geschäft, hatten wir viele solche Kalender in der Werkstatt hängen«, sagte Stuart. »Sie sind natürlich alle verbrannt.« Das hatte er bislang jedenfalls angenommen.

Hardy nickte resigniert.

»Angenommen, einer stochert in den Ruinen herum«, meinte

Stuart. »Und er stößt auf ein ganzes Lagerhaus voll Kalender mit nackten Mädchen. Können Sie sich das vorstellen? Wieviel könnte er bekommen? Millionen? Er könnte sie gegen Grundstücke verkaufen, einen ganzen Bezirk damit erwerben!«

»Richtig.«

»Ich meine, er wäre reich für ewig. Im Orient stellen sie ein paar her, in Japan, aber die taugen nichts.«

»Ich hab' sie gesehen«, bestätigte Hardy. »Primitiv. Die Kunst ist verlorengegangen. Vielleicht für immer.«

»Glauben Sie nicht, es liegt zum Teil daran, daß es keine Mädchen mehr gibt, die so aussehen?« fragte Stuart. »Jetzt sind alle dürr und zahnlos. Die meisten Mädchen haben Brandnarben von der Strahlung, und wie sieht eine ohne Zähne schon aus?«

»Ich glaube, die Mädchen gibt es«, meinte Hardy nachdenklich. »Ich weiß nicht, wo, vielleicht in Schweden oder Norwegen, vielleicht weit weg von hier, auf den Solomon-Inseln. Ich bin überzeugt davon, nach allem, was die Leute sagen, die mit dem Schiff kommen. Nicht in den USA oder in Europa oder Rußland oder China, da gebe ich Ihnen recht.«

»Könnten wir sie finden?« fragte Stuart. »Und in das Geschäft einsteigen?«

Hardy überlegte eine Weile und sagte dann: »Es gibt keine Filme. Es gibt keine Chemikalien, um sie zu entwickeln. Die meisten guten Kameras sind zerstört oder verschwunden. Man könnte die Kalender nicht in großen Auflagen drucken. Wenn man sie drucken würde –«

»Aber wenn einer ein Mädchen ohne Verbrennungen und mit guten Zähnen findet, so, wie sie vor dem Krieg waren –«

»Ich will Ihnen sagen, was ein gutes Geschäft wäre«, sagte Hardy. »Ich habe oft darüber nachgedacht. Nähmaschinennadeln. Sie könnten verlangen, was Sie wollten; Sie könnten alles bekommen.«

Stuart gestikulierte, stand auf und ging hin und her.

»Hören Sie, ich habe etwas Großes vor, ich will nicht mehr verkaufen – ich habe genug davon. Ich habe Aluminiumtöpfe und Pfannen und Lexika und Fernsehgeräte verkauft, und jetzt die Fallen. Es sind gute Fallen, und die Leute wollen sie haben, aber ich habe einfach das Gefühl, daß es für mich noch etwas anderes geben muß.«

Hardy grunzte und zog die Brauen zusammen.

»Ich will Sie nicht beleidigen«, sagte Stuart, »aber ich möchte mehr erreichen. Ich muß es. Man kommt entweder voran, oder man stirbt langsam ab. Der Krieg hat mich um Jahre zurückgeworfen, uns alle. Ich bin da, wo ich vor zehn Jahren schon war, und das genügt nicht.«

Hardy kratzte sich an der Nase und sagte: »Woran haben Sie gedacht?«

»Vielleicht finde ich eine mutierte Kartoffel, mit der man alle Menschen auf der Welt ernähren kann.«

»Nur eine Kartoffel?«

»Eine Kartoffelart, meine ich. Vielleicht könnte ich Pflanzenzüchter werden, wie Luther Burbank. Auf dem Land müssen Millionen mutierter Pflanzen wachsen, so wie es hier in der Stadt die Mißbildungen von Tieren und Menschen gibt.«

»Vielleicht finden Sie eine intelligente Bohne«, meinte Hardy.

»Ich mache keine Witze«, sagte Stuart ruhig.

Sie sahen einander stumm an.

»Es ist ein Dienst an der Menschheit, homöostatische Fallen zu bauen, die mutierte Katzen und Hunde und Ratten und Eichhörnchen töten«, meinte Hardy. »Ich finde, Sie verhalten sich infantil. Vielleicht liegt es daran, daß Ihr Pferd aufgegessen worden ist –«

Ella Hardy kam herein und sagte: »Das Essen ist fertig, und ich möchte auftragen, solange es noch heiß ist. Schellfischkopf gebacken und Reis, und ich habe drei Stunden um den Schellfischkopf anstehen müssen.«

Die beiden Männer standen auf.

»Essen Sie mit uns?« fragte Hardy Stuart.

Bei dem Gedanken an den gebackenen Fischkopf lief Stuart das Wasser im Mund zusammen. Er konnte nicht nein sagen und nickte.

Edie Keller saß frierend auf dem Untersuchungstisch, und Dr. Stockstill, der ihren mageren, blassen Körper betrachtete, dachte an eine Sendung, die er lange vor dem Krieg im Fernsehen gesehen hatte. Ein spanischer Bauchredner, der durch ein Huhn sprach ... das Huhn hatte ein Ei gelegt.

»Mein Sohn«, hatte das Huhn gesagt und das Ei gemeint.

»Bist du sicher?« hatte der Bauchredner gefragt. »Nicht deine Tochter?«

Und das Huhn hatte würdevoll geantwortet: »Ich kenne mich aus in meinem Geschäft.«

Dieses Kind war Bonny Kellers Tochter, aber nicht George Kellers Tochter, dachte Dr. Stockstill. Das steht für mich fest ..

ich kenne mich aus in meinem Geschäft. Mit wem hatte Bonny vor sieben Jahren eine Beziehung gehabt? Das Kind mußte genau um die Zeit gezeugt worden sein, als der Krieg begonnen hatte. Aber nicht vor dem Tag, an dem die Bombe gefallen war, das stand fest. Vielleicht sogar an eben diesem Tag. Es sah Bonny ähnlich, an diesem Tag hinauszurennen, während die Welt unterging, um mit irgendeinem Mann, vielleicht mit einem, den sie gar nicht kannte, einen kurzen, heftigen Krampf der Liebe zu erleben... und jetzt das.

Das Kind lächelte ihn an, und er lächelte zurück. Oberflächlich wirkte Edie Keller normal; sie schien keine Mißgeburt zu sein. Wie er sich einen Röntgenapparat gewünscht hätte. Denn –

»Erzähl mir mehr von deinem Bruder«, sagte er.

»Tja«, sagte Edie Keller mit ihrer leisen, zarten Stimme, »ich rede die ganze Zeit mit meinem Bruder, und manchmal antwortet er, aber meistens schläft er. Er schläft fast die ganze Zeit.«

»Schläft er jetzt auch?«

Sie schwieg kurze Zeit.

»Nein, er ist wach.«

Stockstill stand auf und trat zu ihr.

»Ich möchte, daß du mir genau zeigst, wo er ist.«

Das Kind deutete auf die rechte Seite seines Bauches, ziemlich weit unten; in der Nähe des Blinddarms, dachte er. Dort saß der Schmerz. Deshalb war das Kind gekommen; Bonny und George hatten sich Sorgen gemacht. Sie wußten von dem Bruder, hielten ihn aber für einen eingebildeten, nur in der Phantasie bestehenden Spielkameraden, der ihrer kleinen Tochter Gesellschaft leistete. Er hatte das zunächst auch angenommen; von einem Bruder war auf dem Krankenbett keine Rede, aber Edie sprach doch ständig von ihm. Bill war genauso alt wie sie. Selbstverständlich zur selben Zeit geboren wie sie, hatte Edie dem Arzt erklärt.

»Warum selbstverständlich?«

»Weil er mein Zwillingsbruder ist«, hatte Edie erwidert. »Wie könnte er sonst in mir sein?«

In den Jahren seit dem Krieg hatte Stockstill viele Hunderte mißgebildeter Menschen untersucht, viele fremdartige und exotische Varianten der menschlichen Lebensform, die jetzt unter einem duldsameren, wenn auch rauchig verhangenen Himmel lebten. Er war durch nichts mehr zu schockieren. Und doch, dies hier – ein Kind, dessen Bruder in seinem Körper lebte, in der Leistengegend. Sieben Jahre lebte Bill Keller dort schon, und Dr.

Stockstill, der dem Mädchen zuhörte, glaubte ihm; er wußte, daß das möglich war. Es war nicht der erste Fall dieser Art. Wenn er seinen Röntgenapparat gehabt hätte, wäre er in der Lage gewesen, die winzige, geschrumpfte Gestalt zu sehen, vermutlich nicht größer als ein Kaninchenjunges. Mit seinen Händen konnte er den Umriß sogar tasten. Der Kopf in normaler Lage, der Körper ganz in der Bauchhöhle, mit Gliedmaßen und allem. Eines Tages würde das Mädchen sterben, und man würde ihre Leiche öffnen, eine Obduktion vornehmen; man würde eine kleine, runzlige männliche Gestalt finden, vielleicht mit schneeweißem Bart und blinden Augen... ihren Bruder, noch immer nicht größer als ein Kaninchenjunges.

Inzwischen schlief Bill die meiste Zeit, aber ab und zu sprachen er und seine Schwester miteinander. Was hatte Bill zu sagen? Was konnte er eigentlich wissen?

Edie hatte eine Antwort auf diese Frage.

»Nun, er weiß nicht sehr viel. Er sieht nichts, aber er denkt. Und ich erzähle ihm, was vorgeht, damit er nichts verpaßt.«

»Was hat er für Interessen?« fragte Stockstill, als die Untersuchung abgeschlossen war.

»Na ja, er, äh, er hört gern etwas über Essen«, sagte Edie.

»Essen!« wiederholte Stockstill fasziniert.

»Ja. Er ißt nicht, wissen Sie. Er möchte immer wieder hören, was ich zum Essen gehabt habe, weil er es nach einer Weile bekommt... das glaubt er jedenfalls. Muß er es nicht kriegen, wenn er lebt?«

»Doch.«

»Er bekommt es von mir«, sagte Edie, als sie ihre Bluse zuknöpfte. »Und er will etwas über andere Gegenden hören. Die weit weg sind, wie New York, zum Beispiel. Meine Mutter erzählt mir von New York, und ich erzähle es ihm. Er will einmal hin und sehen, wie das ist.«

»Aber er kann doch nicht sehen.«

»Aber ich«, sagte Edie. »Das ist fast genauso gut.«

»Du sorgst gut für ihn, nicht?« sagte Stockstill, tief berührt. Für das Kind war es normal; es lebte von Anfang an damit – es wußte nichts von einer anderen Existenz. Es gibt nichts, was ›außerhalb‹ der Natur wäre, begriff er erneut; das ist eine logische Unmöglichkeit. In gewisser Beziehung gibt es keine Mißgeburten, keine Abnormitäten, außer im statistischen Sinne. Das ist eine ungewöhnliche Situation, aber sie dürfte uns nicht entsetzen; in Wirklichkeit müßte sie uns glücklich machen. Das Leben an sich ist gut, und das ist eine der Formen, in der das Leben auftritt.

»Ich habe Angst, daß er eines Tages stirbt«, sagte Edie.

»Ich glaube nicht, daß das passiert«, meinte Stockstill. »Eher wird er größer werden. Und das könnte ein Problem werden; dein Körper würde ihn vielleicht nicht mehr beherbergen können.«

»Was würde dann geschehen?« Edie sah ihn mit großen, dunklen Augen an. »Würde er dann geboren werden?«

»Nein«, sagte Stockstill. »So ist er nicht untergebracht; er müßte chirurgisch entfernt werden. Aber – er würde nicht am Leben bleiben. Die einzige Art, wie er leben kann, ist so, wie er jetzt lebt, in dir.« Als Parasit, dachte er, ohne es auszusprechen. »Damit befassen wir uns, wenn es soweit ist«, sagte er und streichelte das Kind. »Falls es überhaupt dazu kommt.«

»Meine Eltern wissen nichts«, sagte Edie.

»Das ist mir klar.«

»Ich habe ihnen von ihm erzählt«, sagte Edie. »Aber –« Sie lachte.

»Mach dir keine Sorgen. Mach einfach so weiter wie bisher. Das wird sich alles finden.«

»Ich bin froh, daß ich einen Bruder habe«, sagte Edie. »Da bin ich nicht einsam. Selbst wenn er schläft, kann ich ihn spüren, ich weiß, daß er da ist. Es ist, als hätte ich ein Baby in mir; ich kann ihn nicht im Kinderwagen herumfahren oder ihn anziehen und so, aber es macht Spaß, mit ihm zu reden. Ich erzähle ihm zum Beispiel das, was wir vom Satelliten hören.«

Dr. Stockstill bückte sich und küßte die Kleine auf die Stirn.

»Okay«, sagte er und führte sie zur Tür. »Du kannst jetzt gehen. Ich spreche kurz mit deinen Eltern. Im Wartezimmer liegen echte Illustrierte aus der Vorkriegszeit, die du lesen darfst, wenn du vorsichtig damit umgehst.«

»Und dann können wir heimgehen und essen«, sagte Edie zufrieden und öffnete die Tür zum Wartezimmer. George und Bonny standen auf, die Gesichter starr vor Sorge.

»Kommt rein«, sagte Stockstill. Er schloß die Tür hinter ihnen. »Kein Krebs«, sagte er, in erster Linie zu Bonny, die er so gut kannte. »Es ist natürlich ein Gewächs, kein Zweifel. Wie groß es werden wird, kann ich nicht sagen. Aber ich möchte meinen, ihr braucht euch keine Sorgen zu machen. Vielleicht ist unsere Chirurgie weit genug, bis es so groß wird, daß es Probleme geben könnte.«

Die Kellers seufzten erleichtert; sie zitterten beide.

»Ihr könntet sie ins Krankenhaus nach San Francisco bringen«, sagte Stockstill. »Da werden kleinere Eingriffe durchgeführt... aber, ganz offen gesagt, an eurer Stelle würde ich es auf sich beruhen lassen.« Viel besser für euch, wenn ihr es nicht wißt, dachte er. Es wäre schlimm für euch, damit fertigzuwerden... vor allem für dich, Bonny. »Sie ist ein gesundes Kind und hat Freude am Leben«, fuhr er fort. »Lassen wir es dabei. Sie hat es schon seit der Geburt.«

»So?« sagte Bonny. »Das wußte ich nicht. Ich bin wohl keine gute Mutter. Ich bin so mit den Gemeinschaftsfragen beschäftigt –«

»Doktor Stockstill«, unterbrach sie ihr Mann, »ich möchte Sie etwas fragen. Ist Edie ein – besonderes Kind? Sie wissen, was ich meine.«

»Warum fragen Sie?« sagte Stockstill. »Kommt sie Ihnen so vor? Sieht sie so aus?«

»Nein«, sagte Bonny. Sie umklammerte den Arm ihres Mannes. »Gott, das ist doch deutlich zu sehen; sie sieht völlig normal aus. Geh zum Teufel, George. Was ist los mit dir? Wie kannst du bei deinem eigenen Kind so makaber sein. Langweilst du dich oder was?«

»Es gibt welche, bei denen man nichts sieht«, sagte George Keller. »Ich sehe schließlich viele Kinder, alle, die es bei uns gibt. Ich habe ein Gefühl dafür entwickelt, das mich nie im Stich läßt. Du weißt, wir in den Schulen sind verpflichtet, die Kinder mit Geburtsfehlern den Behörden zu melden, für eine Sonderausbildung. Und –«

»Ich gehe heim«, sagte Bonny. Sie drehte sich um und ging zur Tür. »Auf Wiedersehen, Doktor.«

»Warten Sie, Bonny«, sagte Stockstill.

»Mir gefällt dieses Gespräch nicht«, sagte Bonny. »Es ist krankhaft. Ihr seid beide krank. Doktor, wenn Sie in irgendeiner Weise andeuten wollen, daß sie nicht normal ist, spreche ich kein Wort mehr mit Ihnen. Und mit dir auch nicht, George. Das ist mein Ernst.«

Nach einer Pause sagte Stockstill: »Sparen Sie sich Ihre Drohungen, Bonny. Ich deute nichts an, weil es nichts anzudeuten gibt. Sie hat einen gutartigen Tumor in der Bauchhöhle, das ist alles.« Er war zornig. Er verspürte sogar den Wunsch, ihr die Wahrheit zu sagen. Sie verdiente es.

Aber nachdem sie Schuldbewußtsein empfunden hat, nachdem sie sich die Schuld an dem Ganzen gegeben hat, wird sie ihre Aufmerksamkeit auf Edie richten und sie hassen. Sie wird es an dem Kind auslassen. So ist das immer. Das Kind ist auf irgendeine dunkle Weise ein Vorwurf den Eltern gegenüber, für das, was sie früher gemacht haben, oder in den ersten Augenblicken des Krieges, als alle überschnappten. Auch Bonny hat sich gehenlassen. Und sie ist dieselbe Person geblieben; sie würde es wieder tun, hat es vielleicht wieder getan. Und das weiß sie ganz genau.

Wieder fragte er sich, wer der Vater war.

Eines Tages werde ich sie rundheraus fragen, dachte er. Vielleicht weiß sie es nicht einmal; alles ist verschwommen für sie, diese Zeit damals. Diese entsetzlichen Tage. Waren sie wirklich entsetzlich für sie? Vielleicht war es wunderbar; sie konnte alle Rücksichten fahrenlassen und furchtlos tun, was sie wollte, weil sie, wie wir alle, glaubte, keiner von uns werde überleben.

»Doktor«, sagte Bonny auf einmal, »haben Sie schon den neuen Lehrer kennengelernt, Hal Barnes?«

»Nein«, antwortete er. »Bis jetzt noch nicht. Ich habe ihn nur von weitem gesehen.«

»Sie würden ihn mögen. Er möchte Cello spielen, aber natürlich hat er keines.« Sie lachte fröhlich. »Ist das nicht tragisch?«

»Sehr«, sagte er.

»Gilt das nicht für uns alle?« meinte sie. »Keiner von uns hat mehr ein Cello. Und was bleibt dann? Na?«

»Du meine Güte«, antwortete Stockstill. »Ich weiß es nicht. Ich habe nicht die leiseste Ahnung.«

»Ach, Sie sind immer so ernst«, rief Bonny lachend.

»Das sagt sie zu mir auch immer«, sagte George Keller mit schwachem Lächeln.

»Bitte macht mich bald mit dem neuen Lehrer bekannt«, bat Stockstill. »Ich möchte gern einen ehemaligen Cellisten kennenlernen. Vielleicht können wir ihm etwas aus einer Badewanne mit Draht bauen. Er könnte spielen mit –«

»Einem Pferdeschwanz«, sagte Bonny. »Den Bogen können wir herstellen, das ist einfach. Was wir brauchen, ist ein großer Resonanzkörper, für die tiefen Töne. Vielleicht finden wir einen alten Kasten aus Zedernholz. Der würde gehen. Holz muß es auf jeden Fall sein.«

»Ein Faß, auseinandergeschnitten«, sagte George.

Sie lachte, auch Edie, die hinzukam, obwohl sie nicht gehört hatte, was ihr Vater - oder vielmehr der Mann ihrer Mutter, dachte Stockstill – gesagt hatte.

»Vielleicht finden wir am Strand etwas«, meinte George. »Vor allem nach einem Sturm wird da allerhand aus Holz angetrieben.«

Fröhlich verabschiedeten sie sich von Stockstill. Er sah ihnen eine Weile nach, dann schloß er die Tür.

Das könnte mein Kind sein, dachte er. Aber es ist nicht mein Kind, weil Bonny vor sieben Jahren hier in West Marin war, und ich in meiner Praxis in Berkeley. Aber wenn ich an jenem Tag bei ihr gewesen wäre –

Wer war dann hier oben? fragte er sich. Als die Bomben fielen... wer von uns kann an diesem Tag mit ihr zusammengewesen sein? Er hatte ein merkwürdiges Gefühl dem Mann gegenüber, egal, wer er sein mochte. Möchte wissen, wie ihm zumute wäre, wenn er von seinem Kind wüßte – von seinen *Kindern.* Vielleicht stoße ich eines Tages auf ihn. Ich kann mich nicht dazu überwinden, es Bonny zu sagen, aber ihm sage ich es vielleicht.

10

»So krank kann er doch nicht sein«, sagte Cas Stone, der größte Landbesitzer in West Marin. Die Lesung Dangerfields hatte begonnen, aber niemand wollte zuhören, weil alle zu sehr erschrocken waren. »Ich kenne übrigens einen wirklich guten Arzt, einen Herzspezialisten in San Rafael. Er kann Dangerfield sicher helfen.«

»Aber er hat doch keine Medikamente da oben«, sagte die alte Mrs. Lully, die älteste Person in der Gemeinde. »Ich habe ihn einmal sagen hören, daß seine liebe, verstorbene Frau alle verbraucht hätte.«

»Ich habe Chinidin«, sagte der Apotheker. »Wahrscheinlich genau das, was er braucht. Aber es gibt keinen Weg, das raufzuschaffen.«

Earl Colvig, der die Polizei von West Marin leitete, sagte: »Soviel ich weiß, will man beim Militär in Cheyenne dieses Jahr noch mal versuchen, ihn zu erreichen.«

»Bringen Sie Ihr Chinidin nach Cheyenne«, sagte Cas Stone zum Apotheker.

»Nach Cheyenne?« wiederholte der Apotheker mit schwarkender Stimme. »Es gibt keine Durchgangsstraßen mehr über die Sierras. Da käme ich nie an.«

»Vielleicht ist er gar nicht krank«, meinte June Raub so ruhig, wie es ihr möglich war. »Vielleicht ist es nur Hypochondrie, weil er da oben die ganzen Jahre so isoliert und allein ist. Auf den Gedanken kommt man jedenfalls, weil er seine Symptome so genau beschrieben hat.« Man achtete jedoch kaum auf sie. Die drei Vertreter aus Bolinas waren leise zum Radiogerät gegangen und hatten sich vorgebeugt, um mitzuhören. »Vielleicht stirbt er gar nicht«, sagte sie, halb zu sich selbst. Dann hob sie den Kopf, weil sie sah, wie die Leute sich umdrehten.

Hoppy Harrington war mit seinem Fahrzeug angekommen.

»Wissen Sie was, Hoppy?« rief Cas Stone. »Dangerfield sagt, daß mit ihm etwas nicht stimmt, vielleicht liegt es am Herz.«

Sie verstummten alle und warteten auf ein Wort des Phocomelus.

Hoppy rollte an ihnen vorbei zum Radio, hielt und drehte mit einem seiner Kunstarme an dem Abstimmknopf. Das Rauschen wurde lauter, verschwand plötzlich, und die Stimme Walt Dangerfields war laut und deutlich zu hören. Die Lesung war noch im Gange, und Hoppy lauschte aufmerksam. Er und die anderen im Raum hörten zu, bis die Stimme verklang, als der Satellit sich aus dem Empfangsbereich entfernte. Dann hörte man wieder nur Rauschen.

Ganz plötzlich, mit einer Stimme, die genau wie die von Dangerfield klang, sagte der Phocomelus: »Also, meine lieben Freunde, womit wollen wir uns denn jetzt unterhalten?«

Diesmal war die Nachahmung so perfekt, daß mehreren Leuten im Raum der Atem stockte. Andere klatschten, und Hoppy lächelte.

»Hall-o, hall-o, hallo«, sagte er mit Dangerfields Stimme. »Sehr schön. Also. Jetzt noch ein Tip, wie man Gladiolenzwiebeln den Winter über aufbewahrt, ohne die Schädlinge fürchten zu müssen. Wickeln Sie sie einfach in Alufolie.«

Wieder wurde geklatscht, und June Raub hörte jemanden in ihrer Nähe sagen: »Genau das hätte Dangerfield auch gesagt.« Es war der Brillenmann aus Bolinas. Sie öffnete die Augen und sah den Ausdruck auf seinem Gesicht. So muß ich auch ausgesehen haben, als ich Hoppy das erstemal Stimmen imitieren hörte, dachte sie.

»Erschreckt er Sie?« fragte sie.

»Nein«, sagte Eldon Blaine. »Sollte er?«

»Ich weiß nicht«, meinte sie nachdenklich.

»Hat er sich schon einmal mit dem Satelliten in Verbindung gesetzt?« fragte Eldon. »Das haben schon viele Faktoten gemacht. Komisch, daß er das nicht tut, bei seinen Fähigkeiten.«

»Er hatte es vor. Letztes Jahr wollte er einen Sender bauen. Er beschäftigte sich eine ganze Weile damit, aber offenbar wurde nichts daraus. Er probiert alles mögliche und ist immer beschäftigt. Sie können den Turm von hier aus sehen. Kommen Sie mit raus, und ich zeige ihn Ihnen.«

Er folgte ihr zur Tür. Sie standen eine Weile in der Dunkelheit, bis sich ihre Augen daran gewöhnt hatten. Ja, da war er, ein sonderbarer, schiefer Mast, der in den Nachthimmel aufragte, dann aber plötzlich abbrach.

»Das ist sein Haus«, sagte June Raub. »Er steht auf seinem Dach. Und er hat ihn ohne jede Hilfe gebaut; er kann die Impulse aus seinem Gehirn verstärkt in das hineinleiten, was er seine Servohilfen nennt, und auf diese Weise ist er sehr stark, viel stärker als ein Normaler.« Sie schwieg einen Augenblick. »Wir bewundern ihn alle. Er hat viel für uns getan.«

»Ja«, sagte Eldon.

»Sie sind hergekommen, um ihn uns wegzunehmen«, sagte June Raub leise. »Nicht wahr?«

»Nein, Mrs. Raub«, protestierte er verblüfft, »ehrlich – wir sind hergekommen, um uns den Satelliten anzuhören, das wissen Sie.«

»Man hat das schon vorher versucht«, sagte Mrs. Raub. »Sie können ihn nicht entführen, weil er es nicht zuläßt. Er mag Ihre Gemeinde da unten nicht; er weiß Bescheid über Ihre Verordnung. Eine solche Diskriminierung gibt es bei uns nicht, und er ist dankbar dafür. Er ist sehr empfindlich.«

Bestürzt ging Eldon Blaine zurück zum Eingang.

»Warten Sie«, sagte Mrs. Raub. »Sie brauchen sich keine Sorgen zu machen; ich sage niemandem etwas. Ich nehme Ihnen nicht übel, daß Sie ihn für Ihre Gemeinde haben wollten. Er ist nicht hier geboren, wissen Sie. Vor drei Jahren kam er eines Tages dahergerollt, nicht mit seinem jetzigen Mobil, sondern mit dem alten, das er vom Staat bekommen hatte, vor dem Notstand. Er sei bis von San Francisco hierhergerollt, sagte er. Er suche einen Platz, wo er sich niederlassen könne, und den habe ihm keiner gegeben, bis auf uns.«

»Okay«, murmelte Eldon. »Ich verstehe.«

»Heutzutage kann man alles wegnehmen«, sagte Mrs. Raub.

»Man braucht nur die entsprechenden Kräfte zu haben. Ich habe Ihr Polizeifahrzeug unten an der Straße gesehen und weiß, daß ihre beiden Begleiter zu Ihrer Polizei gehören. Aber Hoppy tut, was er will. Ich glaube, wenn Sie ihn zwingen wollten, würde er Sie umbringen; das wäre keine große Mühe für ihn, und es würde ihn nicht stören.«

Nach einer Pause sagte Eldon: »Ich bin Ihnen dankbar für – Ihre Offenheit.«

Stumm kehrten sie ins Haus zurück.

Alle Augen waren auf Hoppy Harrington gerichtet, der immer noch Walt Dangerfield nachahmte.

»... scheint aufzuhören, wenn ich esse«, sagte der Phocomelus gerade. »Und deshalb denke ich, daß es der Magen ist, nicht das Herz. Wenn also ein Arzt zuhört und Zugang zu einem Sender hat –«

Aber Hoppy war gar nicht hier, als Dangerfield das sagte, dachte Eldon Blaine. Wie kann er etwas nachmachen, was er gar nicht gehört hat?

Dann begriff er. Es lag nahe. Der Phocomelus hatte zu Hause einen Radioempfänger und hatte mitgehört, bevor er hierhergekommen war. Das hieß, daß es in West Marin zwei funktionierende Radios gab, und in Bolinas gar keinen. Eldon war zornig und verzweifelt. Wir haben nichts, dachte er. Und die Leute hier haben alles, sogar ein zweites, privates Radiogerät, für eine Person ganz allein.

Wie vor dem Krieg, dachte er dumpf. Sie leben so gut wie damals. *Das ist nicht gerecht.*

Er drehte sich um und stürzte hinaus in die Nacht. Niemand beachtete ihn; er war den Leuten gleichgültig.

Drei Gestalten kamen den Weg herauf, mit einer Laterne: ein hochgewachsener, hagerer Mann, eine junge Frau mit dunkelroten Haaren, und zwischen ihnen ein kleines Mädchen.

»Ist die Lesung schon vorbei?« fragte die Frau. »Kommen wir zu spät?«

»Ich weiß nicht«, sagte Eldon und ging weiter.

»Och, jetzt haben wir sie verpaßt«, rief das kleine Mädchen. »Ich hab' euch gesagt, wir müssen uns beeilen!«

»Egal, wir gehen trotzdem rein«, sagte der Mann, und dann verklangen ihre Stimmen, als Eldon Blaine verzweifelt in die Dunkelheit hineinlief, fort von den anderen Menschen, den reichen Leuten aus West Marin, die alles besaßen.

»Mach weiter, Hoppy«, rief Cas Stone.

»Weiter, weiter«, riefen andere Stimmen.

»Ich glaube, das genügt für heute«, erwiderte Hoppy.

Es wurde still im Raum.

»Mein Bruder sagt, Mr. Dangerfield sei irgendwo im Raum«, erklärte Edie Keller.

Hoppy lachte.

»Das stimmt«, sagte er aufgeregt.

»Hat er die Lesung schon beendet?« fragte Edie Keller.

»Ja, die ist vorbei«, sagte Earl Colvig, »aber wir haben nicht aufgepaßt. Wir haben Hoppy zugehört.«

»Mein Bruder will die Lesung hören«, sagte Edie ruhig. »Deshalb ist er hergekommen.«

»Hör auf«, sagte Bonny.

Bruder, dachte Hoppy. Sie hat gar keinen. Er lachte laut, und einige Leute lächelten automatisch.

»Dein Bruder?« sagte er und rollte auf sie zu. »Dein *Bruder?«* Er blieb vor ihr stehen. »Die Lesung kann ich auch machen. Stimmt's, Leute?«

»Richtig, Hoppy«, sagte Cas Stone. Auch die anderen nickten, alle, oder jedenfalls die meisten.

»Herrgott noch mal, Hoppy«, sagte Bonny Keller streng. »Reg dich ab, sonst kippst du noch aus dem Wagen.« Sie sah ihn erbost an. »Was war denn los hier?« fragte sie scharf.

»Na, Hoppy hat Walt Dangerfield so gut nachgemacht, daß man hätte glauben können, er wär's selber!« sagte Fred, der Apotheker.

Die anderen nickten eifrig.

»Du hast keinen Bruder, Edie«, sagte Hoppy zu dem kleinen Mädchen. »Warum sagst du, dein Bruder will die Lesung hören, wenn du gar keinen Bruder hast?« Er lachte und lachte. Das Mädchen schwieg. »Kann ich ihn sehen?« fragte er. »Kann ich mit ihm reden? Laß ihn mal reden, und – ich imitiere ihn.« Er lachte so heftig, daß er kaum noch etwas sehen konnte; seine Augen flossen über vor Tränen, und er mußte sie mit einem Extensor wegwischen.

»Das möchte ich hören«, sagte Earl Colvig. »Tun Sie das, Hoppy.«

»Ich mache es«, sagte Hoppy, »sobald er etwas zu mir sagt. Ich warte.«

»Das genügt«, fuhr Bonny dazwischen. »Lassen Sie mein Kind in Ruhe.« Ihr Gesicht war zorngerötet.

»Wo ist er?« fragte Hoppy das Kind. »Sag mir, wo er ist – in der Nähe?«

»Bück dich«, sagte Edie. »Zu mir herunter. Dann redet er mit dir.« Ihr Gesicht war so grimmig wie das ihrer Mutter.

Hoppy beugte sich vor und legte mit gespielter Aufmerksamkeit den Kopf auf die Seite.

Eine Stimme, die aus ihm sprach, als sei sie Teil seiner Innenwelt, fragte: »Wie hast du das mit dem Plattenwechsler gemacht? Wie hast du das *wirklich* gemacht?«

Hoppy kreischte.

Alle starrten ihn an, mit bleichen Gesichtern; alle waren aufgesprungen, alle starr.

»Ich habe Jim Fergesson gehört«, sagte Hoppy.

Das Mädchen sah ihn ruhig an.

»Soll mein Bruder noch mehr sagen, Mr. Harrington? Sag noch etwas zu ihm, Bill. Er möchte, daß du noch mehr sagst.«

Und in Hoppys Innenwelt sagte die Stimme: »Sie scheinen sie geheilt zu haben. Es sah so aus, als hätten Sie die Feder wieder ganzgemacht, statt –«

Hoppy riß sein Fahrzeug herum, rollte ganz schnell zum anderen Ende des Raumes, riß es wieder herum und starrte Edie keuchend an. Sein Herz hämmerte.

»Sie haben meinen Bruder gehört, nicht wahr?« sagte sie.

»Ja«, sagte Hoppy. »Ich habe ihn gehört, ja.«

»Und Sie wissen, wo er ist.«

»Ja.« Er nickte. »Tu das nicht wieder. Bitte. Ich mache keine Imitationen mehr, wenn du nicht willst, okay?« Er sah sie flehend an, aber da war keine Reaktion, kein Versprechen. »Es tut mir leid«, sagte er zu ihr. »Ich glaube dir jetzt.«

»Guter Gott«, sagte Bonny leise. Sie sah ihren Mann fragend an, aber der schüttelte nur den Kopf.

»Sie können ihn auch sehen, wenn Sie wollen, Mr. Harrington«, sagte das Kind ruhig. »Möchten Sie sehen, wie er aussieht?«

»Nein«, sagte er. »Ich will nicht.«

»Hat er Sie erschreckt?« Das Kind lächelte ihn jetzt offen an, aber es war ein leeres, kaltes Lächeln. »Er hat es Ihnen zurückgezahlt, weil Sie es auf mich abgesehen hatten. Da ist er wütend geworden.«

George Keller ging zu Hoppy und sagte: »Was war los, Hoppy?«

»Nichts«, sagte er kurz.

»Bill macht nämlich auch Imitationen«, sagte das Kind.

»Ja.« Er nickte zitternd. »Ja, das tut er.«

»Sie sind gut.« Edies dunkle Augen glänzten.

»Ja, sehr gut«, sagte Hoppy. So gut wie die meinen, dachte er. Vielleicht sogar besser. Ich sollte lieber aufpassen und mich von ihrem Bruder fernhalten. Ich habe meine Lektion gelernt.

»Was hast du getan, um ihn so zu erschrecken?« fragte Edie Keller ihren Bruder. »Er hat richtig Angst gehabt.«

In ihr sagte die vertraute Stimme: »Ich war jemand, den er einmal gekannt hat, vor sehr langer Zeit. Jemand, der tot ist.«

»Ach, das war es«, sagte sie. »Das dachte ich mir fast.« Sie war belustigt. »Machst du noch mehr mit ihm?«

»Wenn ich ihn nicht mag, mache ich vielleicht noch eine ganze Menge.«

»Woher hast du von dem Toten gewußt?«

»Ach, weil – na, du weißt schon. Weil ich auch tot bin.« Er lachte tief in ihrem Bauch; sie fühlte, wie er bebte.

»Nein, das bist du nicht«, sagte sie. »Du bist so lebendig wie ich, also sag das nicht. Es ist nicht recht.« Es erschreckte sie.

»Ich hab' nur so getan«, sagte Bill. »Entschuldige. Ich hätte zu gern sein Gesicht gesehen. Wie sah es aus?«

»Schrecklich«, sagte Edie. »Es ist ganz geschrumpft, wie bei einem Frosch. Aber du weißt ja auch nicht, wie ein Frosch aussieht. Du weißt überhaupt nicht, wie irgendwas aussieht, also hat es keinen Zweck, es dir zu erklären.«

»Ich möchte heraus«, sagte Bill klagend. »Ich möchte geboren werden wie alle anderen. Kann ich nicht später geboren werden?«

»Doktor Stockstill sagt, das geht nicht.«

»Kann er es dann nicht so einrichten, daß es geht? Du hast doch gesagt –«

»Das war falsch«, sagte Edie. »Ich dachte, er könnte ein rundes kleines Loch machen, aber er hat gesagt, nein.«

Ihr Bruder verstummte.

»Nimm's nicht so schwer«, meinte Edie. »Ich erzähle dir immer alles.« Sie wollte ihn trösten und sagte: »Ich mache es nie mehr wie früher, als ich böse auf dich war und dir nichts mehr erzählt habe davon, wie es draußen aussieht und was alles passiert. Das verspreche ich dir.«

»Vielleicht könnte ich Doktor Stockstill dazu *zwingen*, daß er mich herausläßt«, sagte Bill.

»Kannst du das? Kannst du nicht.«

»Ich kann, wenn ich will.«

»Nein«, sagte sie. »Du lügst. Du kannst nichts als schlafen und mit den Toten reden und vielleicht Imitationen machen. Das ist nicht viel. Das kann ich praktisch alles selber, und noch viel mehr dazu.«

Sie bekam keine Antwort.

»Bill«, sagte sie, »weißt du was? Jetzt wissen zwei Leute Bescheid über dich – Hoppy Harrington und Doktor Stockstill. Und du hast immer gesagt, daß keiner von dir erfährt. Du bist also nicht so schlau. Ich glaube nicht, daß du sehr schlau bist.«

Bill schlief in ihr.

»Wenn du etwas Böses machst, könnte ich etwas schlucken, das dich vergiftet«, sagte Edie. »Nicht? Also sei brav.«

Sie bekam immer mehr Angst vor ihm; sie redete auf sich selbst ein, um sich Mut zu machen. Vielleicht wäre es gut, wenn du tot wärst, dachte sie. Aber dann müßte ich dich trotzdem herumtragen, und das wäre – nicht angenehm. Das möchte ich nicht.

Sie schauderte.

»Mach dir keine Sorgen um mich«, sagte Bill plötzlich. »Ich weiß vieles. Ich kann für mich selber sorgen. Ich schütze dich auch. Sei lieber froh um mich, denn ich kann – na, das würdest du nicht verstehen. Du weißt, daß ich alle sehen kann, die tot sind, wie der Mann, den ich nachgemacht habe. Es gibt ganz viele davon, Milliarden und Milliarden, und sie sind alle verschieden. Wenn ich schlafe, höre ich sie murmeln. Sie sind noch da.«

»Wo?«

»Unter uns«, sagte ihr Bruder. »In der Erde.«

»Brrr«, machte sie.

Bill lachte.

»Es ist wahr. Und wir kommen auch dahin. Mami und Papi und alle anderen. Alle und alles, was es gibt, auch die Tiere. Der Hund ist fast schon dort, der reden kann. Noch nicht dort, vielleicht, aber es ist dasselbe. Du wirst schon sehen.«

»Ich will es nicht sehen«, sagte sie. »Ich will die Lesung hören. Sei still, damit ich zuhören kann. Willst du nicht auch zuhören? Du sagst doch immer, daß es dir gefällt.«

»Er wird auch bald dort sein«, sagte Bill. »Der Mann, der da oben im Satelliten vorliest.«

»Nein«, sagte sie. »Das glaube ich nicht. Bist du sicher?«

»Ja«, sagte ihr Bruder. »Ziemlich sicher. Und vor ihm noch – weißt du, wer der ›Brillenmann‹ ist? Nein, aber er wird bald dort sein, in ein paar Minuten. Und später –« Er brach ab. »Das sage ich nicht.«

»Nein«, sagte sie. »Sag es nicht, bitte. Ich will es nicht hören.«

Geleitet von Hoppys hohem, schiefem Sendemast steuerte Eldon Blaine auf das Haus des Phocomelus zu. Jetzt oder nie, dachte er. Ich habe nur wenig Zeit. Niemand hielt ihn auf; sie saßen alle im Saal und hörten zu, auch der Phocomelus. Ich hole das Radiogerät, dachte Eldon. Wenn ich ihn schon nicht bekomme, kann ich wenigstens etwas nach Bolinas zurückbringen.

Plötzlich stolperte er und fiel hin, ruderte mit den Armen. Die Überreste eines Zaunes, ganz niedrig.

Jetzt sah er das Haus selbst, oder was davon übriggeblieben war. Fundamente und eine Mauer, und in der Mitte eine primitive Unterkunft, gedeckt mit Teerpappe. Der Mast erhob sich direkt hinter einem kleinen Kamin aus Metall.

Der Sender lief.

Er hörte das Summen, bevor er noch das bläuliche Leuchten seiner Röhren sah. Und aus dem Spalt unter der Tür drang helleres Licht hervor. Er fand den Türknopf, zögerte und drehte ihn dann schnell; die Tür öffnete sich ohne Widerstand, so, als erwarte ihn jemand.

Eine freundliche, intime Stimme murmelte, und Eldon Blaine schaute sich erschrocken um, aber die Stimme kam aus dem Radio auf der Werkbank, auf der Werkzeug und Meßgeräte und Ersatzteile durcheinanderlagen. Dangerfields Stimme, obwohl der Satellit schon weitergeflogen war. Aber warum lief der große Sender? Was machte er? Er schaute sich hastig um...

Die leise, ruhige Stimme im Radio wurde plötzlich schärfer und lauter. »Brillenmann«, sagte sie, »was machst du in meinem Haus?« Es war die Stimme Hoppy Harringtons. Eldon rieb sich betäubt die Stirn.

»Hoppy«, stieß er hervor. »Wo sind Sie?«

»Ich bin hier«, sagte die Stimme im Radio. »Ich komme näher. Warte, wo du bist, Brillenmann.« Die Tür ging auf, und Hoppy Harrington kam mit seinem Mobil herein. »Willkommen bei mir«, sagte er ätzend, und seine Stimme tönte nun aus ihm und dem Lautsprecher zugleich. »Hast du gedacht, das wäre der Satellit?« Einer seiner Extensoren schaltete das Gerät ab. »Also, Brillenmann, was willst du?«

»Lassen Sie mich gehen«, bat Eldon. »Ich will nichts. Ich habe mich nur umgesehen.«

»Sie wollen das Radio, ist es das?« fragte Hoppy ausdruckslos.

»Warum läuft der Sender?« fragte Eldon.

»Weil ich für den Satelliten sende.«

»Wenn Sie mich gehen lassen, gebe ich Ihnen alle Brillen, die ich habe«, sagte Eldon. »Und ich habe sie monatelang in ganz Nordkalifornien zusammengesucht.«

»Sie haben diesmal keine Brillen«, sagte der Phocomelus. »Ich sehe Ihre Tasche nicht. Aber Sie können gehen, was mich betrifft; Sie haben hier nichts Schlimmes getan. Ich habe Ihnen keine Gelegenheit gegeben.« Er lachte.

»Versuchen Sie, den Satelliten herunterzuholen?« fragte Eldon.

Der Phocomelus starrte ihn an.

»Das tun Sie«, sagte Eldon. »Mit dem Sender wollen Sie die letzte Stufe auslösen, die nicht gezündet hat. Sie wollen sie als Bremsrakete einsetzen, dann fällt der Satellit in die Atmosphäre und kommt endlich herunter.«

»Das könnte ich nicht tun«, sagte Hoppy. »Selbst wenn ich wollte.«

»Sie können aus der Ferne auf die Dinge einwirken.«

»Ich will Ihnen sagen, was ich mache, Brillenmann.« Der Phocomelus fuhr an Eldon vorbei und griff mit einem Extensor nach einem Gegenstand auf der Werkbank. »Erkennen Sie das? Das ist eine Bandspule. Der Inhalt wird mit enormer Geschwindigkeit zum Satelliten übertragen, so daß eine Information von Stunden in wenigen Augenblicken abläuft. Und gleichzeitig werden alle Botschaften, die der Satellit bei seinem Durchgang erhalten hat, mit Ultrageschwindigkeit hierher übertragen. So hätte es ursprünglich sein sollen, Brillenmann. Vor dem Notstand. Ich kann dreihundert Meilen weit sehen. Ich könnte Empfänger in ganz Nordkalifornien erreichen, aber das ist alles, bei direkter Übertragung. Wenn ich sie aber auf den Satelliten schicke –«

»Erreichen Sie die ganze Welt«, sagte Eldon.

»Richtig. Die Geräte sind alle an Bord. Sie gehorchen den Anweisungen vom Boden aus.«

»Und dann sind Sie Dangerfield«, sagte Eldon.

Der Phocomelus lächelte und stotterte: »Und niemand wird den Unterschied merken. Ich kann das schaffen; ich habe mir alles zurechtgelegt. Was ist die Alternative? Schweigen. Der Satellit wird jeden Tag verstummen. Dann wird die eine Stimme, die die Welt vereint, verschwunden sein, und die Welt wird zerfallen. Ich bin jetzt jeden Augenblick in der Lage, Dangerfield abzuschalten. Sobald ich sicher bin, daß er wirklich aufhört.«

»Weiß er von Ihnen?«

»Nein.«

»Ich will Ihnen sagen, was ich glaube«, sagte Eldon. »Ich glaube, Dangerfield ist schon lange tot, und es sind in Wirklichkeit Sie, dem wir zugehört haben.« Er rückte ein wenig näher an das Radio heran.

»Das stimmt nicht«, sagte der Phoco. »Aber es wird nicht mehr lange dauern. Es ist ein Wunder, daß er solche Bedingungen überlebt hat; das Militär hat eine gute Wahl getroffen «

Eldon Blaine packte das Radiogerät und stürzte zur Tür.

Der Phocomelus starrte ihn verblüfft an; Eldon sah den Ausdruck auf Hoppys Gesicht, dann war er im Freien und lief durch die Dunkelheit zum geparkten Polizeifahrzeug.

Etwas traf ihn am Genick.

Wie? fragte sich Eldon Blaine, als er nach vorn stürzte, das Gerät noch in den Armen. Er ist im Haus, und ich bin hier. Einwirkung auf Entfernung... er hat mich gepackt. Habe ich mich geirrt? Kann er wirklich so weit reichen?

Das, was ihn am Hals gepackt hatte, drückte zu.

11

Hoppy Harrington fuhr mit seinem Mobil durch die Hauptstraße von Point Reyes, als er einen Farbigen sah, der ihm bekannt vorkam. Er sah aus wie Stuart McConchie.

Aber dann begriff der Phoco, daß das wieder nur eine der Imitationen von Bill war.

Er spürte Entsetzen, als er an die Macht des Wesens in Edie Keller dachte; es konnte das tun, am hellichten Tag, und was hatte er dem entgegenzusetzen?

Vielleicht weiß Bill, was ich mit dem Brillenmann gemacht habe, dachte er. Vielleicht zahlt er es mir heim. Kinder sind so.

Er bog in eine Nebenstraße und fuhr schneller, um der Imitation Stuart McConchies zu entkommen.

»He«, sagte eine Stimme warnend.

Hoppy schaute sich um und sah, daß er beinahe Dr. Stockstill überfahren hätte. Betroffen hielt er an. »Verzeihung.« Er starrte den Arzt an.

»Gehen Sie doch ein bißchen vorsichtiger mit Ihrem Mobil

um, Hoppy«, sagte Stockstill aufgebracht. »Tun Sie mir den Gefallen.«

»Ich hab' gesagt Verzeihung.«

»Wovor haben Sie Angst?« fragte der Arzt.

»Vor nichts. Ich fürchte mich vor nichts auf der Welt.« Aber dann fiel ihm ein, wie er sich bei der Lesung benommen hatte. »Ich habe ein Phobie«, gestand er. »Fällt das in Ihr Gebiet, oder haben Sie das aufgegeben? Das kommt daher, daß ich einmal in einem Keller begraben war, als die erste Bombe fiel. Das hat mir das Leben gerettet, aber –« Er zuckte die Achseln.

»Verstehe«, sagte Stockstill.

»Haben Sie Edie Keller schon einmal untersucht?« fragte Hoppy.

»Ja.«

»Dann wissen Sie Bescheid. Es ist nicht ein Kind, es sind zwei. Ich habe gehört, daß alle, die nicht normal sind, nach Sacramento gebracht werden müssen.«

Stockstill sah ihn an, ohne etwas zu sagen.

»Sie unterstützen die Kellers bei einem Verstoß gegen die Gesetze«, fuhr Hoppy fort.

Nach einer Pause fragte Stockstill: »Was wollen Sie, Hoppy?«

»N-nichts«, stotterte Hoppy. »Nur Gerechtigkeit, meine ich. Das Gesetz muß beachtet werden. Ist das falsch? Ich halte mich dran. Ich bin registriert beim Amt für Eugenik als –« Er erstickte an dem Wort.

»Hoppy«, sagte Stockstill leise, »was haben Sie mit dem Brillenmann aus Bolinas gemacht?«

Hoppy riß das Fahrzeug herum und fuhr davon.

Was ich mit ihm gemacht habe? dachte er. Ich habe ihn umgebracht, das weißt du doch. Warum fragst du? Was geht es dich an? Der Mann war von außerhalb; er zählte nicht, und wir wissen das alle. Und June Raub sagt, daß er mich entführen wollte, und das reicht den meisten.

Er dachte wieder an den Mann, den er eben gesehen hatte. Vielleicht war es wirklich Stuart McConchie gewesen. Vielleicht hatte der Farbige überlebt. Weiß er etwas von mir? dachte er. Kann er mich in Schwierigkeiten bringen? Nein, entschied er, denn was war ich damals? Eine hilflose Kreatur auf einem Rollstuhl vom Staat, froh um eine Beschäftigung. Es hat sich viel geändert. Jetzt bin ich lebenswichtig für ganz West Marin, dachte er.

Er rollte zurück, erreichte wieder die Hauptstraße und suchte nach Stuart McConchie. Tatsächlich, da war er, unterwegs zu Andrew Gills Tabak- und Schnapsfabrik. Der Phoco fuhr ihm nach und kam plötzlich auf eine Idee.

Hoppy brachte Stuart McConchie zum Stolpern.

Er grinste vor sich hin, als er den Neger das Gleichgewicht halb verlieren und sich wieder aufrichten sah. McConchie starrte verärgert auf den Boden. Dann ging er langsamer weiter.

Der Phoco rollte ihm nach, und als er ein, zwei Schritte hinter ihm war, sagte er: »Stuart McConchie, der TV-Verkäufer, der Ratten roh ißt.«

Der Neger wankte, wie von einem Schlag getroffen. Er drehte sich nicht um; er blieb einfach stehen, die Arme angewinkelt, die Finger gespreizt.

»Wie gefällt Ihnen das Jenseits?« fragte Hoppy.

Nach einer Pause antwortete der Neger heiser: »Gut.« Dann drehte er sich um. »Sie sind also durchgekommen.« Er betrachtete den Phoco und sein Mobil von oben bis unten.

»Ja«, sagte der Phoco. »Stimmt. Und ohne Ratten zu essen.«

»Sie sind hier wohl das Faktotum«, sagte Stuart.

»Ja. Der handlose Hoppy. Und was machen Sie?«

»Ich – bin im Geschäft mit homöostatischen Schädlingsfallen.«

Der Phoco kicherte.

»Ist das so komisch?«

»Nein. Verzeihung. Ich bin froh, daß Sie überlebt haben. Wer sonst noch? Der Psychiater von der anderen Straßenseite ist auch hier. Fergesson ist umgekommen.«

Sie schwiegen beide.

»Lightheiser ist tot«, sagte Stuart. »Bob Rubenstein auch. Und Connie und Tony. Sie erinnern sich.«

»Ja.«

»Haben Sie Mr. Crody, den Juwelier, gekannt?«

»Nein, leider nicht.«

»Er ist verkrüppelt. Hat beide Arme verloren und ist blind, aber er lebt, in einem Krankenhaus in Hayward.«

»Weshalb sind Sie hier?«

»Geschäftlich.«

»Wollen Sie Andrew Gills Rezept für seine Gold-Label-Zigaretten stehlen?« Der Phoco kicherte wieder, dachte aber: Es ist wahr. Jeder, der von draußen kommt, will morden oder stehlen; denk an Eldon Blaine, und der kam von Bolinas, das viel näher liegt.

»Mein Beruf zwingt mich zum Reisen«, sagte Stuart steif. »Ich komme in ganz Nordkalifornien herum.«

»Hören Sie«, sagte Hoppy, »erzählen Sie keinem, daß Sie mich von früher kennen, denn dann rege ich mich sehr auf, verstehen Sie? Ich bin seit vielen Jahren eine sehr wichtige Person hier und will nicht, daß sich daran etwas ändert. Vielleicht kann ich Ihnen bei Ihren Geschäften helfen, und Sie können wieder gehen. Ja?«

»Okay«, erwiderte Stuart. »Ich gehe, so schnell ich kann.« Er betrachtete den Phocomelus eindringlich. »Sie haben also einen Platz für sich gefunden«, sagte er. »Gut für Sie.«

»Ich stelle Sie Gill vor«, erbot sich Hoppy. »Das mache ich für Sie. Ich bin natürlich ein guter Freund von ihm.«

»Schön«, sagte Stuart. »Dafür wäre ich Ihnen sehr dankbar.«

»Und stellen Sie nichts an, ja?« Der Phoco merkte, wie seine Stimme schrill wurde; er konnte nichts dagegen tun. »Daß Sie nichts mitnehmen oder etwas anderes Strafbares tun, sonst geht es Ihnen schlecht – verstanden?«

Der Neger nickte ernst, aber er schien keine Angst zu haben, er wand sich nicht, und der Phoco wurde immer unruhiger. Ich möchte, daß du gehst, dachte Hoppy. Verschwinde und mach mir keine Schwierigkeiten. Es wäre mir lieber, wenn ich dich nicht kennen würde. Ich möchte gar keinen kennen aus der Zeit vorher. Ich will nicht einmal daran denken.

Andrew Gill hob den Kopf von den Zigaretten, die er drehte, und sah Hoppy Harrington – den er nicht mochte – mit einem Neger, den er nicht kannte – hereinkommen. Gill wurde sofort unruhig. Er legte das Zigarettenpapier weg und stand auf. Seine Angestellten arbeiteten weiter.

Er beschäftigte im ganzen acht Mann, allein in der Zigarettenfabrik. Die Brennerei, die Kognak herstellte, beschäftigte weitere zwölf Mann, aber sie waren im Norden, bei Sonoma. Er hatte das größte Handelsunternehmen in West Marin, wenn man Farmer wie Orion Stroud oder Rancher wie Jack Tree nicht mitrechnete, und er verkaufte seine Erzeugnisse in ganz Nordkalifornien.

»Ja?« sagte er zu Hoppy.

»D-dieser Mann kommt aus Berkeley zu Ihnen, Mr. Gill«, stotterte Hoppy. »Er sei ein großer Geschäftsmann, sagt er. Das haben Sie doch gesagt?« Er sah den Farbigen an.

Der Neger streckte die Hand aus und sagte zu Gill: »Ich vertrete die Firma Hardy, homöostatische Schädlingsfallen, in Berkeley. Ich bin hier, um Sie mit einem erstaunlichen Vorschlag bekanntzumachen, der innerhalb von sechs Monaten Ihre Gewinne verdreifachen könnte.« Seine schwarzen Augen blitzten.

Es blieb still.

Gill unterdrückte den Drang, laut zu lachen.

»Aha«, sagte er, nickte und steckte die Hände in die Taschen. »Sehr interessant, Mr. –« Er sah den Neger fragend an.

»Stuart McConchie«, sagte der Neger.

Sie schüttelten sich die Hände.

»Mein Arbeitgeber, Mr. Hardy, hat mich ermächtigt, Ihnen die Konstruktion einer vollautomatischen Zigarettendrehmaschine zu beschreiben. Wir wissen, daß Ihre Zigaretten immer noch mit der Hand gedreht werden.« Er deutete auf die Arbeiter. »Eine solche Methode ist um hundert Jahre veraltet, Mr. Gill. Die Qualität Ihrer Zigaretten ist hervorragend –«

»Und die will ich beibehalten«, sagte Gill ruhig.

»Unsere automatisierte elektronische Anlage opfert der Quantität keineswegs die Qualität. Im Gegenteil –«

»Warten Sie«, sagte Gill. »Ich möchte das jetzt nicht besprechen.« Er blickte auf den Phoco, der in der Nähe saß und zuhörte. Hoppy wurde rot und fuhr sofort davon.

»Ich gehe«, sagte er. »Mich interessiert das überhaupt nicht. Adieu.« Er fuhr hinaus auf die Straße, und die beiden Männer sahen ihm nach, bis er verschwunden war.

»Unser Faktotum«, sagte Gill.

McConchie wollte etwas sagen, überlegte es sich aber anders, räusperte sich, ging durch den Raum und sah den Arbeitern zu.

»Sehr schön, was Sie hier haben, Gill. Ich möchte gleich erklären, wie sehr ich Ihr Erzeugnis bewundere; es ist unübertroffen, kein Zweifel.«

Solche Reden habe ich seit sieben Jahren nicht mehr gehört, dachte Gill. Schwer zu glauben, daß es so etwas noch gab. Gill freute sich darüber. Es erinnerte ihn an glücklichere Zeiten

»Danke«, sagte er und meinte es ernst. Vielleicht fand die Welt doch wirklich wieder zu manchen alten Formen zurück, zu Höflichkeiten und Gebräuchen von früher. Was McConchie da sagt, ist authentisch, keine Nachahmung. Er ist eben ein guter Verkäufer. Nicht einmal von einem Wasserstoffbombenkrieg und dem Zusammenbruch der Gesellschaft hat er sich beirren lassen.

Bei einer Tasse Ersatzkaffee unterhielten sie sich miteinander.

McConchie schilderte, was sein Arbeitgeber aufgebaut hatte, dann kam er auf die Zigarettenmaschine zurück.

»Ich würde sie gerne nehmen«, sagte Gill, »aber ich habe kein Geld dafür und kann auch keine Tauschware anbieten. Und einen Teilhaber möchte ich nicht aufnehmen. Was bleibt also?« Er lächelte. »Ich muß so weitermachen wie bisher.«

»Warten Sie«, sagte McConchie sofort. »Es muß eine Lösung geben. Vielleicht könnten wir Ihnen eine Hardy-Zigarettendrehmaschine vermieten, gegen soundso viel Zigaretten, jede Woche, für soundsoviele Wochen lieferbar. Wir könnten den Vertrieb Ihrer Zigaretten übernehmen«, sagte er eifrig. »Als Alleinvertretung. Was halten Sie davon?«

»Hmmmm«, sagte Gill. »Ich muß zugeben, daß das interessant klingt. Der Vertrieb ist nicht gerade meine starke Seite...« Er sah den Farbigen an. »Ich habe schon seit ein paar Jahren darüber nachgedacht. Ich wollte sogar einmal in die Stadt, aber da gibt es zu viele Kriminelle. Und ich will nicht in die Stadt; ich bin hier zu Hause.«

Er sagte nichts von Bonny Keller. Das war der eigentliche Grund, weshalb er in West Marin blieb; seine Affäre mit ihr war schon seit Jahren zu Ende, aber er liebte sie mehr denn je. Er hatte sie von Mann zu Mann gehen sehen und war immer unzufriedener geworden. In seinem Innersten glaubte Gill, daß er sie eines Tages wiederbekommen würde. Und Bonny war die Mutter seiner Tochter; er wußte sehr wohl, daß Edie Keller sein Kind war.

»Sind Sie sicher, daß Sie nicht hergekommen sind, um das Rezept für meine Zigaretten zu stehlen?« fragte er plötzlich.

McConchie lachte.

»Sie lachen«, sagte Gill, »aber Sie antworten nicht.«

»Nein, deshalb bin ich nicht hier«, erwiderte der Neger. »Wir bauen elektronische Maschinen und stellen keine Zigaretten her.«

Aber sein Gesicht hatte einen verschlossenen Ausdruck, dachte Gill, und seine Stimme klang zu beiläufig. Gill wurde plötzlich unruhig.

Oder ist das unser Provinzlernaturell? fragte er sich. Die Isolierung, Argwohn gegen alle Fremden. Vielleicht bin ich einfach einsam. Das könnte es sein; mir gehen die Leute aus der Stadt mit ihrer Mentalität ab.

»Da Sie eben aus der Stadt kommen«, sagte er laut, »möchte ich Sie doch fragen, ob es irgend etwas Neues gibt, das von Interesse wäre. Wir hören zwar den Satelliten, aber das Diskjockeygerede und die Lesungen hängen mir zum Hals heraus.«

Sie lachten beide.

»Ich weiß, was Sie meinen«, sagte McConchie und schlürfte seinen Kaffee. »Tja, mal nachdenken. Wie man hört, versucht man, ein Auto zu bauen, irgendwo in den Ruinen von Detroit. Es besteht praktisch aus Sperrholz, soll aber mit Kerosin betrieben werden.«

»Ich weiß nicht, wo sie das Kerosin hernehmen wollen«, meinte Gill. »Bevor sie ein Auto bauen, sollten sie lieber erst ein paar Raffinerien in Betrieb nehmen. Und ein paar Straßen reparieren.«

»Ah, noch etwas. Die Regierung will eine der Straßen über die Rocky Mountains wiedereröffnen, heuer noch. Zum erstenmal seit dem Krieg.«

»Das ist eine gute Nachricht«, sagte Gill erfreut. »Das wußte ich noch nicht.«

»Und die Telefongesellschaften –«

»Warten Sie«, sagte Gill und stand auf. »Wie wär's mit einem Schluck Kognak im Kaffee? Seit wann haben Sie schon keinen Café Royal mehr getrunken?«

»Seit Jahren«, sagte Stuart McConchie.

»Das ist Gills Fünfstern-Kognak. Mein eigener. Aus dem Sonoma-Tal.« Er goß aus der dickbauchigen Flasche etwas in McConchies Tasse.

»Das könnte Sie auch noch interessieren«, sagte Stuart und griff in die Tasche, um etwas Flaches, Zusammengefaltetes herauszuziehen. Er faltete es auseinander.

»Was ist das?« Gill griff danach. Es war ein Briefumschlag, ein ganz gewöhnlicher, mit Adresse, gestempelter Briefmarke... und dann begriff er. Er traute kaum seinen Augen. *Postdienst.* Ein Brief aus New York.

»Richtig«, sagte Stuart. »An meinen Chef, Mr. Hardy. Bis von der Ostküste. Er hat nur vier Wochen gebraucht. Die Regierung in Cheyenne, das Militär, ist dafür verantwortlich. Man macht das mit Luftschiff, Lastwagen und Pferden. Die letzte Strecke wird zu Fuß zurückgelegt.«

»Guter Gott«, sagte Gill und goß etwas Kognak auch in *seinen* Kaffee.

12

»Es war Hoppy, der den Brillenmann aus Bolinas umgebracht hat«, sagte Bill zu seiner Schwester. »Und später will er noch jemanden umbringen, danach kann ich es nicht sagen, aber es wird wohl so weitergehen.«

Seine Schwester hatte mit anderen Kindern Stein, Schere, Papier gespielt; nun sprang sie auf und lief zum Rand des Schulgeländes, wo sie allein sein und mit Bill reden konnte.

»Woher weißt du das?« sagte sie aufgeregt.

»Weil ich mit Mr. Blaine gesprochen habe«, sagte Bill. »Er ist jetzt da unten, und es kommen noch mehr. Ich möchte herauskommen und Hoppy etwas antun; Mr. Blaine sagt, ich sollte es tun. Frag Doktor Stockstill noch einmal, ob ich nicht geboren werden kann. Selbst wenn es nur für kurze Zeit wäre –«

»Vielleicht könnte ich ihm etwas antun«, meinte Edie nachdenklich. »Frag Mr. Blaine, was ich tun soll. Ich hab' Angst vor Hoppy.«

»Ich könnte Imitationen machen, die ihn umbringen«, sagte Bill, »wenn ich nur herauskönnte. Ich hab' ein paar gute. Du müßtest mal Hoppys Vater hören; das kann ich prima. Willst du's hören?« Mit tiefer Erwachsenenstimme sagte er: »Kennedy will schon wieder eine Steuerermäßigung einführen. Wenn er glaubt, daß er die Wirtschaft damit ankurbeln kann, ist er noch verrückter, als ich glaube, und das ist völlig verrückt.«

»Mach mich«, sagte Edie. »Imitier mich.«

»Wie denn?« fragte Bill. »Du bist doch noch nicht tot.«

»Wie ist das, wenn man tot ist?« fragte Edie. »Ich bin es eines Tages auch und will es wissen.«

»Es ist komisch. Man ist unten in einem Loch und schaut hinauf. Und man ist flach wie – na, wie wenn man leer ist. Und weißt du was? Nach einer Weile kommt man zurück. Man wird weggeblasen, und man kommt wieder! Hast du das gewußt? Ich meine, dorthin, wo du jetzt bist. Ganz dick und lebendig.«

»Nein«, sagte Edie. »Das habe ich nicht gewußt.« Sie langweilte sich.

»Hör mal, Edie«, sagte Bill, »versuchen wir's noch einmal mit dem Tierexperiment, ja? Du fängst irgendein kleines Tier und hältst es an deinen Bauch, und ich versuch' wieder, ob ich raus- und in das Tier hineinkann. Okay?«

»Das haben wir doch schon versucht«, sagte sie.

»Versuchen wir's noch einmal! Fang etwas ganz Kleines. Wie

heißen die Tiere, die so klein sind, die Häuser haben und eine Schleimspur machen?«

»Schnecken.«

»Ja, die. Such eine Schnecke und leg sie so nah an mich ran, wie es geht. An meinen Kopf, wo sie mich und ich sie hören kann. Machst du das?« Drohend fuhr Bill fort: »Wenn nicht, schlafe ich ein ganzes Jahr lang.« Er verstummte.

»Dann schlaf doch«, sagte Edie. »Ist mir egal. Ich habe noch viele Leute, mit denen ich reden kann, und du nicht.«

»Dann sterbe ich, und das hältst du nicht aus, weil du dann etwas Totes ewig in dir herumtragen mußt, oder – ich weiß, was ich mache. Wenn du kein Tier holst und es an mich hinhältst, werde ich ganz groß, und dann bin ich so groß, daß du platzt wie eine alte – du weißt schon.«

»Tüte«, sagte Edie.

»Ja. Und dann komme ich raus.«

»Du kommst raus, aber du wälzt dich nur herum und stirbst selber«, sagte sie. »Du kannst nicht ohne mich leben.«

»Ich hasse dich«, sagte Bill.

»Ich hasse dich noch mehr«, sagte Edie. »Ich hab' dich schon immer gehaßt, seit ich zum erstenmal draufgekommen bin, daß du da bist.«

»Na gut«, sagte Bill mürrisch. »Ist mir doch egal.«

Edie erwiderte nichts. Sie ging zu den anderen Mädchen zurück und spielte wieder Stein, Schere, Papier. Das war viel interessanter als alles, was ihr Bruder zu sagen hatte; er wußte so wenig, tat nichts und sah nichts.

»Darf ich auch mitspielen?« fragte Bill plötzlich.

Edie schaute sich um, ob die anderen etwas gehört hatten.

»Kann mein Bruder auch mitspielen?« fragte sie.

»Du hast gar keinen Bruder«, sagte Wilma Stone verächtlich.

»Der ist erfunden«, erinnerte Rose Quinn sie. »Also kann er mitmachen.« Zu Edie sagte sie: »Er kann mitspielen.«

»Eins, zwei, drei«, sagten die Mädchen, und jede streckte eine Hand aus, mit allen Fingern, nur zweien oder keinem.

»Bill sagt Schere«, sagte Edie. »Er schlägt dich also, Wilma, weil die Schere Papier schneidet, und du bist bei ihm dran, Rose, weil Stein die Schere stumpf macht, und mit mir ist er unentschieden.«

»Wie mach' ich das mit ihm?« fragte Rose.

Edie überlegte und sagte: »Hau da hin, aber ganz vorsichtig, weil er empfindlich ist«, sagte sie und deutete auf eine Stelle über dem Gürtel ihres Rocks.

Rose schlug vorsichtig auf die Stelle. In Edie sagte Bill: »Okay, beim nächstenmal erwisch' ich sie.«

Über den Spielplatz kamen Edies Vater, der Leiter der Schule, und Mr. Barnes, der neue Lehrer. Sie blieben kurz bei den drei Mädchen stehen und lächelten.

»Bill spielt auch mit«, sagte Edie zu ihrem Vater. »Er hat eben eins draufbekommen.«

George Keller lachte und sagte zu Mr. Barnes: »Das kommt davon, wenn man erfunden ist; man bekommt immer eins drauf.«

»Wie gibt Bill mir eins drauf?« fragte Wilma ängstlich. Sie wich zurück und sah zu den beiden Männern auf. »Er gibt mir eins drauf«, sagte sie. »Aber nicht so hart, ja?« sagte sie in Edies Richtung.

»Er kann nicht hart zuschlagen, selbst wenn er will«, sagte Edie. Wilma zuckte ein wenig. »Siehst du?« sagte Edie. »Das ist alles, was er kann, auch wenn er sich anstrengt.«

»Er hat nicht zugeschlagen«, sagte Wilma. »Er hat mich nur erschreckt. Er kann nicht so gut zielen.«

»Das kommt daher, daß er nicht sehen kann«, erklärte Edie. »Vielleicht geb' ich dir lieber eins drauf, das ist gerechter.« Sie beugte sich vor und gab Wilma einen Schlag aufs Handgelenk. »Jetzt noch mal. Eins, zwei, drei.«

»Warum kann er nicht sehen, Edie?« fragte Mr. Barnes.

»Weil er keine Augen hat.«

»Nun, die Antwort ist immerhin logisch«, sagte Mr. Barnes zu Edies Vater. Sie lachten beide und gingen weiter.

In Edie sagte ihr Bruder: »Wenn du eine Schnecke hättest, könnte ich die eine Weile sein und vielleicht herumkriechen und sehen. Schnecken sehen doch, oder? Du hast mir einmal erzählt, daß sie Augen auf Stöcken haben.«

»Stengeln«, sagte Edie.

»Bitte«, sagte Bill.

Ich weiß, was ich mache, dachte Edie. Ich halte einen Wurm an mich hin, und wenn er hineinschlüpft, wird er genau das sein, was er jetzt ist – ein Wurm kann nichts sehen und nichts machen als graben. Wird der sich wundern!

»Also gut«, sagte sie und sprang auf. »Ich hole ein Tier und mache es. Zuerst muß ich aber eins finden, also hab Geduld.«

»Mensch, vielen Dank«, sagte Bill mit einer Stimme voll Nervosität und Sehnsucht. »Dafür mach' ich dann auch für dich was, großes Ehrenwort.«

»Was kannst du schon für mich tun?« sagte Edie, während sie im Gras nach einem Wurm suchte. Seit dem Regen in der vergangenen Nacht hatte sie viele gesehen. »Was kann ein Ding wie du für irgend jemand tun?«

Ihr Bruder antwortete nicht; sie spürte seine stumme Trauer und lachte in sich hinein.

»Suchst du etwas? Hast du etwas verloren?« fragte eine Männerstimme über ihr. Sie hob den Kopf; es war Mr. Barnes, der vor ihr stand und auf sie herunterlächelte.

»Ich suche einen Wurm«, erwiderte sie schüchtern.

»Du bist aber gar nicht zimperlich«, sagte er.

»Mit wem redest du?« fragte Bill verwirrt. »Wer ist das?«

»Mr. Barnes«, sagte sie.

»Ja?« sagte Mr. Barnes.

»Ich habe mit meinem Bruder gesprochen, nicht mit Ihnen«, erklärte Edie. »Er hat gefragt, wer Sie sind. Er ist der neue Lehrer«, erklärte sie Bill.

»Aha«, sagte Bill. »Ich verstehe ihn. Er ist so nah, daß ich ihn empfangen kann. Er kennt Mama.«

»Unsere Mama?« fragte Edie überrascht.

»Ja«, sagte Bill verwundert. »Ich versteh' das nicht, aber er kennt sie und sieht sie die ganze Zeit, wenn keiner dabei ist. Er und sie –« Er brach ab. »Es ist schlimm und schlecht. Es ist –« Er erstickte halb. »Ich kann es nicht sagen.«

Edie starrte ihren Lehrer mit offenem Mund an.

»Na«, sagte Bill hoffnungsvoll. »Hab' ich nicht für dich auch was getan? Ich hab' dir etwas Geheimes gesagt, was du sonst nie erfahren hättest. Ist das nichts?«

»Doch«, sagte Edie gedehnt und nickte wie betäubt. »Das ist etwas.«

»Ich habe heute deine Tochter gesehen«, sagte Hal Barnes zu Bonny, »und ich hatte den deutlichen Eindruck, daß sie über uns beide Bescheid weiß.«

»Ach Gott, woher denn?« erwiderte Bonny. »Das ist ausgeschlossen.«

Sie drehte die Fettlampe höher. »Und außerdem spielt das keine Rolle; es wäre ihr egal.«

Aber sie könnte es George sagen, dachte Barnes.

Er schaute vorbei am Rolladen auf die mondbeschienene Straße hinaus. Niemand war unterwegs; die Straße lag verlassen da, man sah nur Laub, Hügel und Äcker. George war bei der Elternversammlung und würde erst in einigen Stunden kommen. Edie lag natürlich im Bett; es war acht Uhr.

Bonny griff nach ihm und zog ihn zu sich herunter.

»Was ist denn? Seit wann bist du feige? Hat dir der Krieg gar nichts beigebracht?«

»Er hat mir beigebracht, mein Dasein zu schätzen und es nicht wegzuwerfen«, erwiderte er. »Er hat mir beigebracht, auf Nummer Sicher zu gehen.«

Bonny setzte sich ächzend auf und knöpfte ihre Bluse zu. Was für ein Kontrast, dieser Mann gegen Andrew Gill, dachte sie. Andrew hatte sie immer im Freien geliebt, am hellichten Tag, neben den eichenumsäumten Straßen, wo jederzeit jemand vorbeikommen konnte.

Vielleicht sollte ich sie alle verlassen, dachte sie, Barnes und George und meine irre Tochter; ich sollte offen mit Gill zusammenleben, der Gemeinschaft trotzen und zur Abwechslung einmal glücklich sein.

»Nun, wenn wir uns nicht lieben, dann gehen wir hinunter und hören uns den Satelliten an«, sagte sie.

»Ist das dein Ernst?« fragte Barnes.

»Natürlich.« Sie ging zum Schrank, um ihren Mantel zu holen.

»Dann interessiert dich nur der Akt an sich. Er ist alles, was dich an einer Beziehung reizt«, sagte Barnes langsam.

»Und was reizt dich? Daß du dich *unterhalten* kannst?«

Er sah sie melancholisch an, antwortete aber nicht.

»Du Schwächling«, sagte sie kopfschüttelnd. »Du armer Schwächling. Warum bist du überhaupt hergekommen?«

»Mein Erlebnis heute auf dem Spielplatz –«, begann er.

»Du hast kein Erlebnis gehabt«, unterbrach sie ihn, »das war nur dein gottverdammtes, schlechtes Gewissen. Gehen wir. Ich will Dangerfield hören. Das macht wenigstens Spaß.« Sie zog den Mantel an, ging zur Haustür und öffnete sie.

»Geht das mit Edie in Ordnung?« fragte er, als sie hinausgingen.

»Sicher«, erwiderte sie, ohne nachzudenken. Sie stapfte düster die Straße entlang, die Hände in den Manteltaschen; Barnes folgte ihr mit einigem Abstand.

Vor ihnen tauchten zwei Gestalten auf; sie blieb entsetzt stehen, weil sie dachte, es sei George. Dann sah sie, daß der kleinere, untersetzte Mann Jack Tree war, und der andere – sie kniff die Augen zusammen. Es war Dr. Stockstill.

»Los doch«, sagte sie über die Schulter zu Barnes. Er kam zögernd näher. »Hallo«, rief sie den beiden Männern zu. »Was wird das, Psychoanalyse mitten in der Nacht? Wirkt sie dann besser? Würde mich nicht wundern.«

Tree sagte keuchend: »Bonny, ich habe ihn *wiedergesehen*. Den Neger, der mich erkannt hat, an dem Tag, als der Krieg anfing, als ich Stockstills Praxis besuchte. Sie erinnern sich.«

»Sie sehen alle gleich aus, sagt man«, meinte Stockstill scherzend. »Und außerdem –«

»Nein, es ist derselbe«, beharrte Tree. »Er ist mir hierher gefolgt. Wißt ihr, was das bedeutet?« Er sah von einem zum andern. »Das bedeutet, daß es wieder anfängt.«

»Was fängt wieder an?« fragte Bonny.

»Der Krieg«, erklärte Tree. »Denn deshalb fing er das letztemal an. Der Neger sah mich und begriff, was ich getan hatte, er wußte, wer ich war, und er weiß es noch. Sobald er mich sieht–« Er verstummte keuchend und begann qualvoll zu husten. »Verzeihung.«

»Ein Neger ist hier, da hat er recht«, sagte Bonny zu Stockstill. »Ich habe ihn gesehen. Offenbar will er mit Gill über den Verkauf seiner Zigaretten reden.«

»Das kann nicht dieselbe Person sein«, meinte der Arzt. Er und sie traten einen Schritt beiseite.

»Gewiß doch«, sagte Bonny. »Aber das spielt keine Rolle, weil das eine seiner Wahnvorstellungen ist. Jetzt wird er vermutlich völlig verfallen, meinen Sie nicht? Die Zeit stabiler Nichtanpassung ist also zu Ende.« Vielleicht für uns alle, dachte sie. Wir hätten so nicht weitermachen können, Bluthgeld mit seinen Schafen, ich mit George... sie seufzte. »Was meinen Sie?«

»Ich hätte zu gern Stelazin, aber das gibt es seit dem Krieg nicht mehr. Das würde ihm helfen. Ich kann nicht. Das habe ich aufgegeben, Sie wissen es, Bonny«, sagte er resigniert.

»Er wird es allen sagen«, meinte sie und beobachtete Bluthgeld, der Barnes eben sagte, was er ihr und Stockstill berichtet hatte. »Sie werden wissen, wer er ist, und ihn töten, wie er befürchtet hat. Er hat recht.«

»Ich kann ihn nicht daran hindern«, sagte Stockstill ruhig.

»Es ist Ihnen nicht so wichtig«, sagte sie.

Er zuckte die Achseln.

Sie kehrte zu Bluthgeld zurück und sagte: »Hören Sie, Jack, wir gehen alle zu Gill und sprechen mit dem Neger. Ich bin sicher, daß er Sie damals gar nicht bemerkt hat. Wollen wir wetten?

Ich wette fünfundzwanzig Silbercents.«

»Warum sagen Sie, Sie hätten den Krieg verursacht?« fragte Barnes Bluthgeld. Er sah Bonny verwirrt an. »Was ist das, eine Kriegspsychose? Und er sagt, der Krieg käme wieder.« Er wandte sich wieder an Bluthgeld. »Er kann nicht mehr anfangen, dafür weiß ich mindestens fünfzig Gründe. Erstens gibt es keine Wasserstoffbomben mehr. Zweitens –«

Bonny legte die Hand auf Barnes' Schulter und sagte: »Sei still.« Sie wandte sich an Bruno Bluthgeld: »Wir gehen alle hinunter und hören uns den Satelliten an. Okay?«

»Was ist der Satellit?« murmelte Bluthgeld.

»Guter Gott«, sagte Barnes, »er weiß nicht, wovon Sie reden. Er ist geisteskrank.« Er sah Stockstill an. »Hören Sie, Doktor, ist es nicht Schizophrenie, wenn jemand den Kontakt zu seiner Kultur und ihren Werten verliert? Bei dem Mann ist es so; hören Sie sich ihn an.«

»Ich höre ihn«, sagte Stockstill dumpf.

»Doktor, Jack Tree steht mir sehr nah«, sagte Bonny zu ihm. »Er war früher wie ein Vater für mich. Tun Sie etwas für ihn, um Gottes willen. Ich kann es nicht ertragen, ihn so zu sehen. Ich kann es einfach nicht ertragen.«

Stockstill breitete hilflos die Hände aus.

»Bonny, Sie denken wie ein Kind. Sie glauben, man kann alles haben, wenn man es sich nur dringend genug wünscht. Ich kann – Jack Tree nicht helfen.« Er wandte sich ab und ging ein paar Schritte weiter. »Kommen Sie«, sagte er über die Schulter. »Wir tun, was Mrs. Keller vorschlägt. Wir setzen uns in die Halle und hören uns zwanzig Minuten den Satelliten an, dann fühlen wir uns alle wohler.«

»Ich möchte Ihnen klarmachen, wo der Fehler in Ihrer Logik liegt«, sagte Barnes ernsthaft zu Jack Tree. »Sie haben einen bestimmten Mann gesehen, einen Neger, und zwar am Tag des Notstands. Okay. Jetzt, sieben Jahre danach –«

»Halt den Mund«, sagte Bonny und grub die Nägel in seinen Arm. »Um Himmels willen –« Sie ging weiter und holte Stockstill ein. »Ich kann es nicht ertragen«, sagte sie. »Ich weiß, das ist sein Ende. Er übersteht es nicht, daß er den Neger wiedergesehen hat.« Ihre Augen füllten sich mit Tränen; sie spürte, wie sie heruntertropften. »Verdammt«, sagte sie bitter und ging voraus, so schnell sie konnte.

Hinter ihr murmelte Bluthgeld: »Ich weiß, daß es derselbe Mann ist, Stockstill, weil er mich, als ich ihn auf der Straße sah, wieder so seltsam ansah, als wolle er mich verhöhnen, aber dann wußte er, daß ich, wenn er mich verhöhnte, alles noch einmal geschehen lassen würde, und diesmal hatte er Angst. Er hat das schon einmal erlebt und weiß Bescheid. Ist es nicht so, Stockstill? Jetzt weiß er Bescheid. Habe ich recht?«

»Ich bezweifle, ob er weiß, daß Sie am Leben sind«, meinte Stockstill.

»Aber ich muß doch am Leben sein«, sagte Bluthgeld. »Oder die Welt –« Seine Stimme wurde undeutlich, und den Rest hörte Bonny nicht mehr.

Wir anderen sind genauso geisteskrank, dachte sie. Meine Kleine mit ihrem eingebildeten Bruder, Hoppy mit seinen Imitationen, Andrew Gill, der Jahr für Jahr eine Zigarette nach der anderen dreht... nur der Tod kann uns da herausholen, und vielleicht nicht einmal der Tod. Vielleicht ist es zu spät, und wir tragen diesen Verfall mit in das nächste Leben.

Es wäre besser gewesen, wenn wir alle damals gestorben wären, dachte sie; wir hätten die Mißgeburten nicht erleben müssen, die Strahlungsschwarzen und die genialen Tiere – die Leute, die den Krieg angefangen haben, waren nicht gründlich genug. Ich bin müde und möchte mich ausruhen; ich will fort von allem und mich irgendwo hinlegen, wo es dunkel ist und keiner spricht. Für immer.

Aber dann dachte sie sachlicher: Vielleicht liegt es bei mir einfach daran, daß ich den richtigen Mann noch nicht gefunden habe. Und es ist noch nicht zu spät; ich bin noch jung und nicht fett und habe ein perfektes Gebiß, das sagen alle.

Als sie die Tür zum Versammlungsraum öffnete, hörte sie die freundliche, vertraute Stimme Walt Dangerfields bei seiner aufgezeichneten Lesung; sie sah die vielen Gesichter der Zuhörer, sie sah in der Ecke zwei Männer, Andrew Gill und einen schlanken, gutaussehenden, jungen Neger. Es war der Mann, der Bruno Bluthgelds zerbrechliches Gebäude der Anpassung zum Einsturz gebracht hatte, und Bonny stand unter der Tür und wußte nicht, was sie tun sollte.

Hinter ihr kamen Barnes und Stockstill, und mit ihnen Bruno herein. Barnes und Stockstill suchten automatisch nach freien Plätzen. Bruno blieb verwirrt neben Bonny stehen und betrachtete die Menschen im Saal, dann folgte er Barnes und Stockstill. Und dann sah er den Neger. Er blieb stehen. Er drehte sich nach ihr um.

»Bonny«, murmelte er, »Sie müssen ihn wegschaffen.«

»Ich kann nicht«, sagte sie.

»Wenn Sie ihn nicht wegschaffen, lasse ich die Bomben wieder fallen«, sagte Bruno.

Sie starrte ihn an und hörte sich mit spröder, trockener Stimme fragen: »Tun Sie das? Wollen Sie das, Bruno?«

»Ich muß«, sagte er tonlos und starrte sie blind an. »Es tut mir leid, aber zuerst lasse ich die Versuchsbomben in der Stratosphäre wieder explodieren; so habe ich damals angefangen, und wenn das nicht genügt, hole ich sie hier herunter. Sie werden auf alle herunterfallen. Bitte, verzeihen Sie mir, Bonny, aber, mein Gott, ich muß mich schützen.« Er versuchte zu lächeln, aber sein zahnloser Mund zitterte nur.

»Können Sie das *wirklich* tun, Bruno?« fragte sie. »Sind Sie sicher?«

»Ja«, sagte er und nickte. Und er war sicher; er war seiner Macht immer sicher gewesen.

»Das ist eine ungeheure Macht für einen einzelnen Menschen«, sagte sie. »Ist das nicht seltsam, daß ein einzelner soviel Macht besitzt?«

»Ja«, erwiderte er, »es ist alle Macht auf Erden, zusammengefaßt; ich stehe in der Mitte. Gott wollte es so.«

»Was für einen Fehler Gott da gemacht hat«, sagte sie.

Bruno sah sie dumpf an.

»Sie auch«, sagte er, »Ich dachte, Sie würden sich nie gegen mich stellen, Bonny.«

Sie erwiderte nichts; sie ging zu einem leeren Stuhl und setzte sich. Sie achtete nicht mehr auf Bruno.

Stockstill, der in der Nähe saß, beugte sich herüber und sagte: »Der Neger ist hier im Raum, wissen Sie.«

»Ja.« Sie nickte. »Ich weiß.« Sie hörte Dangerfield zu und versuchte alles andere zu vergessen.

Es hat nichts mehr mit mir zu tun, sagte sie sich. Was er auch tut, was auch aus ihm wird, es ist nicht meine Schuld. Was auch mit uns allen geschieht. Ich kann keine Verantwortung mehr tragen; es hat schon zu lange gedauert, und ich bin froh, sie endlich los zu sein.

Was für eine Erleichterung, dachte sie. Gott sei Dank.

Jetzt muß er wieder beginnen, dachte Bruno Bluthgeld. Der Krieg. Denn es gibt keine andere Wahl; es wird mir aufgezwungen. Die Menschen tun mir leid. Sie werden alle leiden müssen, aber vielleicht ergibt sich daraus ihre Erlösung. Vielleicht ist es auf lange Sicht nur gut.

Er setzte sich, faltete die Hände, schloß die Augen und konzentrierte sich darauf, seine Kräfte zu sammeln. Aber die Stimme aus dem Lautsprecher störte ihn. Ich darf mich nicht ablenken lassen, dachte er; das verstößt gegen den Plan. Wer redet da? Sie hören alle zu... bekommen sie ihre Anweisungen von ihm?

»Wem hören wir da zu?« fragte er seinen Nebenmann.

Der ältere Mann sah ihn erstaunt an.

»Na, das ist Walt Dangerfield«, antwortete er.

»Von dem habe ich nie gehört«, sagte Bruno. Weil er nicht von ihm hatte hören wollen. »Von wo aus spricht er?«

»Vom Satelliten aus«, sagte der ältere Mann mit einem vernichtenden Blick und wandte sich ab.

Jetzt weiß ich es wieder, dachte Bruno. Deshalb sind wir hergekommen; um dem Satelliten zuzuhören, dem Mann, der von dort oben aus spricht.

Sei vernichtet, dachte er zum Himmel hinauf. Verstumme, denn du quälst mich bewußt und behinderst meine Arbeit. Bruno wartete, aber die Stimme sprach weiter.

»Warum hört er nicht auf?« fragte er den Mann an seiner Seite. »Wie kann er weitermachen?«

Der Mann antwortete ein wenig betroffen: »Sie meinen seine Krankheit? Er hat das vor langer Zeit aufgenommen, bevor er krank wurde.«

»Krank«, sagte Bruno. »Verstehe.« Er hatte den Mann im Satelliten krank gemacht, und das war schon etwas, aber noch nicht genug. Es war ein Anfang. Sei tot, dachte er hinauf, aber die Stimme verstummte nicht

Du bist sehr stark, bestätigte Bruno. Er mußte den Mann bewundern. Er lächelte sogar ein wenig. Eine ganze Reihe von Wasserstoffbomben soll explodieren, dachte er. Der Satellit soll gebeutelt werden, damit er die Wahrheit kennenlernt.

Die Stimme aus dem Lautsprecher verstummte.

Ja, höchste Zeit, dachte Bruno. Und er ließ nach, seine Kräfte zu konzentrieren; er seufzte, schlug die Beine übereinander und warf seinem Nachbarn zur Linken einen Blick zu.

»Es ist vorbei«, sagte Bruno.

»Ja«, sagte der Mann. »Jetzt wird er die Nachrichten verlesen – wenn er sich wohl genug fühlt.«

»Aber er ist doch tot«, sagte Bruno erstaunt.

Der Mann protestierte erschrocken: »Er kann nicht tot sein. Das glaube ich nicht. Hören Sie auf – Sie sind ja verrückt!«

»Es ist wahr«, sagte Bruno. »Sein Satellit ist völlig zerstört, und nichts ist übrig geblieben.« Wußte der Mann das nicht? Hatte die Welt es noch nicht erfahren?

»Herrgott noch mal«, sagte der Mann, »ich weiß nicht, wer Sie sind, oder warum Sie so etwas sagen, aber ein Miesepeter sind Sie ganz gewiß. Warten Sie einen Augenblick, dann hören Sie ihn. Ich wette sogar für Metallcents mit Ihnen.«

Das Radiogerät schwieg. Die Leute bewegten sich und murmelten besorgt und angstvoll durcheinander.

Ja, es hat begonnen, dachte Bruno. Zuerst Explosionen hoch oben in der Stratosphäre, wie damals. Und bald – für euch alle hier. Die Welt wird ausgelöscht, wie damals. Er sah zu dem Neger hinüber und lächelte. Der Neger tat so, als sähe er ihn nicht; er tat so, als sei er in ein Gespräch mit seinem Nachbarn vertieft.

Du merkst es, dachte Bruno. Ich weiß es; mir kannst du nichts vormachen. Du weißt besser als alle anderen, was geschehen wird.

Irgend etwas stimmt nicht, dachte Dr. Stockstill. Warum spricht Dangerfield nicht weiter? Hat er eine Embolie oder dergleichen?

Dann fiel ihm das schiefe, triumphierende Grinsen Bruno Bluthgelds auf. Er hält sich das zugute, dachte Stockstill sofort. Paranoide Allmachtswahnvorstellungen; alles, was geschieht, ist auf ihn zurückzuführen. Abgestoßen wandte er sich ab und drehte seinen Stuhl so, daß er Bluthgeld nicht mehr sehen konnte.

Nach einer Weile stand er auf und ging zu Andrew Gill und dem Neger hinüber.

»Verzeihen Sie«, sagte er und beugte sich vor. »Haben Sie einmal in Berkeley gewohnt und in der Shattuck Avenue Fernsehgeräte verkauft?«

»Doktor Stockstill«, sagte der Neger. Er gab ihm die Hand. »Die Welt ist klein.«

»Was ist mit Dangerfield?« fragte Andrew Gill besorgt. June Raub war zum Apparat gegangen und drehte an den Knöpfen. Andere traten zu ihr und gaben Ratschläge. »Ich glaube, das ist das Ende. Was meinen Sie, Doktor?«

»Ich meine, daß es eine Tragödie ist, wenn es stimmt.«

Bruno Bluthgeld stand auf und sagte mit lauter, heiserer Stimme: »Die Vernichtung der Existenz hat begonnen. Alle Anwesenden werden ausnahmsweise so lange geschont, bis sie ihre Sünden gebeichtet und bereut haben.«

Es wurde still. Die Leute wandten sich ihm zu.

»Habt ihr hier einen Prediger?« fragte der Neger.

»Er ist krank, Andy«, sagte Stockstill zu Gill. »Wir müssen ihn hinausschaffen. Helfen Sie mir.«

»Klar«, sagte Gill und folgte ihm. Sie gingen auf Bluthgeld zu.

»Die Stratosphärenbomben, die ich neunzehnhundertzweiundsiebzig ausgelöst habe, finden Verstärkung im jetzigen Ereignis«, fuhr Bluthgeld fort, »sanktioniert von Gott selbst in Seiner Weisheit. Siehe das Buch der Offenbarung.« Er sah Stockstill und Gill näherkommen. »Habt ihr euch gereinigt?« fragte er. »Seid ihr bereit für das Jüngste Gericht?«

Schlagartig tönte aus dem Radio eine vertraute Stimme; sie klang schwankend und gedämpft, aber sie erkannten sie alle.

»Für die Pause bitte ich um Vergebung«, sagte Dangerfield, »aber mir war ein bißchen schwindlig. Ich mußte mich hinlegen und habe nicht bemerkt, daß das Tonband zu Ende war. Jedenfalls –« Er lachte auf seine vertraute Art und Weise. »Ich bin wieder da. Wenigstens für eine Weile. Was wollte ich eigentlich? Weiß das jemand noch? Augenblick, bei mir leuchtet eine rote Lampe. Da ruft mich jemand. Augenblick.«

Die Leute im Saal sprachen freudig und erleichtert durcheinander; sie wandten sich wieder dem Radio zu, und Bluthgeld war vergessen. Stockstill ging selbst zum Apparat, wie Gill und der Neger.

»Ich habe einen Hörerwunsch für ›Bei mir bist du schön‹«, sagte Dangerfield. »Was sagt man dazu? Erinnert sich noch jemand an die Andrews Sisters? Nun, die gute, alte US-Regierung hatte die Güte, mich mit einem Tonband von den Andrews Sisters zu bedenken, auf der sie diese Nummer singen... also ›Bei mir bist du schön‹ für irgendeinen nicht mehr ganz jungen Hörer im Gebiet der Großen Seen.« Die Musik begann, blechern und undeutlich, und die Leute im Saal kehrten der Reihe nach zu ihren Plätzen zurück.

Bruno Bluthgeld stand starr vor seinem Stuhl, lauschte der Musik und dachte: Ich kann es nicht glauben. Der Mann da oben ist fort; ich selbst habe seine Vernichtung bewirkt. *Das muß irgendein Schwindel sein. Eine Täuschung. Ich weiß, daß es nicht echt ist.*

Jedenfalls muß ich mich mehr anstrengen. Ich muß noch einmal anfangen, und diesmal mit äußerster Kraft. Niemand achtete auf ihn; also verließ er seinen Platz und ging hinaus in die Dunkelheit.

Unten an der Straße glühte und pulsierte und summte die hohe Antenne auf Hoppy Harringtons Haus. Was trieb der Phocomelus? Die Fenster leuchteten hell in die Nacht hinaus.

Ihn muß ich auch mit einbeziehen, dachte Bluthgeld. Er muß aufhören zu existieren, wie die anderen, denn er ist so böse wie sie. Vielleicht sogar noch böser.

Als er an Hoppys Haus vorbeiging, sandte er einen Gedanken der Zerstörung in Hoppys Richtung. Die Lichter brannten aber weiter, und der Antennenmast summte. Ich brauche mehr Kraft, dachte Bluthgeld, und im Augenblick habe ich nicht die Zeit dafür. Ein bißchen später.

Tief in seine Gedanken versunken, ging er weiter.

13

Bill Keller hörte das kleine Tier, die Schnecke, in seiner Nähe und schlüpfte sofort hinein. Aber er war hereingelegt worden; er sah nichts. Er war hinausgelangt, aber er konnte nichts sehen oder hören, nur sich bewegen.

»Laß mich zurück«, rief er seiner Schwester in panischer Angst zu. »Schau, was du getan hast, du hast mich in etwas Falsches hineingelockt.« Er bewegte sich weiter und suchte nach ihr.

Am Himmel bewegte sich Walt Dangerfield mit seinem Satelliten, obwohl er sich ausruhte, den Kopf in den Händen. Der Schmerz in ihm wuchs, veränderte sich, erfaßte ihn, bis er an nichts anderes mehr denken konnte.

Und dann glaubte er etwas zu sehen. Hinter dem Fenster des Satelliten – einen Blitz, weit weg, am Rand der dunkleren Erdkante. Eine Explosion, wie diejenige, die er vor Jahren gesehen hatte... die Flämmchen, die überall auf der Erde hochgezuckt waren. Fing das wieder an?

Plötzlich bebte sein Raumfahrzeug. Er taumelte und hielt sich an der Wand fest. Eine Erschütterung, Druckwellen, hintereinander durch das Fahrzeug laufend. Gegenstände stürzten und prallten zusammen und platzten; er schaute sich betroffen um.

Ein Meteor?

Es kam ihm beinahe so vor, als greife man ihn an.

Er schaltete das Band mit der Messe von Bach ab, das er für sich selbst hatte laufen lassen, und wartete. Durch das Fenster sah er in der Ferne wieder eine dumpfe Explosion und dachte, vielleicht erwischen sie mich. Aber warum? Es wird ohnehin nicht mehr lange dauern, bis ich erledigt bin... warum warten sie nicht? Und dann kam der Gedanke: Aber, verdammt noch mal, noch lebe ich, und das muß ich zeigen. Ich bin noch nicht ganz tot.

Er schaltete den Sender ein und sagte in das Mikrofon: »Für die Pause bitte ich um Vergebung, aber mir war ein bißchen schwindlig. Ich mußte mich hinlegen und habe nicht bemerkt, daß das Tonband zu Ende war. Jedenfalls –« Er lachte und schaute durch das Fenster, auf der Suche nach den Explosionen. Es gab wieder eine, schwach und noch weiter entfernt... Er spürte eine gewisse Erleichterung. Vielleicht trafen sie ihn doch nicht; sie schienen die Bahn zu verfehlen, so, als sei seine Position ein Rätsel für sie.

Ich spiele die schmalzigste Nummer, die ich kenne, entschied er trotzig. ›Bei mir bist du schön‹ – das war genau richtig. Diejenigen, die es auf ihn abgesehen hatten, würden sich wundern.

Vielleicht haben Sie mich und meine schmalzigen Lesungen einfach satt, dachte er. Nun – ich zeige es ihnen.

»Ich bin wieder da«, sagte er ins Mikrofon. »Wenigstens für eine Weile. Was wollte ich eigentlich? Weiß das jemand noch?«

Es gab keine Erschütterungen mehr. Er hatte den Eindruck, daß sie, zumindest vorübergehend, aufgehört hatten.

»Augenblick, bei mir leuchtet eine rote Lampe«, sagte er. »Da ruft mich jemand. Augenblick.« Er nahm das Tonband aus seinem Regal und legte es ein. »Ich habe einen Hörerwunsch für ›Bei mir bist du schön‹. Was sagt man dazu?« Gar nichts könnt ihr sagen, dachte er. Die Andrews Sisters. Dangerfield schlägt zurück. Er grinste und drückte auf die Taste.

Edie Keller verfolgte mit einem köstlichen Schaudern, wie der Regenwurm auf dem Boden dahinkroch, und sie wußte genau, daß ihr Bruder darinsteckte.

Denn in ihr, in ihrem Bauch, wohnte jetzt die Mentalität des Wurms; sie hörte seine monotone Stimme. »Wumm, wumm, wumm«, ging das, ein Echo seiner trägen biologischen Prozesse.

»Raus aus mir, Wurm«, sagte sie und kicherte. Was hielt der Wurm von seiner neuen Existenz? War er so fassungslos, wie Bill es sein mußte? Ich muß ihn im Auge behalten, dachte sie, und meinte das Wesen, das am Boden dahinkroch. Denn er konnte sich ja verirren. »Bill«, sagte sie und beugte sich über ihn, »du siehst komisch aus. Du bist ganz rot und lang, weiß du das?« Und dann dachte sie: Ich hätte ihn in den Körper eines anderen Menschen stecken sollen. Warum habe ich das nicht gemacht? Dann wäre es so, wie es sich gehört; ich hätte einen richtigen Bruder, außerhalb von mir, mit dem ich spielen könnte.

Aber auf der anderen Seite hätte sie dann eine fremde, neue Person in sich. Und das versprach nicht so lustig zu werden.

Wer käme in Frage? dachte sie. Eines von den Kindern aus der Schule? Ein Erwachsener? Bill wollte sicher gern in einem Erwachsenen sein. In Mr. Barnes vielleicht. Oder in Hoppy Harrington, der vor Bill ohnehin Angst hatte. Oder – sie kreischte vor Freude, in Mama. Es wäre so einfach. Ich könnte mich ganz nah an sie drücken... Bill könnte wechseln, und ich hätte meine eigene Mami in mir – wäre das nicht prima? Sie müßte alles tun, was ich will. Und sie könnte mir gar nichts befehlen.

»Bill«, sagte sie, kniete nieder und hob den Regenwurm vorsichtig auf. »Warte, bis du meinen Plan hörst – weißt du was? Wir zahlen Mama alle bösen Dinge heim, die sie tut.« Sie hielt den Wurm an ihren Körper, wo der harte Klumpen in ihr lag. »Komm wieder zurück. Du willst doch gar kein Wurm sein; das macht keinen Spaß.«

»Du böses Ding«, sagte die Stimme ihres Bruders plötzlich. »Ich hasse dich, ich verzeih dir das nie. Du hast mich in ein blindes Ding ohne Beine gesteckt. Ich konnte mich nur herumschleppen!«

»Ich weiß«, sagte sie. »Hör zu, hast du mich gehört? Willst du das machen, Bill? Soll ich Mama dazu bringen, daß sie sich neben mich legt, damit du tun könntest – du weißt schon was. Du hättest Augen und Ohren und wärst ganz erwachsen.«

»Ich weiß nicht«, sagte Bill nervös. »Ich glaube nicht, daß ich als Mama herumlaufen will. Das erschreckt mich.«

»Feigling«, sagte Edie. »Wenn du es nicht tust, kommst du nie mehr heraus. Also, wer willst du sein, wenn nicht Mama? Sag es mir, und ich mach' das. Ich versprech's dir hoch und heilig.«

»Muß erst sehen«, sagte Bill. »Ich rede mit den Toten und frage sie, was sie dazu meinen. Außerdem weiß ich nicht, ob das überhaupt geht. Es war schon schwer, in das kleine Ding da zu kommen, den Wurm.«

»Du hast ja bloß Angst«, sagte sie lachend und warf den Wurm ins Gebüsch. »Feigling! Mein Bruder ist ein kleiner Feigling!«

Bill gab keine Antwort; er hatte seine Gedanken von ihr abgewandt, dahin, wo nur er hingelangen konnte. Und dann kam ihr eine ganz großartige Idee. Ich mache es so, daß er herausgeht und in den verrückten Mr. Tree überwechselt, von dem sie jetzt alle reden. Mr. Tree ist gestern abend im Saal aufgestanden und hat von Sünde und Reue geredet, und wenn Bill sich komisch aufführt und nicht weiß, was er tun oder sagen soll, *achtet keiner auf ihn.*

Das schuf aber das schreckliche Problem, daß sie einen Verrückten in sich herumtragen würde. Vielleicht könnte ich Gift nehmen, wie ich immer sage, dachte sie. Ich könnte Oleanderblätter essen oder Rizinussamen oder irgendwas und ihn loswerden; er wäre hilflos, er könnte mich nicht aufhalten.

Immerhin, es war ein Problem; der Gedanke, diesen Mr. Tree in sich zu haben – sie hatte ihn oft genug gesehen, um ihn nicht zu mögen – gefiel ihr nicht. Er hatte einen netten Hund, aber das war auch schon alles...

Terry, der Hund. Das war es. Sie konnte sich zu Terry legen, und Bill konnte in den Hund überwechseln, dann war alles in Ordnung.

Aber Hunde lebten nicht lange. Und Terry war schon sieben Jahre alt, wie ihre Eltern gesagt hatten. Er war fast zur selben Zeit geboren wie sie und Bill.

Verflixt, dachte sie. Das ist wirklich schwer. Wen von allen Menschen möchte ich am liebsten in meinem Bauch haben? Und die Antwort war: ihren Vater.

»Willst du als Papi herumlaufen?« fragte sie Bill, aber er antwortete nicht. Er besprach sich noch immer mit der großen Mehrheit unter der Erde.

Das Beste wäre doch Mr. Tree, dachte sie. Er lebt draußen auf dem Land mit den Schafen und trifft nicht viele Leute, und für Bill wäre das einfacher, weil er dann nicht so viel vom Reden wissen müßte. Mr. Tree ist genau zum richtigen Zeitpunkt verrückt geworden, dachte sie. Das weiß er aber nicht. Er wird sich wundern. Wo kann ich das machen? Heute; ich bitte Mama, daß sie nach der Schule mit uns hingeht. Und wenn sie nicht will, gehe ich alleine.

Die Glocke für den Unterricht schrillte, und sie ging mit den anderen Kindern zum Gebäude. An der Tür stand Mr. Barnes. Als sie gedankenverloren an ihm vorbeiging, sagte er: »Warum so tiefsinnig, Edie? Was beschäftigt dich denn so?«

»Sie, vor einer Weile«, sagte sie und blieb stehen. »Jetzt ist es

Mr. Tree.«

»Aha«, sagte Mr. Barnes. »Das hast du also gehört.«

Die anderen Kinder waren weitergegangen, und sie waren allein.

»Mr. Barnes«, sagte Edie, »finden Sie nicht, Sie sollten aufhören mit dem, was Sie mit meiner Mama machen? Es ist falsch. Bill sagt es, und er weiß Bescheid.«

Das Gesicht des Lehrers verfärbte sich, aber er sagte nichts, sondern ging mit dunkelrotem Gesicht zu seinem Pult. Habe ich es falsch ausgedrückt? dachte Edie. Ist er jetzt wütend auf mich? Vielleicht muß ich nachher dableiben und werde bestraft, vielleicht sagt er es Mama, und ich bekomme Prügel.

Entmutigt setzte sie sich hin.

Im feuchten, verfaulenden Laub unter den alten Eichen preßte Bonny Keller Hal Barnes an sich und dachte, daß das vermutlich das letztemal sein würde; sie hatte genug, und Hal hatte Angst, und wie sie aus alter Erfahrung wußte, war das eine tödliche Kombination.

»Gut«, murmelte sie, »dann weiß sie es eben. Aber sie ist ein Kind, sie begreift es nicht richtig.«

»Sie weiß, daß es falsch ist«, sagte Barnes.

Bonny seufzte.

»Wo ist sie jetzt?« fragte Barnes.

»Hinter dem großen Baum da drüben, sie schaut zu.«

Hal Barnes sprang hoch, wie von einem Messerstich getroffen; er fuhr herum, mit weit aufgerissenen Augen, dann erschlaffte er, als er begriff.

»Du mit deinen bösartigen Witzen«, murmelte er. Aber er kehrte nicht zu ihr zurück. Er blieb stehen, wo er war. »Wo ist sie wirklich?«

»Sie ist zu Jack Trees Ranch hinausgewandert.«

»Aber –« Er gestikulierte. »Der Mann ist doch geisteskrank! Wird er nicht – ich meine, ist das nicht gefährlich?«

»Sie ist nur hingegangen, um mit Terry zu spielen.« Sie setzte sich auf und zupfte Blätter aus ihrem Haar. »Ich glaube, er ist gar nicht dort. Als Bruno das letztemal gesehen wurde –«

»›Bruno‹«, wiederholte Barnes. Er sah sie seltsam an.

»Ich meine Jack.« Ihr Herz hämmerte.

»Er hat neulich davon gesprochen, er sei für die Stratosphärentests neunzehnhundertzweiundsiebzig verantwortlich gewesen«, sagte Barnes und starrte sie an.

»Er ist geisteskrank«, erklärte sie. »Nicht wahr? Er glaubt –«

»Er glaubt, er sei Bruno Bluthgeld, nicht wahr?«

Bonny zuckte die Achseln.

»Das auch, unter anderem.«

»Und er ist es, nicht wahr? Und Stockstill weiß es, du weißt es – dieser Neger weiß es.«

»Nein«, sagte sie, »der Neger weiß es nicht, und hör auf zu sagen, ›dieser Neger‹. Er heißt Stuart McConchie. Ich habe mit Andrew Gill gesprochen, und er sagt, er sei eine sehr feine, intelligente und lebendige Person.«

»Doktor Bluthgeld ist also nicht umgekommen«, sagte Barnes. »Er kam hierher. Er lebt hier unter uns. Der Mann, der für das, was geschehen ist, die meiste Verantwortung trägt.«

»Geh hin und bring ihn um«, sagte Bonny.

Barnes brummte etwas.

»Im Ernst«, sagte Bonny. »Mich betrifft das nicht mehr. Es wäre mir wirklich recht.« Das wäre eine gute, männliche Tat, dachte sie. Eine Abwechslung.

»Warum hast du versucht, eine solche Person zu schützen?«

»Ich weiß es nicht. Gehen wir zurück in den Ort. Ich habe keine Zigaretten mehr. Du kannst mich an der Zigarettenfabrik absetzen.« Sie ging zu Barnes' Pferd, das, an einen Baum gebunden, zufrieden Gras rupfte.

»Ein Schwarzer«, sagte Barnes bitter. »Jetzt läßt du dich mit dem ein. Da fühle ich mich wirklich geehrt.«

»Du Snob«, sagte sie. »Außerdem hast du Angst davor, weiterzumachen; du willst aufhören. Wenn du Edie das nächstemal siehst, kannst du wahrheitsgemäß sagen: Ich mache nichts Schändliches oder Böses mit deiner Mama, großes Ehrenwort. Richtig?« Sie stieg auf, ergriff die Zügel und wartete. »Komm schon, Hal.«

Eine Explosion ließ den Himmel aufflammen.

Das Pferd scheute, und Bonny sprang herunter, warf sich auf die Seite und rollte in das Dickicht. Bruno, dachte sie; kann er das wirklich sein? Sie umklammerte ihren Kopf und schluchzte vor Schmerzen; ein Ast hatte ihr die Kopfhaut aufgerissen, und das Blut lief durch ihre Finger. Barnes beugte sich über sie und zerrte sie hoch. »Bruno«, sagte sie. »Der Teufel soll ihn holen. Jemand wird ihn wirklich umbringen müssen. Man hätte es schon längst tun sollen – schon neunzehnhundertsiebzig, weil er da schon wahnsinnig war.« Sie zog ihr Taschentuch heraus und wischte sich das Blut ab. »Ich hab' mir wirklich wehgetan«, klagte sie.

»Das Pferd ist auch fort«, sagte Barnes.

»Es ist ein bösartiger Gott, der ihm diese Macht gegeben hat, wie sie auch beschaffen sein mag«, sagte sie. »Ich weiß, daß er das ist, Hal. Wir haben in den Jahren bisher viele seltsame Dinge erlebt, warum nicht auch das? Wir –« Sie verstummte, als ein zweiter weißer Lichtblitz mit ungeheurer Geschwindigkeit über den Himmel lief; die Bäume ringsumher bogen sich, und sie hörte hier und dort ein Splittern.

»Möchte wissen, wo das Pferd ist«, murmelte Barnes, stand vorsichtig auf und schaute sich um.

»Vergiß das Pferd«, sagte sie. »Wir müssen zu Fuß zurückgehen, das steht fest. Hör zu, Hal. Vielleicht kann Hoppy etwas tun; er hat auch merkwürdige Kräfte. Ich glaube, wir sollten zu ihm gehen und es ihm sagen. Er will sich nicht von einem Irren vernichten lassen. Meinst du nicht auch? Ich wüßte nicht, was wir sonst tun sollten.«

»Gute Idee«, sagte Barnes, aber er suchte noch immer nach dem Pferd; er schien nicht richtig zuzuhören.

»Unsere Strafe«, sagte Bonny.

»Was?«

»Du weißt schon. Für das, was Edie unser ›schändliches, böses Treiben‹ nennt. Ich dachte neulich nachts … vielleicht hätten wir mit all den anderen sterben sollen; vielleicht ist es gut, daß das jetzt geschieht.«

»Da ist das Pferd«, sagte Barnes und eilte davon. Die Zügel hatten sich in einem dicken Ast verfangen.

Der Himmel war rußschwarz geworden. Sie erinnerte sich an diese Farbe; ganz war sie nie verschwunden, nur blasser geworden.

Wieder gab es eine Explosion, diesmal weiter weg. Im Süden, dachte sie. Wie früher. San Francisco.

Sie schloß müde die Augen. Und gerade jetzt, wo dieser McConchie aufgetaucht ist, dachte sie. Was für ein Pech.

Der Hund vertrat ihr den Weg und stöhnte: »Treeees zzzztuuuun. Haaaaalt.« Er wuffte warnend. Sie sollte nicht weitergehen zu der Holzhütte.

Ja, dachte Edie, ich weiß, daß er zu tun hat. Sie hatte die Explosionen am Himmel gesehen.

»He, weißt du was?« sagte sie zu dem Hund.

»Waaaaaassss?« sagte der Hund neugierig; er hatte ein schlichtes Gemüt, wie sie wohl wußte. Man konnte ihn leicht täuschen.

»Ich hab' gelernt, einen Stock so weit zu werfen, daß ihn keiner findet«, sagte sie. Sie bückte sich und hob ein Stück Holz auf. »Soll ich es dir beweisen?«

In ihr sagte Bill: »Mit wem redest du?« Er war aufgeregt, weil der Augenblick näherrückte. »Ist es Mr. Tree?«

»Nein«, sagte sie, »nur der Hund.« Sie schwenkte den Stock. »Wetten, daß du ihn nicht findest?«

»Sssiiiiichr finnnnndihhhhn«, sagte der Hund und winselte aufgeregt. »Aaaaaaabeeeerr kannnnnn niiiiicht weetttn«, fügte er hinzu. »Haaaaaabknnnnnn Geeeeld.«

Aus der Hütte kam Mr. Tree, ganz plötzlich; überrascht erstarrten Edie und der Hund. Mr. Tree beachtete sie nicht; er ging einen kleinen Hügel hinauf und verschwand auf der anderen Seite.

»Mr. Tree?« rief Edie. »Vielleicht hat er jetzt nicht mehr zu tun«, sagte sie zu dem Hund. »Frag ihn, ja? Sag ihm, ich will mit ihm reden.«

Bill sagte unruhig in ihr: »Er ist nicht weit weg, oder? Ich weiß, daß er da ist. Ich bin bereit. Diesmal versuche ich es mit aller Kraft. Er kann fast alles, nicht?«

»Er hat keine Zähne«, sagte Edie, »aber sonst alles, was die meisten Leute haben.« Als der Hund gehorsam Mr. Tree nachlief, ging sie weiter. »Es dauert nicht mehr lange«, sagte sie. »Ich sage ihm: ›Mr. Tree, wissen Sie was? Ich hab' eine von den Entenflöten verschluckt, wie die Jäger sie haben, und wenn Sie sich herunterbücken, können Sie sie hören.‹ Was sagst du dazu?«

»Ich weiß nicht«, sagte Bill verzweifelt. »Was ist eine ›Entenflöte‹? Was ist eine Ente, Edie? Ist sie lebendig?«

»Du Feigling«, zischte sie. »Sei still.« Der Hund hatte Tree erreicht, und der Mann drehte sich um. Er kam mit zusammengezogenen Brauen zu ihr zurück.

»Ich bin sehr beschäftigt, Edie«, rief Mr. Tree. »Später – wir unterhalten uns später. Ich kann jetzt keine Störung gebrauchen.« Er hob die Arme und vollführte eine bizarre Bewegung in ihrer Richtung, als dirigiere er; er zog die Brauen zusammen und schwankte, und sie hätte am liebsten gelacht, so albern sah er aus.

»Ich wollte Ihnen nur etwas zeigen«, rief sie.

»Später!« Er sagte etwas zu dem Hund und entfernte sich.

»Jaaaasiirrr«, knurrte der Hund und lief zu dem Mädchen zurück. »Neeeeiiin«, sagte er. »Haaaaalt.«

Verflixt, dachte Edie. Heute geht es nicht; wir müssen es morgen versuchen.

»Geeeehhhh foooorrrtt«, sagte der Hund und fletschte die Zähne.

»Hören Sie, Mr. Tree –«, sagte Edie und verstummte, denn Mr. Tree war nicht mehr da. Der Hund drehte sich um, winselte, und Bill stöhnte in ihr.

»Edie«, rief Bill, »er ist fort, ich kann es spüren. Wo soll ich jetzt hin? Was soll ich machen?«

Hoch oben in der Luft flog ein winziger, schwarzer Fleck; Edie sah ihm nach. Es war Mr. Tree, mit ausgestreckten Armen, der sich immer wieder überschlug und wie ein Drachen stieg und herabsank. Was ist mit ihm passiert? fragte sie sich bedrückt. Sie wußte, daß Bill recht hatte; ihre Chance, ihr Plan, war für immer zunichte gemacht.

Irgend etwas hatte Mr. Tree gepackt und tötete ihn. Es hob ihn höher und immer höher, und dann kreischte Edie. Mr. Tree stürzte plötzlich herab. Er fiel wie ein Stein auf den Boden hinunter; sie schloß die Augen, und der Hund heulte klagend auf.

»Was ist?« rief Bill verzweifelt. »Wer hat das mit ihm gemacht? Man hat ihn weggeschafft, nicht?«

»Ja«, sagte sie und öffnete die Augen.

Mr. Tree lag am Boden, verkrümmt und zerschmettert, Beine und Arme in alle Richtungen gestreckt. Er war tot; sie wußte es, und der Hund auch. Der Hund trottete auf ihn zu, blieb stehen und schaute sich hilflos nach ihr um. Sie sagte nichts; sie blieb auch in einiger Entfernung stehen. Es war entsetzlich, was sie – wer es auch sein mochte – mit Mr. Tree gemacht hatten.

»Hoppy war das«, stöhnte Bill. »Hoppy hat Mr. Tree aus der Ferne umgebracht, weil er Angst vor ihm hatte. Mr. Tree ist jetzt unten bei den Toten. Ich kann ihn reden hören. Er sagt das; er sagt, Hoppy hat von seinem Haus hinausgegriffen und Mr. Tree gepackt und ihn hochgeschleudert?«

»Mensch«, sagte Edie. »Wieso hat Hoppy das gemacht? Wegen der Explosionen, die Mr. Tree am Himmel gemacht hat? Haben sie Hoppy gestört?«

Sie hatte Angst. Dieser Hoppy, dachte sie; er kann auf so große Entfernung töten, das kann sonst keiner. Wir sollten lieber vorsichtig sein. Sehr vorsichtig. Denn er könnte uns alle umbringen.

»Wir gehen besser zurück zum Ort«, sagte Edie. Sie entfernte sich langsam, während der Hund neben den zerschmetterten

Überresten von Mr. Tree sitzenblieb. Nur gut, daß du nicht gewechselt hast, dachte sie, denn wenn du in Mr. Tree gewesen wärst, wärst du jetzt tot.

Und er würde in mir leben, dachte sie. Vielleicht hätte er einen Weg gefunden, mich zu hindern, daß ich etwas Giftiges esse.

»Wir können es bei einem anderen versuchen«, sagte Bill. »Nicht wahr? Vielleicht bei dem Hund, ja?«

»Jetzt nicht«, sagte sie. »Ein andermal. Warte lieber noch.« Und sie begann zu laufen, zurück zum Ort.

14

Orion Stroud saß im Saal, klopfte auf den Tisch und sagte: »Mrs. Keller und Doktor Stockstill haben beantragt, daß die Jury von West Marin und der Bürgerrat sich versammeln, um eine wichtige Nachricht zu dem Todesfall zu hören, der heute passiert ist.«

Er schaute sich um, ob alle anwesend waren – Mrs. Tallman und Cas Stone und Fred Quinn und Mrs. Lully und Andrew Gill und Earl Colvig und Miss Costigan.

»Wie ich höre, ist entdeckt worden, daß Mr. Jack Tree, der bei uns gelebt hat –«

»Es war Bluthgeld«, sagte eine Stimme aus dem Publikum

»Richtig«, sagte Stroud. »Aber er ist jetzt tot. Es gibt also keinen Grund, sich Sorgen zu machen, das müssen Sie alle begreifen. Und es war Hoppy, der das gemacht hat. Wir sind nicht hier, um zu entscheiden, ob Hoppy dafür bestraft werden soll. Es gibt da kein Problem, weil Bluthgeld ein berüchtigter Kriegsverbrecher war und überdies noch seine magischen Kräfte dazu gebraucht hat, mit dem Krieg wieder anzufangen. Das wissen wohl alle hier, weil sie die Explosion gesehen haben. Also –« Er warf Andrew Gill einen Blick zu. »Es gibt einen Neuen hier, einen Neger namens Stuart McConchie, und normalerweise müßte ich zugeben, daß wir keine Schwarzen in West Marin willkommen heißen, aber wie ich höre, war McConchie auf Bluthgelds Spur, und deshalb erhält er die Erlaubnis, sich in West Marin niederzulassen, wenn er das will.«

Die Zuhörer murmelten zustimmend.

»Wir sind vor allem hier, um über eine Belohnung für Hoppy zu entscheiden. Wir wären durch Bluthgelds magische Kräfte wahrscheinlich alle getötet worden, und deshalb sind wir ihm großen Dank schuldig. Ich sehe, daß er nicht hier ist, weil er zu Hause zu tun hat. Schließlich ist er unser Faktotum und hat eine große Verantwortung. Hat jemand eine Vorstellung davon, wie wir Hoppy unsere Dankbarkeit bezeugen können?«

Andrew Gill stand auf und räusperte sich.

»Ich glaube, es ist angebracht, wenn ich ein paar Worte sage. Zuerst möchte ich Mr. Stroud und dieser Gemeinschaft dafür danken, daß sie meinen neuen Geschäftspartner, Mr. McConchie, willkommen heißen. Dann möchte ich eine Belohnung anbieten, die mir passend zu sein scheint, um Hoppys großen Dienst an dieser Gemeinschaft und der ganzen Welt zu würdigen. Ich möchte hundert Spezial-Luxus-Gold-Label-Zigaretten stiften.« Er verstummte, wollte sich setzen und fügte hinzu: »Und eine Kiste Gills Fünfstern.«

Das Publikum klatschte, pfiff und trampelte begeistert.

»Nun«, sagte Stroud lächelnd, »das ist wirklich allerhand. Mr. Gill hat wohl begriffen, was uns durch Hoppys Tat alles erspart geblieben ist. Durch Bluthgelds Explosionen sind eine ganze Reihe Eichen umgerissen worden. Wie Sie vielleicht wissen, war er auch gerade dabei, sich mit San Francisco zu befassen –«

»Das ist richtig«, sagte Bonny Keller.

»Die Leute dort wollen also vielleicht auch etwas dazu beisteuern, um Hoppy ihre Dankbarkeit zu beweisen. Das Beste, was wir tun können, und es ist viel, aber ich wünschte, wir könnten mehr tun, ist, Mr. Gills Geschenk weiterzugeben... Hoppy wird sich bestimmt freuen, aber ich dachte eigentlich eher an so etwas wie ein Denkmal, eine Statue, einen Park oder wenigstens eine Ehrentafel. Und – ich wäre bereit, das Land zu stiften, und ich bin sicher, daß Cas Stone da auch mitmacht.«

»Sehr richtig«, sagte Cas Stone mit Nachdruck.

»Hat sonst noch jemand eine Idee?« fragte Stroud. »Sie, Mrs. Tallman?«

»Es wäre angemessen, Mr. Harrington auf einen Ehrenposten zu wählen«, sagte Mrs. Tallman. »Etwa zum Präsidenten des Bürgerrats von West Marin, oder zum Sekretär des Schulausschusses. Zusätzlich zu dem Park oder Denkmal und dem Kognak und den Zigaretten, versteht sich.«

»Guter Gedanke«, sagte Stroud. »Also? Noch jemand? Wir wollen uns nichts vormachen. Hoppy hat uns allen das Leben gerettet. Bluthgeld hatte den Verstand verloren, wie alle wissen, die gestern bei der Lesung waren... er hätte uns alle dahin gebracht, wo wir vor sieben Jahren waren, und unsere ganze harte

Arbeit für den Wiederaufbau wäre umsonst gewesen.«

Die Zuhörer murmelten zustimmend.

»Wenn man über Magie verfügt wie er«, sagte Stroud, »ein Physiker wie Bluthgeld mit diesem enormen Wissen... die Welt ist noch nie in einer solchen Gefahr gewesen, habe ich recht? Nur ein Glück, daß Hoppy Gegenstände aus der Ferne bewegen kann, ein Glück, daß er die ganzen Jahre geübt hat, denn sonst wäre das nicht möglich gewesen.«

»Ich habe mit Edie Keller gesprochen, die dabei war«, sagte Fred Quinn, »und sie erzählte mir, daß Bluthgeld hoch in die Luft geschleudert worden ist, bevor Hoppy ihn zerschmettert hat.«

»Ich weiß«, sagte Stroud. »Ich habe mich auch mit Edie unterhalten.« Er schaute sich im Saal um. »Wenn jemand Einzelheiten erfahren will, kann Edie sie ihm sicher mitteilen. Nicht wahr, Mrs. Keller?«

Bonny, die steif und blaß dasaß, nickte.

»Immer noch Angst, Bonny?« fragte Stroud.

»Es war entsetzlich«, sagte Bonny.

»Ganz gewiß«, meinte Stroud, »aber Hoppy hat ihn erledigt.« Hoppy ist also sehr mächtig, dachte er. Vielleicht denkt Bonny daran. Vielleicht ist sie deshalb so still.

»Ich finde, das beste ist, wenn wir einfach zu Hoppy gehen und ihm sagen: ›Hoppy, was wünschen Sie sich als Zeichen unserer Dankbarkeit?‹« sagte Cas Stone. »Wir überlassen es ihm. Vielleicht gibt es etwas, das er sehr gern möchte, und wir wissen es nicht.«

Ja, dachte Stroud. Ganz richtig, Cas. Vielleicht will er vieles, wovon wir nichts wissen, und vielleicht möchte er es eines nicht sehr fernen Tages wirklich haben. Ob wir eine Delegation bilden und ihn danach fragen oder nicht.

»Bonny«, sagte er, »haben Sie gewußt, daß Jack Tree Bluthgeld war?«

Sie nickte stumm.

»Dann haben Sie es Hoppy gesagt?«

»Nein. Ich hatte es vor. Ich war schon unterwegs, aber es war schon geschehen. Er wußte Bescheid.«

Möchte wissen, woher er es wußte, dachte Stroud.

»Hoppy scheint fast alles zu können«, sagte Mrs. Lully mit schwankender Stimme. »Er ist offenbar sogar noch mächtiger als dieser Mr. Bluthgeld.«

»Richtig«, sagte Stroud.

Die Zuhörer murmelten nervös durcheinander.

»Aber er hat alle seine Fähigkeiten zum Nutzen der Gemeinschaft eingesetzt«, erklärte Andrew Gill. »Vergeßt das nicht. Denkt daran, daß er unser Faktotum ist und uns hilft, Dangerfield klar zu empfangen, wenn die Sendung gestört ist, und er macht Tricks und Imitationen, wenn wir Dangerfield nicht hören können – er macht vieles, und er hat uns das Leben vor einer neuerlichen Nuklearkatastrophe gerettet. Deshalb sage ich, Gott segne Hoppy und seine Fähigkeiten. Ich finde, wir sollten Gott dafür danken, daß wir einen Abnormalen wie ihn haben.«

»Richtig«, sagte Cas Stone.

»Ich bin auch dieser Meinung«, sagte Stroud vorsichtig. »Aber ich finde, wir sollten Hoppy vielleicht klarmachen, daß in Zukunft –« Er zögerte. »Getötet sollte nur nach dem Gesetz werden, wie bei Austurias, durch unsere Jury. Ich meine, Hoppy hat richtig gehandelt, und er mußte schnell handeln, sonst... aber die Jury ist die gesetzliche Körperschaft, die zu entscheiden haben sollte. Und Earl hier hat den Beschluß dann auszuführen. In Zukunft, meine ich. Das gilt nicht für Bluthgeld, weil er ein Sonderfall war, mit seinen magischen Kräften.« Man kann einen Menschen mit solchen Kräften nicht auf gewöhnliche Weise töten, dachte er. Wie Hoppy, zum Beispiel. Er schauderte.

»Was ist denn, Orion?« fragte Cas Stone.

»Nichts«, sagte Stroud. »Ich überlege nur, wie wir Hoppy unsere Dankbarkeit beweisen können. Wir schulden ihm so viel.«

Die Zuhörer brachen in ein aufgeregtes Gemurmel aus, als einer dem anderen erklärte, wie man Hoppy belohnen solle.

George Keller sah, wie blaß und angestrengt seine Frau aussah, und fragte: »Fühlst du dich nicht wohl?« Er legte die Hand auf ihre Schulter, aber sie schob ihn weg.

»Ich bin nur müde«, antwortete sie. »Ich bin über eine Meile gelaufen, glaube ich, als die Explosionen anfingen. Ich wollte zu Hoppy.«

»Woher hast du gewußt, daß Hoppy das kann?«

»Ach, das wissen wir alle. Wir wissen doch, daß er der einzige von uns ist, der auch nur annähernd über solche Kräfte verfügt. Das fiel uns – das fiel uns gleich ein, als ich die Explosionen sah.« Sie warf ihrem Mann einen Blick zu.

»Mit wem warst du zusammen?«

»Mit Barnes. Wir haben an der Bear Valley Ranch-Straße unter den Eichen Pfifferlinge gesucht.«

»Ich persönlich habe Angst vor Hoppy«, sagte George. »Schau – er ist nicht einmal hier. Er empfindet eine Art Verachtung für uns alle. Spürst du das?«

»Mag sein«, murmelte Bonny.

»Was wird jetzt mit uns geschehen?« fragte George. »Jetzt, nachdem wir Bluthgeld getötet haben? Wir sind besser dran, viel sicherer. Vielen ist ein Stein vom Herzen gefallen. Irgend jemand sollte Dangerfield unterrichten, damit er das verbreiten kann.«

»Das könnte Hoppy machen«, sagte Bonny tonlos. »Er kann alles. Fast alles.«

Orion Stroud klopfte wieder auf den Tisch.

»Wer möchte der Abordnung angehören, die zu Hoppy geht?« Er schaute sich um. »Freiwillige vor.«

»Ich gehe«, sagte Andrew Grill.

»Ich auch«, sagte Fred Quinn.

»Und ich«, sagte Bonny.

»Fühlst du dich auch wohl genug dafür?« fragte George.

»Sicher.« Sie nickte. »Es geht mir wieder gut. Bis auf die Kopfwunde.« Sie berührte automatisch den Verband.

»Und Sie, Mrs. Tallman?« fragte Stroud.

»Ja, ich gehe auch mit«, sagte Mrs. Tallman, aber ihre Stimme schwankte.

»Angst?« fragte Stroud.

»Ja.«

»Warum?«

»Ich – weiß nicht, Orion.«

»Ich gehe auch«, erklärte Stroud. »Dann sind wir fünf, drei Männer und zwei Frauen, das paßt ganz gut. Wir nehmen den Kognak und die Zigaretten mit und teilen ihm das andere mit, von der Ehrentafel, und daß er Präsident und Sekretär ist.«

»Vielleicht sollten wir eine Abordnung hinschicken, die ihn steinigt«, sagte Bonny leise.

George Kellers Atem stockte.

»Um Himmels willen, Bonny.«

»Das ist mein Ernst.«

»Du benimmst dich unmöglich«, sagte er wütend und verblüfft; er konnte sie nicht verstehen. »Was ist los?«

»Aber es würde natürlich nichts nützen«, fuhr sie fort. »Er würde uns zerschmettern, bevor wir hinkämen. Vielleicht macht er das jetzt mit mir.« Sie lächelte. »Weil ich das gesagt habe.«

»Dann halt den Mund!« Er starrte sie angstvoll an.

»Schon gut, ich bin ja still«, sagte sie. »Ich möchte nicht in die

Luft geschleudert und dann zu Boden geschmettert werden, wie Jack.«

»Das nehme ich doch auch an.« Er zitterte.

»Du bist ein Feigling«, sagte sie ruhig. »Nicht wahr? Ich weiß nicht, warum ich das bis jetzt nicht begriffen habe. Vielleicht empfinde ich deshalb so dir gegenüber.«

»Wie meinst du das?«

Bonny lächelte. Sie antwortete nicht. Es war ein hartes, haßerfülltes und kaltes Lächeln, und er verstand es nicht. Er fühlte sich elend.

»Mein Gott«, sagte er, »du nennst mich einen Feigling, weil ich nicht will, daß meine Frau zerschmettert wird.«

»Das ist mein Körper und mein Leben«, sagte Bonny. »Ich mache damit, was ich will. Ich habe keine Angst vor Hoppy, das heißt, eigentlich schon, aber ich denke nicht daran, mich ängstlich zu geben, wenn du den Unterschied begreifst. Ich gehe hin zu ihm und trete ihm ehrlich gegenüber. Ich danke ihm, aber ich glaube, ich werde ihm auch sagen, daß er in Zukunft vorsichtiger sein soll. Wir bestünden darauf.«

Er konnte nicht umhin, sie zu bewundern.

»Tu das«, drängte er. »Das wäre sehr gut, Liebes. Er sollte begreifen, wie uns zumute ist.«

»Danke«, sagte sie distanziert. »Vielen Dank, George, für deine Aufmunterung.« Sie wandte sich ab und hörte Orion Stroud zu.

George Keller fühlte sich elender als je zuvor.

Zuerst mußten sie zu Gills Fabrik, um die Zigaretten und den Schnaps zu holen.

»Was für geschäftliche Beziehungen nehmen Sie mit McConchie auf?« fragte Bonny Andrew Gill.

»Stuart wird meine Fabrik automatisieren«, sagte Gill.

»Und Sie werben dann über den Satelliten, wie?« fragte sie ungläubig. »Mit Reklamegesang. Soll ich vielleicht etwas komponieren?«

»Sicher, wenn es hilft«, sagte er.

»Ist Ihnen ernst mit der Automatisierung?« sagte sie.

»Ich weiß mehr, wenn ich Stuarts Boss in Berkeley besucht habe. Stuart und ich werden die Reise bald machen.« Er senkte die Stimme. »Bonny, warum kommen Sie nicht mit?«

»Warum?« fragte sie erstaunt.

»Es wäre gut für Sie, sich von George zu trennen, endgültig, meine ich. Das sollten Sie tun, Ihret- und seinetwegen.«

Sie nickte und sagte: »Aber –« Das schien zu weit zu gehen. »Dann würden alle Bescheid wissen. Meinen Sie nicht?«

»Bonny, sie wissen es doch schon alle«, sagte er.

»Oh.« Sie nickte betroffen. »Tja, was für eine Überraschung. Ich habe mich offenbar einer Täuschung hingegeben.«

»Kommen Sie mit nach Berkeley«, sagte Gill, »und fangen Sie von vorne an. In gewissem Sinn mache ich das auch. Ich werde dann eine richtige Fabrik haben, wie früher.«

»Und das ist gut?«

»Ja«, sagte Gill. »Ich habe es satt, die Zigaretten mit der Hand zu drehen. Ich versuche schon seit Jahren, mich freizumachen. Stuart hat mir den Weg gezeigt. Das hoffe ich wenigstens.«

In der Fabrik kniete Stuart McConchie zwischen den Arbeitern und prüfte Gills guten Ersatztabak.

»Hallo«, sagte sie zu ihm. »Können Sie seine Zigaretten auch verkaufen, wenn sie erst einmal vom Fließband kommen? Haben Sie sich das überlegt?«

»Ja«, sagte McConchie. »Wir haben Pläne für den Vertrieb in großem Maßstab ausgearbeitet. Mein Arbeitgeber, Mr. Hardy –«

»Ich glaube Ihnen«, unterbrach sie ihn. »Andy möchte, daß ich nach Berkeley mitfahre. Was sagen Sie dazu?«

»Sicher«, antwortete er vage.

»Ich könnte Ihre Empfangsdame sein«, sagte Bonny. »In Ihrer Zentrale. Mitten in der Stadt. Nicht wahr?« Sie lachte, aber weder McConchie noch Gill stimmten mit ein. »Ist das etwas Heiliges?« fragte sie. »Entweihe ich etwas, wenn ich einen Scherz mache? Dann entschuldige ich mich.«

»Schon gut«, sagte McConchie. »Wir machen uns nur Gedanken, weil noch vieles geklärt werden muß.«

»Vielleicht komme ich mit«, sagte sie. »Vielleicht löst das finanziell meine Probleme.«

Nun starrte McConchie sie prüfend an.

»Was für Probleme haben Sie? Die Gegend hier ist doch sehr schön. Sie können Ihre Tochter aufziehen, und da Ihr Mann Chef der Schule –«

»Bitte«, sagte sie. »Hören Sie auf.« Sie ging zu Gill, der die Zigaretten für den Phocomelus in eine Metallschachtel verpackte.

In einer Ecke schrieb Orion Stroud eine Rede, die er vor Hoppy halten wollte. Bonny lächelte über die allgemeine Ernsthaftigkeit. Ob Hoppy beeindruckt sein würde? Vielleicht würde er sich amüsieren oder sogar bittere Verachtung empfinden. Nein, dachte sie, es wird ihm gefallen – das weiß ich.

Dr. Stockstill fragte zweifelnd: »Sind Sie sicher, daß er mich hören kann? Die Sendung erreicht den Satelliten wirklich?« Er berührte versuchsweise den Knopf am Mikrofon.

»Ich kann nicht voll garantieren, daß er Sie hört«, sagte Hoppy kichernd, »ich kann nur versichern, daß das ein Fünfhundert-Watt-Sender ist. Nach den früheren Maßstäben nicht viel, aber man kann ihn damit erreichen. Ich habe das oft genug getan.« Er grinste. »Nur zu. Hat er oben ein Sofa, oder geht es auch ohne?«

»Es geht auch ohne«, sagte Stockstill. Er drückte auf den Knopf und sagte: »Mr. Dangerfield, hier ist ein – Arzt, hier unten in West Marin. Ihr Zustand macht mir Sorgen. Versteht sich. Wir machen uns alle Sorgen. Ich, äh, dachte, ich könnte Ihnen vielleicht helfen.«

»Sagen Sie ihm die Wahrheit«, meinte Hoppy. »Sagen Sie ihm, daß sie Psychoanalytiker sind.«

»Früher bin ich Psychoanalytiker gewesen«, sagte Stockstill vorsichtig, »Psychiater. Jetzt bin ich natürlich praktischer Arzt. Können Sie mich hören?« Er lauschte, aber aus dem Lautsprecher drang nur ein Rauschen. »Er hört mich nicht«, sagte er entmutigt zu Hoppy.

»Es dauert, bis die Verbindung hergestellt ist«, erklärte Hoppy. »Versuchen Sie es noch einmal.« Er kicherte. »Sie glauben also, es liegt nur an seiner Psyche. Hypochondrie. Sind Sie da so sicher? Na ja, das können Sie ruhig annehmen, weil Sie praktisch ohnehin nichts tun können, wenn es nicht stimmt.«

Dr. Stockstill drückte wieder auf den Knopf und sagte: »Mr. Dangerfield, hier ist Stockstill in West Marin, Kalifornien. Ich bin Arzt.« Es erschien ihm aussichtslos, weiterzumachen, aber andererseits –

»Erzählen Sie ihm von Bluthgeld«, sagte Hoppy plötzlich.

»Okay«, sagte Stockstill.

»Sie können ihm meinen Namen sagen«, fuhr Hoppy fort. »Sagen Sie ihm, daß ich das getan habe. Ich –« Der Phocomelus verstummte, weil aus dem Lautsprecher eine schwache Stimme drang.

»...hallo, Doktor. Hier ist Walt Dangerfield.«

»Gut«, sagte Stockstill sofort. »Dangerfield, ich möchte mit Ihnen über Ihre Schmerzen sprechen. Haben Sie eine Papiertüte oben? Wir versuchen es mit Kohlendioxydtherapie, wir beide. Nehmen Sie die Papiertüte und blasen Sie hinein. Blasen Sie immer wieder hinein und atmen Sie diese Luft, bis Sie reines Kohlendioxyd atmen. Verstehen Sie? Das ist nur so eine Idee, aber mit einer plausiblen Grundlage. Zuviel Sauerstoff löst nämlich im Zwischenhirn Reaktionen aus, die im sympathischen Nervensystem zu einem bösartigen Kreislauf führen. Eines der Symptome eines zu aktiven Nervensystems ist Hyperperistaltik, an der Sie vielleicht leiden. Im Grunde ist das ein Angstsymptom.«

Der Phocomelus schüttelte den Kopf und rollte davon.

»Tut mir leid ...«, sagte die Stimme im Lautsprecher. »Ich verstehe nicht, Doktor. In eine Papiertüte atmen, sagen Sie? Wie wäre es mit einem Kunststoffbeutel? Könnte ich da nicht erstikken? Hören Sie, kann ich aus den hier vorhandenen Stoffen Phenobarbital gewinnen? Ich gebe Ihnen eine Liste, und –« Die atmosphärischen Störungen übertönten Dangerfields Stimme. Als sie wieder zu hören war, sprach sie von etwas anderem. Vielleicht lassen seine Geisteskräfte nach, dachte Stockstill.

»Die Isolierung im Weltraum erzeugt ihre eigenen störenden Erscheinungen«, sagte Stockstill, »weil die Rückkopplung der freischwebenden Angst somatische Folgen hat.« Er hatte das Gefühl, daß er es ganz falsch machte, daß er schon gescheitert war. »Mr. Dangerfield, ich möchte diese Rückkopplung unterbrechen, und der Trick mit dem Kohlendioxyd könnte das bewirken. Wenn die Verspannungssymptome nachgelassen haben, können wir eine Art Psychotherapie beginnen, eingeschlossen die Rückholung vergessener Traumata.«

»Meine Traumata sind nicht vergessen«, erwiderte Dangerfield trocken. »Ich erlebe sie ständig. Es ist eine Form von Platzangst, und zwar eine sehr schwere.«

»Platzangst ist eine Phobie, die man direkt aufs Zwischenhirn zurückführen kann, weil es sich um eine Störung des Raumgefühls handelt. Das hängt zusammen mit der Panikreaktion auf die Gegenwart oder eingebildete Gegenwart von Gefahr; es ist ein unterdrückter Trieb, die Flucht zu ergreifen.«

»Na, und wohin kann ich fliehen, Doktor?« fragte Dangerfield. »Wir wollen realistisch sein. Was, in Gottes Namen, kann die Psychoanalyse für mich leisten? Ich bin ein kranker Mann. Ich brauche eine Operation, und nicht den Quatsch, den Sie mir anbieten.«

»Sind Sie sicher?« sagte Stockstill und kam sich hilflos und albern vor. »Das nimmt Zeit in Anspruch, gewiß, aber Sie und ich haben wenigstens einen ersten Kontakt; Sie wissen, daß ich hier unten versuche, Ihnen zu helfen, und ich weiß, daß Sie mir zuhören.« Du hörst doch zu, oder? fragte er im stillen. »Ich glaube, daß wir also schon etwas bewirkt haben.«

Er wartete. Er hörte nichts.

»Hallo, Dangerfield?« sagte er ins Mikrofon.

Stille.

»Entweder er hat abgeschaltet, oder der Satellit ist schon zu weit weg«, sagte der Phocomelus hinter ihm. »Glauben Sie, daß Sie ihm helfen können?«

»Ich weiß es nicht. Aber ich weiß, daß der Versuch sich lohnt.«

»Wenn Sie vor einem Jahr begonnen hätten –«

»Aber das wußte doch niemand.«

»Mehr Glück morgen nachmittag«, sagte Hoppy mit einem beinahe verächtlichen Lächeln. Stockstill hörte aber eine tiefe Trauer heraus trotz allem. Hatte Hoppy Mitleid mit ihm, weil er sich umsonst bemühte? Oder mit dem Mann im Satelliten?

»Ich werde es weiter versuchen«, sagte Stockstill.

Jemand klopfte an die Tür.

»Das wird die offizielle Abordnung sein«, sagte Hoppy. Er lächelte breit und fuhr zur Tür, um sie aufzureißen.

Dort standen Orion Stroud, Andrew Gill, Cas Stone, Bonny Keller und Mrs. Tallman, alle nervös und verlegen.

»Harrington«, sagte Stroud, »wir haben etwas für Sie, ein kleines Geschenk.«

»Fein«, sagte Hoppy und grinste ihn an. »Sehen Sie?« sagte er zu Stockstill. »Hab' ich es Ihnen nicht gesagt? Sie wollen ihre Dankbarkeit bezeugen.« Er sah Stroud an. »Kommt herein. Ich habe schon gewartet.« Sie betraten sein Haus.

»Was haben Sie gemacht?« fragte Bonny, als sie Stockstill am Sender stehen sah.

»Versucht, Dangerfield zu erreichen.«

»Therapie?«

»Ja.«

»Aber ohne Glück.«

»Wir versuchen es morgen wieder.«

Orion Stroud, der seine eigentliche Absicht vergessen zu haben schien, sagte: »Richtig, Doktor, Sie sind ja früher Psychiater gewesen.«

»Also, was habt ihr mir mitgebracht?« fragte Hoppy ungeduldig. Er sah die Zigaretten und den Kognak. »Ist das für mich?«

»Ja«, sagte Gill. »Aus Dankbarkeit.«

Kiste und Schachtel wurden ihm aus den Händen genommen; er blinzelte, als sie auf den Phoco zuschwebten und vor dem Mobil auf den Boden sanken. Hoppy öffnete mit fliegender Hast.

»Äh«, sagte Stroud betroffen, »wir wollen etwas erklären. Kann ich jetzt anfangen, Hoppy?«

»Sonst noch was?« fragte Hoppy scharf. »Was habt ihr noch mitgebracht, um euch zu revanchieren?«

Ich hatte keine Ahnung, daß er so naiv ist, dachte Bonny. Nur ein kleines Kind.. wir hätten viel mehr bringen sollen, und alles hätte hübsch verpackt sein müssen, mit Schleifchen und Kärtchen und so bunt wie möglich. Er darf nicht enttäuscht werden. Unser Leben hängt davon ab.

»Sonst nichts?« fragte Hoppy enttäuscht.

»Noch nicht«, sagte Stroud. »Aber das kommt noch.« Er warf den anderen einen Blick zu. »Die *richtigen* Geschenke müssen sorgfältig vorbereitet werden, Hoppy. Das ist erst ein Anfang.«

»Aha«, sagte der Phocomelus, aber es klang nicht überzeugt.

»Ehrlich«, sagte Stroud. »Das ist die Wahrheit, Hoppy.«

»Ich rauche nicht«, sagte Hoppy und starrte die Zigaretten an. Er griff nach einer Handvoll und zerdrückte sie. »Das erzeugt Krebs.«

»Nun«, sagte Gill, »das hat alles zwei Seiten. Ich –«

Der Phocomelus kicherte.

»Ich glaube, das ist alles, was ihr mir geben wollt.«

»Nein, es gibt ganz gewiß noch mehr«, sagte Stroud.

Es wurde still im Zimmer.

In einer Ecke schwebte etwas, eine Senderöhre, in die Luft, flog durch den Raum und zerbarst an der Wand.

»›Noch mehr‹«, äffte Hoppy Stroud nach. »›Es gibt ganz gewiß noch mehr.‹«

15

Walt Dangerfield hatte sechsunddreißig Stunden halb bewußtlos auf seiner Koje gelegen. Er wußte jetzt, daß es kein Magengeschwür war. Es war Herzversagen, und wahrscheinlich würde er bald tot sein. Trotz der Worte Stockstills.

Der Sender des Satelliten hatte immer wieder ein Programm mit leichter Musik von einem Tonband übertragen; er besaß nicht einmal die Kraft, um aufzustehen und es abzuschalten.

Diese Psychoanalytiker, dachte er bitter. In eine Papiertüte atmen. Es war wie ein Traum gewesen... die schwach vernehmbare Stimme, so voller Zuversicht. So irrig in ihren Annahmen.

Von überall auf der Welt trafen Botschaften ein, als der Satellit seine Bahn immer wieder durchlief; seine Aufnahmegeräte fingen sie ein und speicherten sie, aber das war alles. Antworten konnte Dangerfield nicht mehr.

Ich werde es ihnen sagen müssen, dachte er. Die Zeit ist wohl gekommen.

Auf Händen und Knien kroch er zum Sitz am Mikrofon, von dem aus er sieben Jahre lang für die Welt gesendet hatte. Nachdem er eine Weile sitzengeblieben war, um sich zu erholen, schaltete er eines der Bandgeräte ein, griff nach dem Mikrofon und diktierte eine Mitteilung, die, wenn sie vollständig war, endlos abgespielt werden würde, anstelle der Konzertmusik.

»Meine Freunde, hier spricht Walt Dangerfield. Er möchte sich für die lange Zeit bedanken, die er mit euch verbringen konnte. Ich fürchte aber, daß mein Zustand es mir nicht erlaubt, weiterzumachen. Mit großem Bedauern melde ich mich deshalb zum letztenmal –« Er sprach mühsam weiter, wählte seine Worte mit Bedacht und versuchte, seine Zuhörer da unten so wenig wie möglich zu beunruhigen. Aber er sagte nichtsdestoweniger die Wahrheit; er teilte mit, daß dies das Ende für ihn sei, und daß sie einen anderen Weg finden mußten, um sich zu verständigen. Dann schaltete er das Mikrofon ab und ließ in einem müden Reflex das Band ablaufen.

Es war leer. Es enthielt nichts, obwohl er eine Viertelstunde lang gesprochen hatte.

Offenbar war die Anlage aus irgendeinem Grund defekt, aber er war zu krank, um sich noch darum zu kümmern; er schaltete das Mikrofon wieder ein, drückte auf Tasten an der Konsole und machte sich bereit, seine Botschaft live zu senden. Die Leute dort unten würden die anderen Gegenden eben verständigen müssen; es gab keinen anderen Weg.

»Meine Freunde«, begann er von neuem, »hier spricht Walt Dangerfield. Ich habe eine schlechte Nachricht für Sie, aber –« Und dann begriff er, daß er in ein totes Mikrofon sprach. Der Lautsprecher über seinem Kopf war ausgefallen; nichts wurde übertragen. Somit hätte er seine eigene Stimme über das Monitorsystem hören müssen.

Während er dasaß und herauszubekommen versuchte, was geschehen war, fiel ihm etwas anderes auf, etwas viel Seltsameres und Unheimlicheres.

Die Systeme rings um ihn waren in Betrieb. Waren schon seit geraumer Zeit in Betrieb, allem Anschein nach. Die Hochgeschwindigkeits-Aufzeichnungs- und Bandgeräte, die er nie benützt hatte – auf einmal rotierten die Spulen, zum erstenmal seit sieben Jahren. Relais klickten; eine Spule kam zum Stillstand, eine andere begann sich zu drehen, diesmal mit geringerer Geschwindigkeit.

Das verstehe ich nicht, sagte er zu sich. Was geht da vor?

Offenbar nahmen die Systeme mit hoher Geschwindigkeit auf, und jetzt hatte eines auf Wiedergabe umgeschaltet – aber was war der Auslöser dafür? Er selbst hatte nichts getan. Meßskalen zeigten ihm, daß der Sender des Satelliten in Betrieb war, und noch während ihm das klarwurde, während er begriff, daß die Botschaften, die aufgefangen und aufgezeichnet worden waren, nun gesendet wurden, hörte er, wie der Lautsprecher über ihm sich wieder einschaltete.

»Hall-o, hall-o, hall-o«, sagte eine – seine – Stimme fröhlich. »Da ist euer alter Freund, Walt Dangerfield, wieder. Die Konzertmusik bitte ich zu verzeihen. Kommt nicht mehr vor.«

Wann habe ich das gesagt? fragte er sich, während er dumpf zuhörte. Er war schockiert und verwirrt. Seine Stimme klang so lebendig, so wohlgelaunt; wie kann ich jetzt so klingen? dachte er. So habe ich früher gesprochen, als ich noch gesund war, und als *sie* noch lebte.

»Also«, sagte seine Stimme, »das Unwohlsein, unter dem ich gelitten habe... offenbar sind Mäuse in die Vorratsschränke gekommen, und ihr werdet lachen, wenn ihr euch vorstellt, wie Walt Dangerfield hier oben am Himmel Mäuse bekämpft, aber es ist wahr. Jedenfalls ist so manches schlecht geworden, und ich habe es nicht rechtzeitig bemerkt... aber für meinen Bauch war das natürlich nicht erfreulich. Immerhin –« Er hörte sich lachen. »Jetzt bin ich wieder in Ordnung. Ich weiß, daß euch das freuen wird, euch alle da unten, die ihr so nett gewesen seid, Genesungswünsche zu schicken, und dafür bedanke ich mich herzlich.«

Walt Dangerfield stand auf und ging unsicher zu seiner Koje; er legte sich hin, schloß die Augen und dachte wieder an den Schmerz in seiner Brust, und daran, was er bedeutete. Angina pectoris, dachte er, soll sein, wie wenn eine große Faust zudrückt; das ist eher ein brennender Schmerz. Wenn ich die medizinischen Daten auf dem Mikrofilm noch einmal überprüfen könnte... vielleicht habe ich etwas übersehen. Das liegt, zum Beispiel, genau unter dem Brustbein, nicht links davon. Hat das etwas zu bedeuten?

Oder vielleicht fehlt mir gar nichts, dachte er, als er sich wieder aufraffte. Vielleicht hatte Stockstill recht; vielleicht bilde ich mir das nur ein, weil ich schon so viele Jahre allein bin.

Aber er glaubte nicht daran. Dafür war das viel zu echt.

Es gab noch etwas, das ihn beunruhigte. Der Schmerz schien immer ärger zu werden, wenn sein Satellit Nordkalifornien überflog.

Mitten in der Nacht weckte Bill Kellers erregte Stimme seine Schwester.

»Was ist denn?« fragte Edie schläfrig. Sie setzte sich auf und rieb sich die Augen.

»Hoppy Harrington!« sagte er tief in ihr. »Er hat den Satelliten übernommen! Hoppy hat Dangerfields Satelliten übernommen!« Er schnatterte aufgeregt weiter.

»Woher weißt du das?«

»Weil Mr. Bluthgeld es sagt; er ist zwar jetzt unten, aber er kann immer noch sehen, was oben vorgeht. Er kann nichts tun und ist wütend. Er weiß noch immer alles über uns. Er haßt Hoppy, weil Hoppy ihn zerschmettert hat.«

»Was ist mit Dangerfield?« fragte sie. »Ist er schon tot?«

»Er ist nicht unten«, erwiderte ihr Bruder nach einer langen Pause. »Wahrscheinlich nicht.«

»Wem soll ich etwas sagen?« fragte Edie.

»Sag es Mama«, drängte ihr Bruder. »Geh sofort rein.«

Edie stieg aus dem Bett, huschte zur Tür und lief durch den Flur zum Schlafzimmer ihrer Eltern; sie riß die Tür auf und rief: »Mama, ich muß dir etwas sagen –« Und dann versagte ihre Stimme, weil ihre Mutter nicht da war. Nur eine Gestalt lag im Bett, ihr Vater. Ihre Mutter war fort – das wußte sie augenblicklich mit voller Gewißheit – und würde nie mehr zurückkommen.

»Wo ist sie?« lärmte Bill in ihr. »Ich weiß, daß sie nicht da ist. Ich kann sie nicht spüren.«

Edie machte die Tür leise zu. Was soll ich machen? fragte sie sich. Sie ging ziellos durch das Haus, vor Kälte zitternd. »Sei still«, sagte sie zu Bill, und seine Stimme wurde ein wenig leiser.

»Du mußt sie finden«, sagte er immer wieder.

»Ich kann nicht«, sagte sie. Sie wußte, daß es aussichtslos war.

»Ich muß erst nachdenken«, sagte sie und ging zurück ins Schlafzimmer, um Bademantel und Hausschuhe zu holen.

»Sie haben es hier sehr schön«, sagte Bonny zu Ella Hardy. »Es ist sonderbar, nach so langer Zeit wieder in Berkeley zu sein.« Sie fühlte sich völlig erschöpft. »Ich muß mich hinlegen«, sagte sie. Es war zwei Uhr früh. Sie warf Andrew Gill und Stuart einen Blick zu und sagte: »Wir haben es sehr schnell geschafft, nicht wahr? Noch vor einem Jahr hätte es drei Tage länger gedauert.«

»Ja«, sagte Gill gähnend. Er wirkte auch müde; er hatte den Pferdewagen fast die ganze Zeit selbst gelenkt.

»Um diese Zeit hören wir meist dem Satelliten zu, der so spät noch einmal vorbeikommt, Mrs. Keller«, sagte Mr. Hardy.

»Oh«, sagte sie, ohne sich eigentlich dafür zu interessieren, aber aus Höflichkeit würden sie ein paar Minuten zuhören müssen. »Ihr habt also am Tag zwei Übertragungen hier.«

»Ja«, sagte Mrs. Hardy, »und es lohnt sich, für die Spätsendung aufzubleiben, wenngleich in den letzten Wochen ...« Sie gestikulierte. »Sie wissen es sicher so gut wie wir. Dangerfield ist schwer krank.«

Sie schwiegen alle einen Augenblick.

»Gestern haben wir ihn gar nicht hören können«, sagte Mr. Hardy, »abgesehen von einem leichten Musikprogramm, das er automatisch immer wieder hat ablaufen lassen... und so –« Er schaute sich in der Runde um. »Deshalb setzen wir so große Hoffnung auf die Spätsendung heute.«

Morgen gibt es so viel zu tun, dachte Bonny, aber er hat ja recht; dafür müssen wir aufbleiben. Wir müssen wissen, was im Satelliten vorgeht; es ist zu wichtig für uns alle. Sie war ein wenig traurig. Walt Dangerfield, dachte sie, stirbst du da oben ganz allein? Bist du schon tot, und wir wissen es noch nicht?

»Ich schalte ein«, sagte Hardy nach einem Blick auf die Uhr. Er ging durch den Raum zum Radio und schaltete ihn ein. »Er braucht lange, bis er warm wird«, erklärte er. »Ich glaube, eine Röhre ist schon schwach. Wir haben die Faktotum-Gesellschaft von West Berkeley gebeten, einmal nachzusehen, aber die Leute sind so überlastet, daß es eine Weile dauern wird. Ich würde mich selbst darum kümmern, aber –« Er zuckte die Achseln. »Bei meinem letzten Reparaturversuch habe ich nur noch mehr kaputtgemacht.«

»Sie werden Mr. Gill noch abschrecken«, sagte Stuart.

»Nein«, sagte Gill, »das verstehe ich sehr gut. Radiogeräte sind

Sache der Faktoten. In West Marin ist das nicht anders.«

»Stuart sagte, Sie hätten früher hier gewohnt«, sagte Mrs. Hardy zu Bonny.

»Ich habe einige Zeit im Strahlungslabor gearbeitet«, antwortete Bonny. »Und dann war ich in Livermore, auch für die Universität. Natürlich –« Sie zögerte. »Alles hat sich so verändert. Ich würde Berkeley nicht wiedererkennen. Als wir durchfuhren, habe ich nichts gesehen, was ich erkannt hätte, außer der San Pablo Avenue. Die vielen kleinen Läden – sie sehen alle neu aus.«

»Das sind sie auch«, sagte Dean Hardy. Aus dem Lautsprecher kam ein Rauschen, und er beugte sich aufmerksam vor. »Gewöhnlich empfangen wir die Spätsendung auf etwa sechshundertvierzig Kilohertz. Entschuldigen Sie mich.« Er drehte ihnen den Rücken zu und bückte sich zum Gerät hinunter.

»Dreh die Fettlampe höher, damit er besser sehen kann«, sagte Gill.

Bonny tat es und staunte darüber, daß man sogar in der Stadt noch von der primitiven Fettlampe abhängig war; sie hatte angenommen, daß es hier längst wieder Elektrizität gab, wenigstens stundenweise. In mancher Beziehung hinkte man sogar noch hinter West Marin her. Und in Bolinas –

»Ah«, sagte Mr. Hardy. »Ich glaube, ich habe ihn. Und Operettenmusik wird auch nicht mehr gespielt.« Er strahlte.

»Du meine Güte«, sagte Ella Hardy, »ich hoffe ja so, daß es ihm bessergeht.«

Aus dem Lautsprecher sagte eine freundliche, vertraute Stimme: »Hall-o, ihr Nachtschwärmer da unten. Wer kann das wohl sein, der hier hall-o, hall-o, hall-o sagt?« Dangerfield lachte. »Ja, Leute, ich bin auf den Beinen, endlich wieder. Ich sitze da und bediene meine Anlagen wie ein junger Mann – jawohl, Sir.«

»Hört ihr ihn?« fragte Ella Hardy. »Es geht ihm besser. Man hört es. Er sagt es nicht nur, man hört es auch.«

»Hall-o, hall-o, hall-o«, sagte Dangerfield. »Also, mal sehen, was es Neues gibt. Sie haben sicher von dem Feind Nummer eins gehört, dem ehemaligen Physiker, an den wir uns alle so gut erinnern. Von unserem guten Freund Doktor Bluthgeld. Sie werden ja inzwischen alle wissen, daß er nicht mehr unter uns weilt. Jawohl.«

»Ich habe ein Gerücht darüber gehört«, sagte Mr. Hardy aufgeregt. »Ein Hausierer, der mit dem Ballon mitgekommen ist –«

»Psst«, sagte Ella Hardy.

»Ja, gewiß«, sagte Dangerfield. »Eine gewisse Person in Nordkalifornien hat es Doktor B. besorgt. Endgültig. Und wir sind der kleinen Person sehr zu Dank verpflichtet, Leute, denn – nun, man muß bedenken, daß sie ein bißchen behindert ist. Und trotzdem konnte sie tun, was sonst niemand hätte tun können.« Dangerfields Stimme klang jetzt hart und scharf, wie sie sie alle noch nie gehört hatten. Sie sahen einander unsicher an. »Ich spreche von Hoppy Harrington, meine Freunde. Den Namen kennt ihr nicht? Solltet ihr aber, denn ohne Hoppy Harrington wäre keiner von euch mehr am Leben.«

Hardy rieb sich das Kinn, zog die Brauen zusammen und sah Ella fragend an.

»Dieser Hoppy Harrington«, fuhr Dangerfield fort, »hat Doktor B. aus über vier Meilen Entfernung zerschmettert, und es war leicht. Sehr leicht. Ihr haltet es für unmöglich, daß jemand hingreift und einen Mann packt, der vier Meilen entfernt ist? Das sind verdammt lange Arme, was? Und enorm starke Hände. Nun, ich will euch noch etwas sagen.« Die Stimme nahm einen vertraulichen Ton an und flüsterte: »Hoppy hat überhaupt keine Arme und Hände.« Dann verstummte Dangerfield.

»Andrew, das ist er, nicht wahr?« sagte Bonny leise.

Gill drehte sich um.

»Ja, ich glaube schon.«

»Wer?« fragte Stuart McConchie.

Die Stimme im Lautsprecher sprach weiter, ruhiger, aber auch dumpfer.

»Man hat einen Versuch unternommen, Mr. Harrington zu belohnen«, sagte sie gepreßt. »Es war nicht viel. Ein paar Zigaretten und schlechter Schnaps – wenn man das eine ›Belohnung‹ nennen kann. Und leere Phrasen von einem billigen Lokalpolitiker. Das war alles – das war es, für einen Mann, der uns alle gerettet hat. Man dachte sich wohl –«

»Das ist nicht Dangerfield«, sagte Ella Hardy.

»Wer ist das? Sagen Sie es.« Mr. Hardy starrte Gill und Bonny an.

»Es ist Hoppy«, sagte Bonny. Gill nickte.

»Ist er da oben?« fragte Stuart. »Im Satelliten?«

»Ich weiß es nicht«, erwiderte Bonny. Aber kam es darauf an? »Er hat die Kontrolle darüber, das zählt.« Und wir dachten, wir könnten entkommen, wenn wir nach Berkeley gehen, dachte sie. »Ich wundere mich nicht. Er hat sich lange vorbereitet. Alles andere waren nur Proben für das hier.«

»Aber genug davon«, sagte die Stimme im Lautsprecher. »Ihr werdet noch mehr hören über den Mann, der uns alle gerettet hat; ich halte euch auf dem laufenden, von Zeit zu Zeit... der alte Walt vergißt das nicht. Inzwischen ein bißchen Musik. Wie wär's mit etwas echter, alter Banjomusik? ›Out on Penny's Farm‹, gespielt von Pete Seeger, dem größten aller Folkmusiksänger.« Es gab eine Pause, dann ertönten die Klänge einer Symphonie.

»Ganz hat er es noch nicht im Griff«, meinte Bonny nachdenklich. »Ein paar Stromkreise machen sich noch immer selbständig.«

Die Musik hörte plötzlich auf. Es trat wieder Stille ein, dann ertönte etwas bei falscher Geschwindigkeit; es quietschte wild und wurde abgeschaltet. Bonny lächelte. Erst Augenblicke später war Banjomusik zu hören.

›Hard times in the country,
Out on Penny's Farm.‹

Es war eine Tenorstimme, die zur Banjobegleitung sang. Die Leute im Raum hörten aus alter Gewohnheit zu, aber Bonny spürte die Scham und Verzweiflung der anderen. Niemand hier begriff ganz, was geschehen war; sie selbst empfand nur eine dumpfe Betäubung. Sie hatten Dangerfield wieder und doch auch nicht; sie hatten die leere Form, das Äußere, aber nichts sonst. Eine Hülle, die sich über die lebende Substanz gelegt und sie erstickt hatte.

Die Ermordung, die langsame Zerstörung Walt Dangerfields war bewußt erfolgt, dachte Bonny, und sie kam nicht aus dem Weltraum, sondern von unten, von der Erde. Dangerfield war nicht an den langen Jahren der Einsamkeit gestorben, sondern er war getötet worden durch Instrumente auf der Welt, die er zu vereinen versucht hatte. Wenn er sich von uns hätte lösen können, dachte sie, wäre er noch am Leben.

»Das ist furchtbar«, sagte Gill tonlos.

»Furchtbar«, sagte Bonny, »aber unausweichlich. Er war zu verwundbar da oben. Wenn Hoppy es nicht getan hätte, wäre irgendwann ein anderer gekommen.«

»Was sollen wir tun?« fragte Mr. Hardy. »Wenn Sie Ihrer Sache so sicher sind, sollten wir –«

»Oh, wir sind ganz sicher«, sagte Bonny. »Es gibt keinen Zweifel. Sie meinen, wir sollten eine Abordnung bilden und zu Hoppy gehen, noch einmal? Ihn bitten, daß er aufhört? Mich würde interessieren, was er dazu sagt.« Ich möchte wissen, wie nah wir an sein Haus herankommen würden, bevor er uns vernichten würde. Vielleicht sind wir schon zu nah dran, selbst hier.

Nicht für die ganze Welt möchte ich näher hingehen, dachte sie. Ich glaube sogar, ich gehe noch weiter weg; ich bringe Andrew Gill dazu, daß er mitgeht, und wenn er nicht, dann Stuart, und wenn der nicht, dann irgendein anderer. Ich ziehe immer weiter; ich bleibe nie an einem Ort, vielleicht bin ich dann vor Hoppy sicher. Die anderen sind mir jetzt gleichgültig, weil ich zuviel Angst habe; nur ich bin mir noch wichtig.

»Andy«, sagte sie, »hör zu. Ich will weg.«

»Aus Berkeley, meinst du?«

»Ja.« Sie nickte. »Die Küste hinunter nach Los Angeles Ich weiß, daß wir es schaffen können. Wir könnten hinkommen und in Sicherheit sein. Ich weiß es.«

»Ich kann nicht, Liebes«, erwiderte Gill. »Ich muß zurück nach West Marin, ich habe mein Geschäft dort – ich kann es nicht aufgeben.«

»Du willst nach West Marin zurückgehen?« fragte sie entsetzt.

»Ja. Warum nicht? Wir können nicht einfach aufgeben, weil Hoppy das getan hat. Das kann keiner verlangen, nicht einmal Hoppy.«

»Aber er wird es tun«, sagte sie. »Er wird alles verlangen, mit der Zeit. Ich weiß es, ich sehe das voraus.«

»Dann warten wir«, sagte Gill. »Bis dahin. Inzwischen machen wir unsere Arbeit.« Er sagte zu Hardy und Stuart: »Ich lege mich schlafen, weil wir morgen viel zu besprechen haben.« Er stand auf. »Vielleicht regelt sich alles. Wir dürfen nicht verzweifeln.« Er schlug Stuart auf die Schulter. »Was?«

»Ich habe mich schon einmal unter dem Gehsteig versteckt«, sagte Stuart. »Muß ich das wieder tun?« Er schaute die anderen fragend an.

»Ja«, sagte Bonny.

»Dann werde ich es tun«, sagte er. »Aber ich bin wieder heraufgekommen. Ich bin nicht unten geblieben. Und ich werde wieder heraufkommen.« Er stand ebenfalls auf. »Gill, Sie können bei mir schlafen, und Sie bei den Hardys, Bonny.«

»Ja«, sagte Ella Hardy und richtete sich auf. »Wir haben Platz genug für Sie, Mrs. Keller. Bis wir etwas Dauerhafteres finden.«

»Danke«, sagte Bonny automatisch. »Das ist fein.« Sie rieb sich die Augen. Erst einmal ausschlafen, dachte sie. Das wäre nützlich. Und dann? Wir werden sehen.

Falls wir morgen noch leben.

»Bonny, fällt es dir schwer, das von Hoppy zu glauben?« fragte Gill plötzlich. »Oder fällt es dir leicht? Kennst du ihn so gut? Verstehst du ihn?«

»Ich glaube, er ist sehr ehrgeizig«, erwiderte sie. »Aber damit hätten wir rechnen müssen. Jetzt hat er weiter hinausgegriffen als wir alle; er hat lange, lange Arme, wie er selbst sagt. Er hat das großartig ausgeglichen. Man muß ihn bewundern.«

»Ja«, gab Gill zu. »Das tue ich. Sehr sogar.«

»Wenn ich nur glauben könnte, daß ihn das befriedigt«, sagte sie, »hätte ich nicht solche Angst.«

»Der Mann, der mir leid tut, ist Dangerfield«, meinte Gill. »Wehrlos daliegen müssen, krank, wie er ist, und zuhören.«

Sie nickte, weigerte sich aber, sich das vorzustellen; sie konnte es nicht ertragen.

Edie Keller lief im Bademantel den Weg hinunter und tastete sich zu Hoppy Harringtons Haus vor.

»Schnell«, sagte Bill in ihr. »Er weiß über uns Bescheid, sagen sie mir; wir sind in Gefahr, sagen sie. Wenn wir nah genug an ihn herankommen, kann ihn jemand imitieren, der tot ist, und ihn erschrecken, weil er Angst hat vor den Toten. Mr. Blaine sagt, das kommt daher, weil für ihn die Toten wie Väter sind, viele Väter, und –«

»Sei still«, sagte Edie. »Laß mich nachdenken.« In der Dunkelheit hatte sie sich verirrt. Sie fand den Weg durch den Eichenwald nicht mehr und blieb stehen, atmete tief ein und versuchte, sich im trüben Licht der Mondsichel zurechtzufinden.

Nach rechts, dachte sie. Den Hang hinunter. Ich darf nicht stürzen; er würde das hören, er hört sehr weit, fast alles. Schritt für Schritt stieg sie hinunter, mit angehaltenem Atem.

»Ich habe eine gute Imitation vorbereitet«, sagte Bill. »Es geht so: Wenn ich in seiner Nähe bin, wechsle ich auf etwas Totes um, und das wird nicht angenehm sein für dich, weil es – na, matschig ist, aber nur für ein paar Minuten, und dann können sie direkt mit ihm reden, von dir aus. Geht das in Ordnung, denn sobald er hört –«

»Okay«, sagte sie, »wenn es nicht für lange ist.«

»Na gut. Weißt du, was sie sagen werden? Sie werden sagen: ›Wir haben für unsere Torheit eine schreckliche Lektion lernen müssen. Das ist Gottes Art, uns sehend zu machen.‹ Und weißt du, was das ist? Das ist der Pfarrer, der gepredigt hat, als Hoppy klein war und von seinem Vater in die Kirche getragen wurde. Daran wird er sich erinnern, auch wenn es viele Jahre her ist. Es war der schrecklichste Augenblick in seinem Leben, und weißt du, warum? Weil der Pfarrer in der Kirche alle Leute veranlaßt hat, Hoppy anzustarren, und das war falsch. Hoppys Vater ist nie mehr in die Kirche gegangen. Aber das ist mit ein wichtiger Grund, warum Hoppy so geworden ist, die Sache mit dem Pfarrer. Er hat wirklich Angst vor ihm, und wenn er seine Stimme wieder hört –«

»Halt den Mund«, sagte Edie verzweifelt. Sie befanden sich jetzt über Hoppys Haus; sie sah unten die Lichter. »Bitte, Bill, *bitte.*«

»Aber ich muß es dir doch erklären«, sagte Bill. »Als ich –« Er verstummte. In ihr war nichts. Sie war leer.

»Bill«, sagte sie.

Er war fort.

Vor ihren Augen schwankte im trüben Mondlicht etwas, was sie noch nie gesehen hatte. Es erhob sich, schwankte, das lange, helle Haar hinter sich herziehend; es erhob sich, bis es direkt vor ihrem Gesicht schwebte. Es hatte winzige, tote Augen und einen klaffenden Mund, es war nichts als ein kleiner, harter, runder Kopf, wie ein Baseball. Aus dem Mund drang ein Quietschen, dann flatterte es wieder in die Höhe. Sie verfolgte es, als es an Höhe gewann, über die Baumwipfel hinaufschwamm, in der fremden Atmosphäre, die es nie gekannt hatte.

»Bill«, sagte sie, »er hat dich aus mir herausgenommen. Er hat dich hinausgetan.« Und du gehst, dachte sie; Hoppy zwingt dich dazu. »Komm zurück«, sagte sie, aber es spielte keine Rolle, weil er außerhalb von ihr nicht leben konnte. Sie wußte es. Dr. Stockstill hatte es gesagt. Er konnte nicht geboren werden, und Hoppy hatte ihn gehört und ihn zur Welt kommen lassen, mit dem Wissen, daß er sterben würde.

Du wirst deine Imitation nicht machen können, dachte sie. Ich habe dir gesagt, du sollst still sein. Sie sah – oder glaubte zu sehen – wie der kleine, harte Gegenstand mit den flatternden Haaren über ihr davonschwebte... und dann verschwand er plötzlich.

Sie war allein.

Warum noch weitergehen? Es war vorbei. Sie drehte sich um, ging wieder den Hang hinauf, den Kopf gesenkt, die Augen geschlossen. Sie tastete sich zurück zum Haus, zu ihrem Bett. Innerlich fühlte sie sich wund; sie spürte, daß etwas aus ihr herausgerissen worden war. Wenn du nur still gewesen wärst, dachte sie. Dann hätte er dich nicht gehört. Ich hab' es dir gesagt, ich hab' es dir gesagt.

Sie stapfte weiter.

Bill Keller schwebte in der Atmosphäre, sah ein wenig, fühlte ein wenig, spürte die Bäume und die Tiere und bewegte sich unter ihnen. Er spürte den Druck auf sich, der ihn hochhob, aber er erinnerte sich an seine Imitation und machte sie. Seine Stimme tönte kaum vernehmbar durch die kalte Luft, dann fingen seine Ohren sie auf, und er rief: »Wir haben für unsere Torheit eine schreckliche Lektion lernen müssen.« Er quietschte es, und die Stimme hallte in seinen Ohren und erfreute ihn.

Der Druck auf ihn ließ nach; er glitt empor, schwamm glücklich und tauchte dann hinab. Immer tiefer und tiefer, und kurz bevor er den Boden berührte, flog er seitwärts, bis er über Hoppy Harringtons Haus und Antenne schwebte.

»Das ist Gottes Art!« schrie er mit seiner dünnen, schwachen Stimme. »Wir können erkennen, daß es Zeit ist, die Bombenversuche in der Stratosphäre einzustellen. Ich möchte, daß ihr alle Briefe an Präsident Johnson schreibt!« Er wußte nicht, wer Präsident Johnson war. Eine lebende Person, vielleicht. Er schaute sich nach ihm um, sah ihn aber nicht; er sah Eichenwälder mit Tieren, sah einen Vogel mit lautlosen Schwingen und großen Augen. Bill quietschte entsetzt, als der lautlose, braune Vogel heranschwebte.

Der Vogel gab einen schrecklichen Laut von sich, voll Gier und Mordlust.

»Ihr alle«, rief Bill und flog durch die dunkle, kalte Luft. »Ihr müßt Protestbriefe schreiben!«

Die funkelnden Augen des Vogels folgten ihm. Die Eule holte ihn ein. Und zerquetschte ihn, in einem einzigen Augenblick.

16

Wieder war er eingeschlossen. Er konnte nicht mehr sehen oder hören; das war nur für kurze Zeit gewesen, und jetzt war es vorbei.

Die Eule flog schreiend weiter.

Bill Keller sagte zu der Eule: »Kannst du mich hören?«

Vielleicht konnte sie es, vielleicht auch nicht; es war nur eine

Eule, sie hatte keinen Verstand wie Edie. Es war nicht dasselbe. »Kann ich in dir leben?« fragte er sie, versteckt, wo niemand es weiß... du hast deine Flüge, die du machst, deine Angriffe. Mit ihm in der Eule waren die Körper von Mäusen und ein Ding, das sich regte und scharrte, groß genug, um weiterleben zu wollen.

Tiefer, sagte er zur Eule. Er sah durch die Eule die Eichen; er sah sie deutlich, so, als sei alles voll Licht. Millionen einzelner Objekte lagen regungslos, und dann entdeckte er eines, das kroch – es war lebendig, und die Eule schlug diese Richtung ein. Das kriechende Wesen ahnte nichts, hörte nichts, und kroch ins Freie hinaus.

Einen Augenblick danach war es verschlungen. Die Eule flog weiter.

Gut, dachte er. Und: Gibt es noch mehr? Das geht so die ganze Nacht, immer und immer wieder, und dann ein Bad, wenn es regnet, und der lange, tiefe Schlaf. Ist dies das Beste? Es ist das Beste.

»Fergesson erlaubt seinen Angestellten nicht, daß sie trinken«, sagte er. »Das verstößt gegen seine Anschauungen.« Und er sagte: »Hoppy, wo kommt das Licht her? Ist das Gott? Sie wissen schon, wie in der Bibel. Ich meine, ist es wahr?«

Die Eule schrie.

»Hoppy«, sagte er, aus der Eule heraus, »Sie haben letztesmal gesagt, es sei ganz dunkel. Ist das richtig? Gar kein Licht?«

Tausend tote Wesen in ihm meldeten sich. Er lauschte, wiederholte, suchte aus.

»Du dreckige kleine Mißgeburt«, sagte er. »Hören Sie. Wir sind unter der Straße. Sie Schwachkopf, bleiben Sie, wo Sie sind. Ich gehe hinauf und hole die Leute herunter.«

Erschreckt flatterte die Eule; sie stieg höher und versuchte ihm zu entkommen. Aber er machte weiter.

»Bleiben Sie hier unten«, wiederholte er. Wieder tauchten die Lichter von Hoppys Haus auf; die Eule war im Kreis geflogen und zurückgekehrt, unfähig, sich fernzuhalten. Er zwang sie dazu, zu bleiben, wo sie war. Er drängte sie näher und näher heran. »Schwachkopf«, sagte er. »Bleib, wo du bist.«

Die Eule flog tiefer und schrie in ihrem Drang, zu entkommen. Sie war gefangen und wußte es. Die Eule haßte ihn.

»Der Präsident muß auf unsere Bitten hören«, sagte er, »bevor es zu spät ist.«

Mit wütender Anstrengung tat die Eule, was sie gewohnt war sie spie ihn aus, und er sank in Richtung Boden, bemüht, die

Luftströmungen zu erreichen. Er stürzte hinab, prallte auf den Boden und rollte in eine Vertiefung.

Die Eule flatterte davon und verschwand.

»Die Barmherzigkeit des Menschen möge Zeuge sein«, sagte Bill in der Vertiefung; er sprach mit der Stimme des Pfarrers. »Wir selbst sind es, die das getan haben. Wir sehen hier die Folgen der menschlichen Torheit.«

Ohne die Augen der Eule sah er nur undeutlich; die Beleuchtung schien verschwunden zu sein, und er sah nur ein paar Bäume.

Und vor dem Nachthimmel sah er die Umrisse von Hoppys Haus. Es war nicht weit entfernt.

»Laß mich rein«, sagte Bill. Er rollte in der Vertiefung herum, bis sich das Laub regte. »Ich will hinein.«

Ein Tier, das ihn hörte, schlich davon.

»Hinein, hinein, hinein«, sagte Bill. »Ich kann hier nicht lange bleiben, ich sterbe. Edie, wo bist du?« Er spürte sie nicht in der Nähe; er spürte nur die Gegenwart des Phocomelus in seinem Haus.

So gut er konnte, rollte er dorthin.

Am frühen Morgen kam Dr. Stockstill vor Hoppy Harringtons Haus an, um seinen vierten Versuch der Behandlung von Dangerfield zu unternehmen. Der Sender war in Betrieb, wie er bemerkte, und es brannte Licht; verwirrt klopfte er an die Tür.

Die Tür ging auf, und da saß Hoppy Harrington in seinem Mobil. Hoppy sah ihn auf seltsame, vorsichtige, abwehrende Weise an.

»Ich möchte es noch einmal versuchen«, sagte Stockstill. Er wußte, wie sinnlos es war, wollte aber trotzdem nicht aufgeben. »In Ordnung?«

»Ja, Sir«, sagte Hoppy. »In Ordnung.«

»Lebt Dangerfield noch?«

»Ja, Sir. Ich wüßte es, wenn er tot wäre.« Hoppy ließ ihn eintreten. »Er muß noch da sein.«

»Was ist passiert?« fragte Stockstill. »Sind Sie die ganze Nacht auf gewesen?«

»Ja«, sagte Hoppy. »Ich habe geübt, mit allem umzugehen.« Er drehte das Mobil und runzelte die Stirn. »Es ist schwer«, sagte er.

»Ich glaube, die Idee mit der Kohlendioxydtherapie war ein Fehler, wenn ich es mir recht überlege«, sagte Stockstill, als er sich ans Mikrofon setzte. »Diesmal versuche ich es mit freier Assoziation, wenn ich ihn dazu bewegen kann.«

Der Phocomelus fuhr immer noch herum. Sein Mobil prallte an einen Tisch.

»Das war ein Versehen«, sagte Hoppy. »Tut mir leid. Das wollte ich nicht.«

»Sie wirken so anders«, sagte Stockstill.

»Ich bin derselbe. Ich bin Bill Keller«, sagte der Phocomelus. »Nicht Hoppy Harrington.« Mit dem rechten Extensor zeigte er in eine Ecke. »Da ist Hoppy. Das ist er, von jetzt an.«

In der Ecke lag ein zusammengeschrumpftes, teigähnliches Ding, acht bis zehn Zentimeter lang; der Mund klaffte in erstickter Leere. Es hatte etwas Menschenähnliches an sich, und Stockstill ging hin, um es aufzuheben.

»Das war ich«, sagte der Phocomelus. »Aber ich bin gestern nacht nah genug herangekommen, um zu wechseln. Er hat sich sehr gewehrt, aber er hatte Angst, und ich siegte. Ich machte eine Imitation nach der anderen. Die vom Pfarrer gab ihm den Rest.«

Stockstill hatte den runzligen kleinen Homunkulus in der Hand und sagte nichts.

»Wissen Sie, wie man mit dem Sender umgeht?« fragte der Phocomelus nach einer Weile. »Ich nicht. Ich hab' es versucht, aber es geht nicht. Die Lichter kann ich anmachen, das hab' ich die ganze Nacht geübt.« Er rollte mit seinem Mobil zur Wand und betätigte mit dem Extensor den Lichtschalter.

Nach einiger Zeit sagte Stockstill, auf die tote, winzige Gestalt in seiner Hand starrend: »Ich wußte, daß es nicht überleben konnte.«

»Eine Weile schon«, sagte der Phocomelus. »Ungefähr eine Stunde. Das ist doch ganz gut, was? Zeitweise war es in einer Eule. Ich weiß nicht, ob das zählt.«

»Ich – mache mich lieber an die Arbeit und versuche Dangerfield zu erreichen«, sagte Stockstill nach einer Pause. »Er kann jeden Augenblick sterben.«

»Ja«, sagte der Phocomelus und nickte. »Soll ich das nehmen?« Er streckte einen Kunstarm aus, und Stockstill gab ihm den Homunkulus. »Die Eule hat mich gefressen«, sagte der Phoco. »Das gefiel mir nicht, aber sie hatte wirklich gute Augen. Das war prima.«

»Ja«, sagte Stockstill nachdenklich. »Augen haben die Eulen sehr gute; das muß ein besonderes Erlebnis gewesen sein.« Dies, was er in der Hand gehalten hatte – es schien ihm nicht faßbar zu sein. Und trotzdem war es nicht einmal so seltsam; der Phoco hatte Bill nur ein paar Zentimeter bewegt – aber das hatte genügt. Was war das im Vergleich zu dem, was er mit Bluthgeld gemacht hatte? Offenbar hatte der Phoco danach die Spur verloren, denn Bill, aus dem Körper seiner Schwester befreit, hatte sich zuerst mit einer Substanz und dann mit einer anderen vermischt. Und endlich hatte er den Phoco gefunden und war auch in ihn eingedrungen, hatte ihn in seinen eigenen Körper verdrängt.

Es war ein schlechter Tausch gewesen, jedenfalls für Hoppy. Der Körper, den er als Ersatz für seinen eigenen bekommen hatte, war nur noch ein paar Minuten lebensfähig gewesen.

»Wußten Sie, daß Hoppy eine Weile im Satelliten oben war?« fragte Bill Keller. »Alle waren furchtbar aufgeregt. Man hat mich in der Nacht geweckt, um es mir zu sagen, und ich habe Edie geweckt. So bin ich hergekommen«, fügte er hinzu.

»Und was wirst du jetzt tun?« fragte Stockstill.

»Ich muß mich an diesen Körper gewöhnen«, sagte der Phoco. »Er ist schwer. Ich spüre die Schwerkraft... ich bin eigentlich nur daran gewöhnt, zu schweben. Wissen Sie was? Ich finde diese Extensoren sehr gut. Ich kann schon viel mit ihnen machen.« Die Arme zuckten herum, berührten ein Bild an der Wand, richteten sich auf den Sender. »Ich muß Edie suchen«, sagte er. »Ich möchte ihr sagen, daß mit mir alles in Ordnung ist. Sie denkt sicher, daß ich tot bin.«

Stockstill schaltete das Mikrofon ein und sagte: »Walt Dangerfield, hier ist Doktor Stockstill in West Marin. Hören Sie mich? Wenn Sie mich hören können, antworten Sie bitte. Ich möchte die Behandlung fortsetzen, die wir neulich begonnen haben.« Er machte eine Pause, dann wiederholte er, was er gesagt hatte.

»Sie müssen es oft probieren«, sagte der Phoco. »Es wird schwer sein, weil er so schwach ist. Wahrscheinlich kann er nicht aufstehen und hat nicht begriffen, was passiert ist, als Hoppy das Kommando übernahm.«

Stockstill nickte und drückte wieder auf den Knopf.

»Kann ich gehen?« fragte der Phoco. »Kann ich jetzt Edie suchen?«

»Ja«, sagte Stockstill und rieb sich die Stirn. Er nahm sich zusammen und sagte: »Sei vorsichtig bei allem, was du machst... es kann sein, daß du nicht mehr wechseln kannst.«

»Ich will nicht mehr wechseln«, sagte Bill. »Das ist prima hier, weil hier zum erstenmal keiner ist außer mir. Ich meine, ich bin allein, nicht mehr Teil von irgend jemand anderem. Gewechselt hab' ich natürlich vorher schon, aber in dieses blinde Ding – Edie hat mich reingelegt, und das war gar nichts. Jetzt ist es ganz anders.« Er lächelte.

»Sei nur vorsichtig«, wiederholte Stockstill.

»Ja, Sir«, sagte der Phoco. »Ich gebe mir Mühe. Mit der Eule hatte ich Pech, aber das war nicht meine Schuld, weil ich nicht verschluckt werden wollte. Das war die Idee der Eule.«

Aber das hier war deine, dachte Stockstill. Da besteht ein Unterschied; das sehe ich. Und er ist sehr wichtig. Er sprach ins Mikrofon: »Walt, hier ist Doktor Stockstill. Ich versuche immer noch, Sie zu erreichen. Ich glaube, wir können viel tun, um Ihnen zu helfen, wenn Sie tun, was ich sage. Ich glaube, wir versuchen es heute mit freier Assoziation, um auf die Ursachen Ihrer Anspannung zu kommen. Schaden kann es auf keinen Fall; ich glaube, das wird Ihnen klarsein.«

Aus dem Lautsprecher drang nur ein Rauschen.

Ist es aussichtslos? dachte Stockstill. Lohnt es überhaupt, weiterzumachen?

Er drückte wieder auf den Knopf.

»Walt, derjenige, der das Kommando in Ihrem Satelliten übernommen hatte – er ist jetzt tot. Sie brauchen sich seinetwegen also keine Sorgen mehr zu machen. Wenn Sie sich besser fühlen, erzähle ich Ihnen mehr. Okay? Einverstanden?« Er lauschte. Nur Rauschen.

Der Phoco, der im Raum umherrollte, sagte: »Kann ich jetzt zur Schule gehen, nachdem ich herausgekommen bin?«

»Ja«, antwortete Stockstill leise.

»Aber ich weiß schon viel«, sagte Bill, »über Edie, weil ich zugehört habe, wenn sie in der Schule war. Ich brauche nicht hinzugehen und zu wiederholen, ich kann weiterkommen, wie sie. Meinen Sie nicht?«

Stockstill nickte.

»Ich bin neugierig, was meine Mutter sagen wird«, meinte der Phoco.

Betroffen fragte Stockstill: »Was?« Dann begriff er, wer gemeint war. »Sie ist fort«, sagte er. »Bonny ist mit Gill und McConchie fortgegangen.«

»Das weiß ich«, sagte Bill klagend, »aber kommt sie nicht einmal wieder?«

»Wahrscheinlich nicht«, meinte Stockstill. »Bonny ist eine merkwürdige Frau, sehr ruhelos. Du kannst nicht darauf zählen.« Es wäre besser, wenn sie es nicht wüßte, dachte er. Es wäre sehr schwer für sie; sie hat von dir ja nie etwas gewußt. Nur Edie und ich wußten es. Und Hoppy. Und die Eule, dachte er. »Ich gebe es auf, Dangerfield erreichen zu wollen«, sagte er plötzlich. »Vielleicht ein andermal.«

»Ich störe Sie wohl«, meinte Bill.

Stockstill nickte.

»Tut mir leid«, sagte Bill. »Ich wollte üben und wußte nicht, daß Sie kommen würden. Ich wollte Sie nicht durcheinanderbringen. Es passierte ganz plötzlich in der Nacht – ich rollte hierher und kam unter der Tür durch, bevor Hoppy begriff, und dann war es zu spät, weil ich schon zu nah dran war.« Er sah den Ausdruck auf dem Gesicht des Arztes und verstummte.

»Das – das ist für mich etwas völlig Neues«, erklärte Stockstill. »Ich wußte, daß es dich gibt, aber das war praktisch alles.«

Bill sagte stolz: »Sie haben nicht gewußt, daß ich wechseln lernte.«

»Nein.«

»Versuchen Sie noch einmal, mit Dangerfield zu sprechen«, sagte Bill. »Geben Sie nicht auf. Ich weiß, daß er da oben ist. Ich will Ihnen nicht sagen, woher, denn dann sind Sie noch mehr durcheinander.«

»Danke«, sagte Stockstill. »Dafür, daß du es mir nicht sagst.« Wieder drückte er auf den Mikrofonknopf. Der Phoco öffnete die Tür und rollte hinaus, hielt an und schaute sich unsicher um.

»Such lieber deine Schwester«, sagte Stockstill. »Das bedeutet ihr sicher sehr viel.«

Als er wieder aufsah, war der Phoco fort. Das Mobil war nirgends zu sehen.

»Walt Dangerfield«, sagte Stockstill ins Mikrofon, »ich bleibe hier sitzen und versuche Sie zu erreichen, bis Sie sich melden oder ich weiß, daß Sie tot sind. Ich sage nicht, daß Sie keine echte Krankheit hätten, aber ich sage, daß das zum Teil an Ihrer psychologischen Situation liegt, die in vieler Hinsicht wirklich sehr übel ist. Finden Sie nicht auch? Und nach allem, was Sie durchgemacht haben, auch noch erleben zu müssen, daß man Ihnen nimmt –«

Eine ferne, lakonische Stimme antwortete aus dem Lautsprecher: »Okay, Stockstill. Ich versuche es mit Ihrer freien Assoziation. Wenn schon aus keinem anderen Grund als aus dem, um Ihnen damit zu beweisen, daß ich wirklich schwer krank bin.«

Dr. Stockstill seufzte erleichtert.

»Es wird auch Zeit. Haben Sie mich die ganze Zeit gehört?«

»Ja, guter Freund«, sagte Dangerfield. »Ich war neugierig, wie lange Sie noch reden. Offenbar ewig. Ihr seid zumindest hartnäckig, wenn schon nichts sonst.«

Stockstill lehnte sich zurück und zündete sich eine Zigarette an.

»Können Sie sich hinlegen und es sich bequem machen?« fragte er.

»Ich liege schon«, erwiderte Dangerfield. »Ich liege seit fünf Tagen.«

»Und Sie sollten sich völlig entspannen.«

»Wie ein Wal«, sagte Dangerfield. »Einfach im Salzwasser liegen, ja? Also, soll ich mit kindlichen Inzestwünschen anfangen? Warten Sie mal... ich glaube, ich beobachte meine Mutter und sie kämmt sich am Frisiertisch die Haare. Sie ist sehr hübsch. Nein, Verzeihung, falsch. Es ist ein Film, und ich sehe Norma Shearer, Spätsendung im Fernsehen.« Er lachte schwach.

»Hatte Ihre Mutter Ähnlichkeit mit Norma Shearer?« fragte Stockstill und machte sich Notizen.

»Eher mit Betty Grable«, antwortete Dangerfield. »Wenn Sie sich an sie erinnern. Aber das war wohl vor Ihrer Zeit. Ich bin alt, wissen Sie. Fast tausend Jahre... man wird alt, ganz allein hier oben.«

»Sprechen Sie nur«, sagte Stockstill. »Was Ihnen gerade so einfällt. Ganz beliebig.«

»Wir könnten ja auf kindliche Stuhlgangsschwierigkeiten übergehen«, meinte Dangerfield. »Das ist recht spannend.«

Stockstill mußte lachen.

»Sie sind menschlich«, sagte Dangerfield erfreut. »Das finde ich gut.« Er lachte, sein altes, vertrautes Lachen. »Wir haben etwas gemeinsam. Wir finden komisch, was wir hier machen.«

»Ich will Ihnen helfen«, sagte Stockstill gereizt.

»Ach was«, sagte Dangerfield. »Ich bin es, der Ihnen zu helfen versucht. Das wissen Sie, in Ihrem Unterbewußtsein. Sie brauchen das Gefühl, daß Sie wieder etwas tun, das lohnend ist, nicht wahr? Wann hatten Sie das Gefühl zum erstenmal? Strecken Sie sich bequem aus, und ich erledige den Rest von hier oben.« Er lachte leise. »Es wird Ihnen klar sein, daß ich das alles aufzeichne. Ich werde unsere albernen Unterhaltungen jeden Abend über New York abspielen – da sind sie scharf auf diese intellektuellen Spielereien.«

»Bitte«, sagte Stockstill. »Fahren wir fort.«

»Hall-o, hall-o, hall-o«, lachte Dangerfield. »Durchaus. Kann ich von dem Mädchen sprechen, das ich in der fünften Klasse geliebt habe? Da fingen meine Inzestphantasien erst richtig an.« Er schwieg einen Augenblick und sagte dann nachdenklich: »Wissen Sie, ich habe seit Jahren nicht mehr an Myra gedacht. Seit zwanzig Jahren nicht mehr.«

»Sind Sie mit ihr tanzen gegangen oder was?«

»In der *fünften Klasse?«* schrie Dangerfield. »Sind Sie verrückt? Natürlich nicht. Aber geküßt habe ich sie.« Seine Stimme klang entspannter. »Das habe ich nie vergessen«, murmelte er.

Das Rauschen überlagerte die Stimme für kurze Zeit.

»...und dann«, sagte Dangerfield, als Stockstill ihn wieder verstehen konnte, »gab mir Arnold Klein eins auf die Nase, und ich stieß ihn um, was er auch verdient hatte. Verstehen Sie? Ich frage mich, wie viele meiner eifrigen Zuhörer da mithören. Ich sehe überall die Lampen brennen – sie versuchen, mich auf allen Frequenzen zu erreichen. Warten Sie, Doc. Ich muß mich melden. Wer weiß, vielleicht sind da andere, bessere Analytiker darunter.« Er fügte hinzu: »Und billigere.«

Es wurde still. Schließlich meldete Dangerfield sich wieder.

»Die Leute wollten mir nur klarmachen, daß ich recht hatte, Arnold Klein umzuhauen«, sagte er heiter. »Vier zu eins, lautet die Abstimmung bisher. Soll ich fortfahren?«

»Bitte«, sagte Stockstill und notierte.

»Na, und dann kam Jenny Linhart. Das war in der sechsten Klasse.«

Der Satellit war in seiner Bahn nähergekommen; der Empfang war laut und deutlich. Oder vielleicht war Hoppy Harringtons Anlage auch besonders leistungsstark. Dr. Stockstill lehnte sich zurück, rauchte seine Zigarette und lauschte, während die Stimme immer lauter wurde, bis sie durch das Zimmer hallte und dröhnte.

In einem fremden, aber weichen Bett in einem fremden Zimmer wurde Bonny Keller wach und fand sich nicht zurecht. Diffuses Licht, gelb, von der Morgensonne wohl, flutete herein, und ein Mann, den sie gut kannte, beugte sich über sie. Es war Andrew Gill, und einen Augenblick lang fühlte sie sich an den Tag vor sieben Jahren zurückerinnert.

»Hallo«, sagte sie leise und preßte ihn an sich. »Hör auf«, sagte sie. »Du zerdrückst mich, und rasiert bist du auch noch nicht. Was geht eigentlich vor?« Sie setzte sich auf und schob ihn weg.

»Nur langsam.« Er hob sie hoch und trug sie zur Tür.

»Wohin gehen wir?« fragte sie. »Nach Los Angeles? So etwa – ich auf deinen Armen?«

»Wir hören uns jemanden an.« Er stieß mit der Schulter die Tür auf und trug sie durch den Flur.

»Wen?« fragte sie. »He, ich bin nicht angezogen!« Sie trug nur ihre Unterwäsche, in der sie geschlafen hatte.

Sie sah das Wohnzimmer der Hardys vor sich, und dort am Radio, die Gesichter von Freude erfüllt, standen Stuart McConchie, die Hardys und mehrere Männer, wohl Angestellte von Hardy.

Aus dem Lautsprecher drang die Stimme, die sie gestern nacht gehört hatten – oder war es eine andere? Sie lauschte, als Andrew Gill sich setzte und sie auf dem Schoß behielt.

»... und dann sagte Jenny Linhart zu mir, daß ich für sie einem großen Pudel ähnlich sähe. Das hing damit zusammen, wie meine große Schwester mir die Haare schnitt, glaube ich. Ich sah wirklich aus wie ein großer Pudel. Es war keine Beleidigung, nur eine Feststellung. Das zeigte, daß sie mich wahrnahm. Aber das ist immer noch besser, als gar nicht bemerkt zu werden, nicht?« Dangerfield verstummte, als warte er auf eine Antwort.

»Mit wem redet er?« fragte sie. Dann begriff sie plötzlich, was das bedeutete. »Er lebt«, sagte sie. Und Hoppy war fort. »Verdammt noch mal«, sagte sie laut, »erzählt mir vielleicht mal einer, was passiert ist?« Sie löste sich von Andrew und stand zitternd in der Morgenkälte.

»Wir wissen nicht, was passiert ist«, erwiderte Ella Hardy. »Er hat irgendwann in der Nacht wieder zu senden begonnen. Wir hatten den Apparat nicht abgeschaltet und hörten es. Eigentlich ist das nicht die Zeit, in der er für uns sendet.«

»Er scheint mit einem Arzt zu sprechen«, sagte Mr. Hardy. »Möglicherweise mit einem Psychiater, der ihn behandelt.«

»Lieber Gott«, sagte Bonny und krümmte sich. »Das darf nicht wahr sein – er wird analysiert.« Aber wo ist Hoppy? dachte sie. Hat er aufgegeben? War die Belastung zu groß für ihn? Hatte er doch Grenzen, wie jedes Lebewesen? Sie lief zurück in ihr Zimmer, um sich anzuziehen. Niemand bemerkte es, so gebannt hörten alle zu.

Sich vorzustellen, daß das alte Zauberwerk ihm helfen kann,

dachte sie, während sie sich anzog. Es war unfaßbar komisch; sie zitterte vor Kälte und Belustigung, als sie ihr Hemd zuknöpfte. Dangerfield auf der Couch im Satelliten, von seiner Kindheit berichtend ... o Gott, dachte sie und eilte zurück ins Wohnzimmer, um nichts zu versäumen.

Andrew kam ihr im Flur entgegen.

»Es hat aufgehört, durch den Schwund«, sagte er.

»Warum?« Sie war entsetzt.

»Wir hatten Glück, daß wir überhaupt etwas mitbekamen. Es geht ihm gut, glaube ich.«

»Oh«, sagte sie, »ich habe solche Angst. Wenn es nun nicht so ist?«

»Doch, es ist so.« Er legte seine großen Hände auf ihre Schultern. »Du hast ihn gehört. Du weißt, wie seine Stimme klingt.«

»Der Analytiker verdient einen Orden«, sagte sie.

»Ja«, sagte Gill. »Den verdient er.« Er verstummte. »Ich entschuldige mich dafür, daß ich dich aus dem Bett geholt habe. Aber ich wußte, daß du das hören wolltest.«

»Ja«, sagte sie.

»Ist es immer noch so wichtig für dich, daß wir weiterziehen? Bis nach Los Angeles?«

»Na ja«, sagte sie, »du hast hier Geschäfte. Wir könnten jedenfalls eine Weile hierbleiben. Und sehen, ob es mit ihm so gut weitergeht.« Sie machte sich immer noch Sorgen.

»Gewißheit hat man nie, das ist der Grund, warum das Leben so schwierig ist, nicht? Geben wir es zu – er ist sterblich. Eines Tages wird er sterben. Wie wir alle.« Er sah sie an.

»Aber nicht *jetzt«*, sagte sie. »Wenn es nur später wäre, erst in ein paar Jahren – dann könnte ich es ertragen.« Sie griff nach seinen Händen, beugte sich vor und küßte ihn. Zeit, dachte sie. Die Liebe, die wir früher füreinander empfunden haben, die Liebe, die wir jetzt für Dangerfield empfinden, und für ihn in der Zukunft. Zu schade, daß das eine machtlose Liebe ist, daß sie ihn nicht automatisch gesund machen kann, dieses Gefühl, das wir füreinander und – für ihn haben.

»Erinnerst du dich noch an den Tag damals?« fragte Andrew.

»Oh, ja, gewiß«, sagte sie.

»Sonst noch was?«

»Ich habe beschlossen, dich zu lieben«, sagte Bonny. Sie wurde rot und trat einen Schritt zurück. »Die gute Nachricht«, murmelte sie. »Ich habe mich hinreißen lassen. Bitte, entschuldige.«

»Aber du meinst es ernst«, sagte er.

»Ja.« Sie nickte.

»Ich werde langsam alt«, sagte Andrew.

»Wir alle«, meinte sie. »Ich knarre, wenn ich morgens aufstehe... vielleicht ist dir das vorhin aufgefallen.«

»Nein«, sagte er. »Solange du deine Zähne im Mund hast, wie jetzt.« Er sah sie unsicher an. »Ich weiß nicht recht, was ich zu dir sagen soll, Bonny. Ich habe das Gefühl, daß wir hier sehr viel erreichen werden. Ich hoffe es wenigstens. Ist es niedrig und schäbig, hier neue Maschinen für meine Fabrik beschaffen zu wollen? Ist das – primitiv?«

»Es ist wunderbar«, sagte sie.

Mrs. Hardy kam in den Flur und sagte: »Wir haben ihn für eine Minute noch einmal empfangen können, und er hat immer noch von seiner Kindheit gesprochen. Ich würde sagen, daß wir jetzt bis zur üblichen Zeit um vier Uhr nachmittags nichts mehr hören. Wie wär's mit Frühstück? Wir haben drei Eier für uns alle. Mein Mann hat sie vorige Woche bei einem Hausierer bekommen.«

»Eier«, wiederholte Andrew Gill. »Was für Eier? Hühnereier?«

»Sie sind groß und braun«, sagte Mrs. Hardy. »Ich vermute schon, aber wir wissen es erst, wenn wir sie aufmachen.«

»Das hört sich wunderbar an«, sagte Bonny. Sie hatte auf einmal großen Hunger. »Aber ich finde, wir sollten sie bezahlen Sie haben uns schon so viel gegeben – eine Unterkunft und das Essen gestern abend.« Heutzutage war das praktisch unerhört und ganz gewiß nicht das, was sie in der Stadt erwartet hatte.

»Wir arbeiten zusammen«, sagte Mrs. Hardy. »Alles, was wir haben, wird zusammengelegt, nicht wahr?«

»Aber ich habe nichts zu bieten.« Das spürte sie auf einmal ganz kraß, und sie ließ den Kopf hängen. Ich kann nur nehmen, dachte sie. Nicht geben.

Sie schienen aber nicht ihrer Meinung zu sein. Mrs. Hardy ergriff sie bei der Hand und führte sie zur Küche.

»Sie können kochen helfen«, sagte sie. »Wir haben auch Kartoffeln. Sie können sie schälen. Wir geben unseren Angestellten Frühstück. Wir essen immer zusammen – das kommt billiger, und sie haben keine Küchen, sie leben in Zimmern, Stuart und die anderen. Wir müssen für sie sorgen.«

Ihr seid sehr gute Menschen, dachte Bonny. Das ist also die Stadt – davor haben wir uns die ganzen Jahre hindurch versteckt. Wir haben die furchtbaren Geschichten gehört, daß es nur Ruinen gäbe, mit Raubtieren und Verbrechern … und wir hatten zuviel Angst. Wie früher.

Als sie in die Küche kamen, hörte sie Stuart McConchie zu Dean Hardy sagen: »… und außer der Nasenflöte konnte die Ratte –« Er verstummte, als er sie sah. »Eine Anekdote über das Leben hier«, erläuterte er. »Sie könnte Sie schockieren. Sie hat mit einem genialen Tier zu tun, und viele Leute fürchten sich davor.«

»Erzählen Sie«, sagte Bonny. »Erzählen Sie von der Nasenflöte, die die Ratte spielen konnte.«

»Ich bringe vielleicht zwei begabte Tiere durcheinander«, meinte Stuart, während er Wasser für den Ersatzkaffee aufsetzte. »Der Mann sagte jedenfalls, es habe auch eine primitive Art der Buchführung erfunden. Aber das klingt unrecht.«

»Für mich nicht.«

»Wir könnten so eine Ratte hier gebrauchen«, sagte Mr. Hardy. »Wir werden einen guten Buchhalter brauchen, wenn das Geschäft blüht, und das steht fest.«

Draußen auf der Straße setzten sich Pferdewagen in Bewegung; Bonny hörte Hufschläge. Sie trat ans Fenster und guckte hinaus. Auch Fahrräder und ein riesiger alter Holzvergaser-Lastwagen. Und Menschen zu Fuß, viele.

Unter einer Hütte kam ein Tier heraus und überquerte vorsichtig die Straße, um unter der Veranda eines anderen Hauses zu verschwinden. Kurz darauf tauchte es wieder auf, gefolgt von einem zweiten Tier; beide waren kurzbeinig und stämmig, vielleicht Mutationen von Doggen. Das zweite Tier zog eine primitive, schlittenartige Plattform, beladen mit verschiedenen Gegenständen, vor allem Nahrung. Der Schlitten glitt über das unebene Pflaster, während die beiden Tiere Unterschlupf suchten.

Bonny sah aufmerksam zu, aber die beiden kurzbeinigen Tiere tauchten nicht mehr auf. Sie wollte sich eben abwenden, als sie wieder eine Bewegung wahrnahm. Ein rundes Metallgehäuse, mit schmutziger Farbe, Zweigen und Laub bedeckt, schoß heran, blieb stehen und fuhr zwei zitternde Antennen aus.

Was, um alles in der Welt, ist das? fragte sich Bonny. Dann begriff sie, daß sie eine homöostatische Falle von Hardy in Aktion sah.

Viel Glück, dachte sie.

Die Falle sicherte nach allen Richtungen, zögerte und nahm dann die Spur der beiden doggenähnlichen Tiere auf. Sie verschwand hinter einem Haus, ernsthaft und würdevoll, viel zu langsam auf ihrer Verfolgungsjagd, und Bonny mußte lächeln.

Der Tag hatte begonnen. Rings um sie erwachte die Stadt und nahm wieder ihr gewohntes Leben auf.

ENDE

Goldmann SCIENCE FICTION

Robert A. Heinlein
Tür in die Zukunft
Science Fiction-Roman
192 Seiten. Band 075

Dan B. Davis, begabter Ingenieur und Erfinder, wird von sogenannten Freunden betrogen und zwangsweise in einen jahrzehntelangen Kaltschlaf versetzt.
Als er nach 30 Jahren erwacht, gelingt es ihm, ins neue Leben zurückzufinden. Er bekommt die Möglichkeit, sein Schicksal anders, besser zu gestalten . . .

Robert Sheckley
Utopia mit kleinen Fehlern
Science Fiction-Erzählungen
192 Seiten. Band 081

Elf ungewöhnliche Science Fiction-Erzählungen des berühmten ›Millionenspiel‹-Autors: Entdeckerfahrten und Eroberungen im Weltraum witzig, bissig und satirisch serviert . . .

Kate Wilhelm
Leben ohne Tod
Science Fiction-Roman
192 Seiten. Band 082

Ein amerikanisches Forschungsteam entdeckt ein Mittel von sensationeller Wirkung: Die ewige Jugend scheint gesichert . . .
Ein erbitterter Kampf entbrennt um die Frage: Ist die Unsterblichkeit Fluch oder Segen für die Menschheit?

WILHELM GOLDMANN VERLAG MÜNCHEN